KB026599

햇빛 기다리기

햇빛 기다리기

박선우 소설

문학동네

차례

남아 있는 마음

어떤 기억은 재연되기를 거부한다. 기억 스스로 모종의 척력을 발휘하기도, 나 스스로 위험을 감지하여 뒷걸음질치기도 하므로, 비록 머릿속 사정에 불과할지라도 그 일은 좀체 성사되지 못한다. 여린 불씨처럼 기미만 드러낼 뿐 언제나 맥없이 사그라지길 반복한다. 그때마다 생각했다.

어쩌면 단 한 번의 제대로 된 복기가 필요한 것 아닐까.

그러한 예감이 소슬바람처럼 옷깃을 스치던 어느 가을, 나는 그녀가 임신했다는 사실을 알게 되었다. 하필이면 너와 나의 백일을 기념하기 위해 오스테리아샘킴에서 루콜라샐러드와 안초비오일파스타, 양갈비스테이크 접시 사이에 스타벅스에서 급히 사온 클라우드치즈케이크를 펼쳐놓았을 때였다.

"이런 날 촛불이 빠지면 쓰나."

우리는 사워크림이 얇게 덮인, 그 희디흰 조각 케이크에 파리바게트에서 구한 숫자 1과 0 모양의 초를 세 개 꽂아넣으며 서른이 넘기 전에 결혼은 할는지 싶었는데 어느덧 백일을 맞이했으니 이 정도면 우리는 사실혼에 가깝다고, 그러니 만일 헤어지더라도 위자료 청구가 가능할 거라는 실없는 농담을 주고받았다. 구름 한 점 없는 하늘에 푸른빛을 띤 상현달이 떠오른 밤이었다. 전면 창으로 스며드는 달빛과 주변 테이블에서 들려오는 나직한 소음, 이따금씩 구석 자리까지 밀려오는 오픈 키친의 열기로 우리의 양볼은 딱 보기 좋을 정도로 상기되어 있었다. 함께 촛불을 불어 끄고 잠시 테이블을 내려다보던 중 왜 이렇게 무리를 했느냐는 너의 애교 섞인 핀잔에 나는 이보다 더한 것도 할 수 있다고, 하고 싶다고, 그러니 계산하기 전에 샘 킴과 같이 사진 찍고 인스타그램에 올리는 걸 잊지 말자고 다독였다.

"우리가 여기 왔었다는 걸 모두에게 알리는 거야."

"남들이 하는 거 다 하고 살겠다더니, 이것도 포함이야?"

너의 물음에 나는 괜히 생각해보는 척 고개를 갸웃했다.

"아마도?"

"그래, 형이 좋으면 나도 좋아. 하고 싶은 거 다 해."

그러면서 너는 왼쪽 입가에만 보조개가 생기도록 웃었는데, 네가 그토록 맑게 웃어버리면 나도 웃을 수밖에 없어서, 우리는 함께 빙글거리며 마운틴듀가 반쯤 담긴 유리잔을 쨍 소리나게 부딪쳤다. 타고나기를 신장이 약하여 알코올이라면 한 방울도 입에 대지 못하는 너와 어릴 적부터 견뎌온 아버지의 주벽이 지긋지긋하여 술이라면 반감부터 느끼는 나는 그토록 사소한 지점에서도 죽이 잘 맞았으니…… 나는 가끔씩 네가 꿈속에서 우리의 십 년 후를 본다고 말할 때마다 에, 왜 그렇게 앞서가, 나한테 완전 빠졌구나, 라고 놀리면서도 그래, 어쩌면 우리가 그때까지 함께할 수도 있겠지, 그럴지도, 그러자, 하고 다짐했다. 정식으로 교제한 백일과 그전에 알고 지낸 기간을 합산해도 일 년이 채 되지 않았기에, 그래서 가능한 선부른 다짐일지라도, 나는 생애 처음으로 누군가와 함께하는 미래를 상상해볼 수 있다는 사실에 설레었고, 그 설렘이 부디 언제까지나 이어지기를 소망했다.

소망.

그 단어를 유년 시절과 함께 영영 잃어버린 줄 알았는데, 어느 날 불현듯이 나타난 너에게 그 단어를 선물받게 될 줄이야……

그렇지만 우리의 연애가 마냥 순탄했던 건 아니다.

나와 사귀기 직전까지 너는 스스로가 폴리아모리인지 아닌지 확인하는 정체화 과정을 겪고 있었다. 아마도 전 연애의 흔적인 듯싶었고, 그래서 당장에는 나와 사귈 수 없을 것 같다고 말했기에, 나는 너와 데이트를 마치고—그것이 통상의 데이트가 맞는지 내심 의심스러워하면서—혼자 집으로 돌아오는 길에 늘 내가 진정으로 원하는 관계가 무엇인지 고민해봐야 했다. 그러니까 내가 원하는 사랑이 과연 독점의 형식을 취해야만 하는지에 대해서 말이다. 당연하다고 여겨온 것이 실은 전혀 당연하지 않다는 것을 자각했을 때의 당혹스러움이란. 그러나 곱씹어볼수록 나는 한 사람의 마음에 여러 사람이 동시에 담길 수 있다는 착상 자체가 엉큼하기 짝이 없다고 여겨졌고, 어쩌면 폴리아모리는 제대로 된 관계를 한 번도 형성해보지 못한 이들의 자기기만적 발명품이 아닐까, 하는 의구심을 갖게 되었다. 물론 이러한 심중을 너에게 털어놓을 수는 없었기에, 나는 다만 네가 고려하는 사랑의 방식을 나한테 강요해서는 안 된다고만 이야기했다.

"맞아, 그렇지."

너는 그것을 인정했고, 천진하게 웃어 보이기까지 했으므로, 나는 더이상 너 같은 인간과는 진지한 연애가 불가능하리라 여겼다. 이후로 나는 너와 주고받는 메시지에 건성으로 응했고, 만나서 나누는 사적인 이야기에도 분명한 선을 그으려 노력했다. 네가 나한테만 최선을 다하지 않겠다면 나 역시 너한테만 시간과 마음을 할애하지 않겠다는 각오로 다른 남자들을 막—정말 막—만나고 다녔다.

돌이켜보면 그 석 달 남짓한 기간이 바로 네가 나한테 제안했던 폴리아모리 관계였을지 모르겠다. 너는 나 아닌 다른 남자들과 자유롭게 친분을 쌓아나갔고—서울에 연고가 없어서 '친구'를 많이 만들고 싶다고 했다—나 역시 네가 아닌 다른 남자들과 유사 연애를 즐겼으니 말이다. 그럼에도 우리는 갈수록 서로에게 이끌렸고, 다른 사람과 있을 때보다 둘만 함께하는 시간이 훨씬 더 흥미롭고 즐겁다는 기색을 숨기지 못했다. 우리는 약속이라도 한 듯 주말마다 서로를 위한 시간을 비워두곤 했는데, 그래봤자 함께 영화를 보러 가거나 카페에 앉아 각자 말없이 책을 읽는 경우가 대부분이었다. 물론 계절에 맞추어 옷을 쇼핑하기도 하고, 교외로 드라이브를 나가거나 섹스도 즐겼는데, 그 모든 과정에서 우리는 한 번도 자신이 원하는 바를 상대에게 주장하거나 설명하는 일 없이 편안하고 친숙하게 일상을 공유해나갈 수 있었다. 그러한 상대를 만나는 것이—특히나 이쪽에서—얼마나 희소한 일인지 나는 너무나 잘 알았기에 너와 함께하는 시간이 대체로 감격스러웠고 종종 안타까웠다.

그러던 어느 날 갑자기 네가 심한 몸살을 앓고 있다고 메시지를 보내왔을 때, 부모님과 다투어 속상하다고 털어놓았을 때, 나는 대체 내가 뭘 어떻게 해줘야 할지 알 수 없었다. 사귀는 사이도 아닌데 어째서 마이너스 상태까지 공유하려 드는 걸까, 왜 나한테 의지하고 위로까지 받으려는 걸까, 문득 거부감이 일었던 것이다. 세상에. 그제야 나는 우리 관계가 꽤 친근한 양식의 FWB와 무엇이 다른지 알 수 없었고, 더는 알고 싶지도 않아져서 너에게 선언했다. 솔직히 너는 성격과 취향, 생활을 꾸리는 리듬과 비위가 나와 잘 맞아 반려로 삼기엔 훌륭하지만 섹스 파트너로 한정한다면 글쎄, 그리 대단하진 않다고. 그러니 나는 더이상 너한테 휘말려 인생을 허투루 낭비하고 싶지 않다고 말이다. 고마워. 덕분에 확실히 알게 됐어. 내가 진정으로 원하는 관계는 한 사람에 대한 독차지이며 절대적인 헌신이야.

문제는 상처를 주려고 뱉은 말이었음에도, 그래서 네가 어딘가 한 대 얻어맞은 듯한 표정을 지었음에도 불구하고 나는 하나도 기쁘지가 않았다는 것이다. 네가 미묘하게 입술을 일그러뜨리며 울상을 짓던 순간, 나는 가슴이 '미어진다'는 표현을 난생처음 실감하는 듯했다. 하지만 그 정도로 너에게 빠져 있다는 사실을 들키고 싶진 않아서, 나는 급히 자리를 뜰 수밖에 없었다. 매몰찬 이별의 포즈를 선보일 수밖에 없었다. 한참 후에야 너는 그것이 폴리아모리를—일단은—접어두게 된 결정적 이미지였다고 털어놓았다. 그날 밤 내가 자리를 박차고 나서는 몸짓이, 카페의 유리문을 밀고 나서는 뒷모습이 제 마음에 생경한 파장을 일으켰다고 말이다.

"그때 알았어. 내가 형한테 가지 말라고 소리치려면, 따라가서 형을 붙들려면 그럴 만한 자격이 있어야 한다는 걸 말이야. 그런데 내가 바라던 관계에서는 그럴 수 없더라고. 내가 누구한테 매달릴 수도, 누가 날 붙잡아줄 수도 없더라고. 그게 갑자기 너무 외롭게 느껴졌어."

우여곡절 끝에 우리는 사귀는 사이가 되었지만, 이후에도 너는 종종 '보통의 연애'를 이해하지 못하는 사람처럼 굴어 내 속을 뒤집어놓았다. 고향인 부산으로 출장을 가면서 그곳에 거주하는 전 남자친구와 연락을 주고받는다거나 순전히 저녁을 같이 먹을 사람이 필요해서—부대찌개는 일인분을 안 팔잖아—데이팅앱으로 이름도 모르는 남자를 불러냈다고 웃으며 내게 털어놓는 식이었다. 그때마다 나는 네가 나를 우롱한다며 날뛰었고, 너는 그저 '누군가'를 만나고 싶었던 것이지 그것에 어떤 저의도 없었다고 말했다.

"이해하기 어렵다는 거 알아. 하지만 손바닥 뒤집듯 한순간에 바뀔 순 없는 거야. 나는 지금까지 이런 식으로 살아왔어. 전에 사귀던 사람들과도 이렇게 지냈고. 이게 나빠? 정말이지 나는 형 말고 다른 사람을 만나서 뭘 어떻게 해볼 의향이 없어. 그럼 된 거 아니야? 어째서 형은 내가 살아온 과정이 전부 잘못됐다는 식으로 말하는 거야?"

"그런 게 아니야. 나는 그저…… 네가 다른 사람을 만나서 웃고 떠드는 일에 내가 상처받을 수도 있다는 걸 알아달라는 거야. 나는 지금 내가 누굴 만나고 싶어도 그 일이 너한테 상처가 된다면, 우리 관계에 조금이라도 악영향을 끼친다면, 그걸 하지 않을 거야. 그게 내가 생각하는 존중이고 사랑이니까."

"나는 아니야. 솔직히 나는 형이 다른 사람을 좀 만나도 괜찮아. 그것은 그것이고 이것은 이것. 우리 관계는 우리 둘만의 것이니까. 다른 것과는 섞일 수 없고, 전혀 무관할 수 있다고 생각해."

"어떻게 무관할 수가 있어. 네가 나 없는 곳에서 이름도 모르는 남자랑 밥 먹고 차 마시고 일상을 나누는 일이 어떻게 나랑 아무 상관 없을 수가 있어."

우리의 말은 서로에게 닿지 못한 채 허공을 맴돌기 일쑤였고, 그때마다 나는 이 관계가 지속될 수 있으리라는 낭만을—대체 사귄 지 얼마나 됐다고!—강탈당하는 기분에 소스라치곤 했다. 그래, 모든 관계는 언제든 끝장날 수 있다. 이제 그 정도는 알아. 알지만, 그럼에도 지속 가능하리란 착각이 없으면, 감언이설이라도 없으면, 대체 우리는 이 짓거리를 왜 하고 있는 거지?

잦은 다툼에도 이로운 점이 하나 있다면, 그로 인해 상대방이 무엇을 끔찍하게 싫어하는지 체득하게 된다는 것이다. 다행히 우리는 캄캄한 어둠 속을 헤치고 나가듯 조금씩 합의점에 도달할 수 있었다. 너는 말도 안 되는 만남을 하지 않는 쪽으로, 나는 너에 대한 믿음을 굳건히 세우는 쪽으로.

그럼에도 나는 너와 함께 있을 때면—함께하지 않을 때엔 오히려 아무렇지도 않았다—그러니까 백일을 기념하기 위해 평소라면 엄두도 내지 않을 가격의 레스토랑을 예약하고, 선물로 커플 파자마와 서로의 탄생석이 박힌 팔찌를 준비하고, 마주앉아 케이크의 촛불을 불어 끈 날에도 네가 잠시 전화를 받아야겠다며 자리를 뜰 때면, 네가 정말로 이직을 하기 위해서 헤드헌터와 통화하고 있는 것인지, 혹시 그 헤드헌터가 내 머리를 겨냥하고 있는 놈

팡이는 아닌지, 어쩌다 나는 이런 의부증 환자가 되어가고 있는지, 아니 대체 내가 뭐가 부족해서 이렇게 농락을 당해…… 싶다가도 믿자, 믿는 자에게 복이 있나니, 하면서 휴대전화를 꺼내 인스타그램이나 들여다보곤 했다. 부처님 같은 마음으로 모든 게시물에 하트를 날리며 불신에서 비롯된 번뇌를 떨쳐보려 애썼다. 그렇게 한참의 시간이 지났는데도 문밖에서 네가 돌아오지 않으면, 헤드헌터와의 밀당이 길어진다 싶으면, 나는 하릴없이 천장을 올려다보다가 인스타그램 검색창에 그녀의 이름을 적어넣었다.

이수경.

끝까지 다 쓰기도 전에 최근 검색 목록에 떠오르는 이름. 내가 그런 식으로 그녀의 계정을 찾아보게 된 건, 몇 달 전 내가 올린 게시물에 그녀가 '좋아요'를 눌렀을 때부터였다. 건너 건너 소식을 들은 지도 오래여서, 당시에 나는 그녀의 존재 자체를 거의 잊고 있었다. 서로 계정을 팔로우하는 상황도 아니었기에 그녀의 '좋아요'는 순전히 나의 근황을 염탐하던 중 벌어진 터치 실수라고밖에 볼 수 없었다. 그때 그녀는 황급히 '좋아요'를 취소했고, 게시물에는 더이상 하트가 남아 있지 않았으나, 문제는 내 알림창에 덩그러니 남은 메시지였다. '이수경님이 회원님의 게시물을 좋아합니다'라는, 그녀로서는 씻을 수 없는 오명의 흔적…… 자다가도 이불을 걷어찰 만한 실수…… 그렇지만 차분히 생각해보면 별것도 아닌…… 그럴 수 있지, 내가 좀 봤기로서니, 뭐 어쩔래.

하지만 내가 아는 그녀라면 느닷없이 엄습해오는 부끄러움에 두 주먹을 움켜쥐고 부들부들 떨 만한 일이긴 했으므로, 나는 그 알림 메시지가 좀 우습고 많이 기뻤다. 무엇보다 그녀가 나를 잊지 않았다는 사실에 잠깐이나마 가슴 한편이 저릿하기도 했다.

그래서였을까.

이후로는 인스타그램에 게시물을 올릴 때마다 그녀가 이것을 보게 되리라는 예감을 지울 수 없었다. 보든 말든 상관없었고 가끔은 여봐란듯이 올리기도 했지만 나는 그녀가 내 일상을 보며 무슨 생각을 할지, 어떤 마음이 될지 가늠할 수 없어 잠깐씩 망연해지곤 했다. 그러므로 나 역시 그녀의 계정을 염탐하기 시작했다. 그녀가 별 탈 없이 잘 지내고 있다면 나 역시 잘 지내도 괜찮을 것 같아서.

이수경이 업로드해둔 백사십여 개의 게시물과 여섯 개의 하이라이트 영상에 따르면, 그녀는 삼 년 전에 같은 회사에서 근무하던 편집자와 결혼식을 올린 후 디딤돌대출을 받아 답십리 래미안위브에 신혼집을 마련했다. 이 년 오 개월 전에는 퇴사하여 조그마한 일인 디자인 사무소를 열었고, 일 년 전에는 '보리'라는 이름의 삼고양이를 입양했으며, 구 개월 전부터는 친환경 원목 가구와 셀프 인테리어에 대한 집착을 보였다. 매년 휴가철에는 남편과 함께 코타키나발루 가야섬으로 스노클링을 하러 떠났고, 요즘 몰두해 있는 취미는 프랑스 자수로 티코스터 만들기……

잘살고 있네.

그때마다 나는 까닭 없이 안도했고, 그러면서 서로에게 '좋아요' 한번 눌러줄 수 없는 이 관계가, 서로를 정찰하기만 하는 이 관계가 무엇인지 알 수 없었고, 더는 알고 싶지도 않아져서 가벼운 환멸과 함께 화면을 꺼버리곤 했다. 그날 밤도 시작은 비슷했다. 나는 무심결에 그녀의 계정을 훑어보다가 전화를 받으러 간 네가 돌아오면 언제든 앱을 종료시킬 작정이었다. 그런데 새로 고침을 하던 중 바로 삼 분 전에 업로드되었다는 게시물을 발견한 순간, 나는 그것에서 한동안 눈을 떼지 못했다.

♡♥출산 임박♥♡

입원실 침대를 배경으로 남편과 맞잡은 손을 찍은 사진에 달린 문구였다. 임신한 줄도 몰랐는데 출산이라니? 몇 주 전부터 아기 천사가 들어앉은 스노볼이나 형형색색의 물고기와 조개가 달린 모빌, 임승유 첫 시집 표지 같은 걸 찍어 올린 이유가 이거였어? 그동안에는 어째서 임신한 사실을 직접적으로 드러내지 않았던 걸까. 일감이 끊길까봐 조심스러웠던 걸까. 아니면 다른 이유라도? 나는 막연히 그녀의 사정을 헤아려보다가 수많은 이유 중 하나로 나를 떠올렸고, 그것은 확실히 주제넘은 망상에 불과했으나, 다소간 나를 심란한 상태로 만들어놓기에 충분했다.

"뭐하고 있어?"

마침 자리로 돌아와 앉은 너에게 나는 이렇다 할 대꾸 없이 휴대전화 화면만 들여다보았다.

"잠깐만. 확인할 게 좀 있어서."

나는 고개도 들지 않은 채 게시물 좌측 상단에 적힌 '소아맘산부인과'라는 위치 정보를 클릭했다. 그녀의 아기가 태어날 병원이 왕십리역 2번 출구에서 도보로 십오 분 거리에 위치한다는 사실을 확인하고 또 확인했다.

*

이수경. 그녀는 나의 전 직장 동료였고, 이제는 공공연한 비밀이 되었으나 당시에는 내가 처음으로 게이임을 털어놓은 사람이었다. 실은 털어놓았다기보다 그녀가 "맞지" 하고 물었을 때 한참을 머뭇거리다가 기어들어가는 목소리로 "어" 하고 대꾸한 것이 전부였지만. 그럼에도 그 한마디는 내 첫번째 커밍아웃이었고, 나는 그날을 기점으로 아주 조금씩 마음의 빗장이 열리는 것을 느꼈다. "어"라는 대답이 "맞아"가 되고 "그게 나야"라는 문장이 되었다가 "엄마 나 남자 좋아해, 남자만 좋아한다고, 이건 안 변해, 진짜야"라는 외침이 되기까지는 삼 년이 넘는 시간이 소요되었다. 뱉어놓고 보니 별일 아니었고, 지인들은 자못 놀라긴 했으나—내가 게이라는 사실에 놀랐다기보다 내가 그 말을 했다는 사실을 놀라워했다—아무도 나를 배척하거나 폄훼하지 않았다. 어쩌면 나는 그러지 않거나 그러지 못할 사람들에게만 내 정체성을 털어놓았는지도 모르겠다. 부지불식간에 그런 사람들만 주변에 남겨둔 것인지도. 뭐, 상관없었다. 비로소 나는 아무것도 하지 않았을 뿐인데—남자랑 섹스한다고 동네방네 떠벌리지 않았을 뿐인데—소중한 이들을 끊임없이 기만하는 듯한 죄책감에서 벗어날 수 있었고, 연인과 함께 찍은 사진을 겨우 SNS 계정에 올릴 정도가 되었으니까.

누구에게는 아무런 장벽도 느껴지지 않을 유희가 내게는 몇 단계의 절차를 필히 거쳐야 하는 작업에 가까웠다. 일단 나는 사진을 찍어야 했다. 그것은 함께 사진을 찍는 일—누가 봐도 친구 이상의 관계로 보이는 남자 둘의 이미지를 데이터로 남기는 일—을 꺼리지 않을 만한 사람을 필요로 했다. 그러한 남자에게서 호감과 애정을 얻고 사귀는 데 성공하기, 라는 대업부터 선행되어야 했다. 다행히 너는 그것에 거부감을 느끼는 사람이 아니었다.

그렇다면 다음 문제. 우리가 함께 찍은 사진을 웹상에서 불특정 다수에게 노출해도 괜찮은가. 이 점에 대해 너는 분명하게 망설였다. 그럴 수밖에 없는 일이었으므로 나는 네가 원하지 않으면 당연히 그러지 않겠다고 말했다. 승낙하지 않는다고 하여 너를 탓하거나 원망하는 일도 없으리라고 말이다. 두어 시간의 고민 끝에 너는 자신의 이름을 언급하거나 계정을 태그하지 않는 조건으로 허락해주었다. 어차피 사진이 업로드되면 내 팔로잉 목록을 훑는 것만으로 추적이 가능하다고 언질을 주었으나, 그럼에도 '그 정도'의 방지턱은 마련해달라고 말이다.

마지막 문제는 나였다. 모든 준비를 끝마치자 나는 문득 이 사진을 왜 업로드해야 하는지, 그것이 무엇을 위한 일인지 알 수가 없었다. 굳이 위험을—그 위험이 무엇인지 정확히 모르겠지만—감수하면서까지 이럴 필요가 있을까. 나는 사회적 몰이해와 정면으로 맞서 싸우고 싶은 것도, 만천하에 성 정체성을 공표하고 싶은 것도 아니었다. 그래, 그렇다면 내가 사진을 공개해 궁극적으로 얻고자 하는 것이 뭐지? 오래 생각할 것도 없었다. 내가 바란 것은 그저…… 하트였다. 사귀는 사람과 함께 찍은 사진을 SNS 계정에 올리고 지인들에게 '좋아요'를 받는 일. 그런 일에 무슨 명목씩이나 필요하단 말인가. 그러고 보니 내가 삼십 년간 빼앗겨온 것이 그런 식의 즐거움이 아닐까 싶었다. 아주 사소한 즐거움. 그것은 볕 좋은 날 대로변에서 연인과 팔짱을 끼고 나란히 걷는 일에서부터 학교 친구들과 연애 상담을 주고받거나 집과 회사에서 왼손 약지에 반지를 끼고 다니는 일에 이르기까지 참으로 다양하고도 별것 아닌 일에서 비롯할 즐거움이었다. 동성애자로 살면서 끊임없이 겪어야 했던 억압과 멸시, 언행의 조심스러움 따위는 어쩌면 이 소박한 즐거움들의 총합에 비하면 '사소한 아픔'일지 몰랐다. 대다수가 아무렇게나 누릴 수 있는 기쁨들을 평생에 걸쳐 수탈당해왔다는 사실에 별안간 나는 참을 수 없이 분노가 치밀었다.

그 분노가 유일한 명목이 되었다. 그날 나는 연인과 볼을 맞대고 웃으며 찍은 사진을 거의 이를 가는 심정으로 인스타그램에 업로드했다.

아마 그 사진을 그녀도 보았겠지.

이수경과 나는 사 년 전에 처음 만났다. 내가 예술대학교 졸업과 동시에 담당 교수님의 추천으로 합정역 인근의 출판사에 입사했을 때였다. 그녀는 나와 동갑이었으나 경력 삼 년 차 선배 디자이너였고, 내가 편집부에 유일한 남자 직원으로 들어가 묘한 냉대를 받기 훨씬 이전부터 디자인실 팀장과 불화를 겪고 있었다. 그녀와 가까워진 건 어쩌다가 점심식사를 함께하면서였다. 각자 도시락을 싸오거나 끼니를 거른 채 요가를 하러 가는 편집자 선배들이 대부분이어서 나는 입사한 지 사흘 만에 혼자서 밥을 먹게 됐다. 어느 정도 예상한 일이었고—내가 낙하산인데다 남자여서 뽑혔다는 소문이 파다했다—특별한 경우가 아니면 같은 부서원끼리만 식사를 하러 다니는 분위기여서, 한동안 나는 단출하게 점심시간을 보낼 수밖에 없었다. 혼밥이야 뭐, 대학 시절부터 단련되어 있었기에—원체 사교성이 없기도 했고 글쓰기를 배운답시고 제대 후 전과한 탓도 있었다—나는 그리 대수롭지 않게 '은따' 시기를 흘려보낼 수 있었다. 그런데 그 모습을 멀리서 주시하던 이가 있었으니…… 더는 디자인실 팀장과 겸상하고 싶지 않다며 무리를 이탈해 나온 이수경이었다.

"야, 야, 말도 마라. 마감 때면 내 뒤에 딱 붙어서서 이걸 저기다 놔라, 노란색으로 바꿔라, 폰트 크기를 줄여라 마라, 아주 난리라니까. 그럴 거면 지가 하지, 왜 나한테 시키냐고. 그게 팀장이 한 디자인이지, 내가 한 디자인이야?"

그날 나는 이수경에게 거의 끌려가다시피 한 백반집에서 오 분에 한 번씩 교자상을 엎어버릴 기세로 역정을 내는 그녀에게 이상하리만큼 호감을 느꼈다. 이전에는 각자 맡은 도서의 분야가 달라 업무중에 마주칠 일이 거의 없었다. 옅게 화장한 피부에 발그스레한 볼, 굵은 컬이 들어간 검고 긴 머리, 플레어스커트에 닥터마틴 로퍼를 즐겨 신고, 웃음을 터뜨릴 때 유난히 어린애처럼 크고 낭랑해지던 목소리가 매력 포인트이긴 했으나 곰곰이 생각해보면 나는 자신의 분노를 고스란히 표출할 줄 아는 이에 대한 부러움이랄까, 선망 같은 감정으로 그녀에게 빠져든 듯했다.

"그냥 협업했다고 치면 되죠. 요즘 유행이잖아요, 컬래버레이션."

몇 번의 식사로 서로에 대한 파악이 끝났을 즈음부터 그녀와 나는 무람없이 대화를 주고받았다.

"너는 그게 문제야."

그녀는 눈을 가늘게 뜨더니 깻잎 한 장에 제육볶음 한 젓가락을 얹어 쌈을 싸먹었다.

"야, 자기 건 자기가 지켜야 하는 거야. 누가 대신 지켜주는 게 아니라고."

"제발 다 씹고 나서 말해요."

그녀는 답답하다는 듯 고개를 가로저었고, 다시 깻잎 한 장을 집어 물기를 탁탁 털어냈다.

"야, 하다못해 밥을 먹는 데에도 개성이란 게 존재하는 거야. 나는 깻잎 한 장에 제육볶음 한 젓가락, 이게 나야. 이게 내 아이덴티티라고. 여기에 대뜸 파절임을 끼워넣거나 마늘과 상추를 동원하면 내가 아닌 거야."

"여기는 파절임 맛집이라던데."

"너는 그게 문제야."

그녀는 다시 자기만의 쌈을 싸면서 말했다.

"대세는 따르라고 있는 게 아니야. 무시하라고 있는 거지."

"어쩐지. 편집부에서 선배 별명이 뭔지 알아요?"

나는 일부러 뜸을 들였다.

"아싸예요."

"아웃사이더?"

"아니요, '아 쟤는 왜 저렇게 싸나워'."

"그래서 싫어?"

예상치 못한 질문에 나는 잠시 동안 눈만 깜빡였다.

"뭔 소리예요, 갑자기."

"싫으냐고."

"좋을 것도 없죠."

"아 나 진짜."

그녀는 먹으려던 쌈을 높이 들었다가 내 입에 욱여넣으며 말했다.

"그럼 이거나 드세요."

식사를 마친 후에는 회사 근처의 '망원동내커피'로 자리를 옮겼다. 우리는 골목 모퉁이를 돌아 그 카페의 간판이 보이면 어째서 저 가게는 서교동에 있으면서 상호가 망원동내커피인가, 하는 이야기를 습관처럼 주고받았다. 혹시 여기가 서교동이 아닌가? 망원동도 아닌데요. 그래, 그렇다면 서교도 망원도 아닌 곳으로 가자! 가자꾸나! 늘 그런 식이었다. 밥 먹는 데 삼십오 분, 커피 마시는 데 이십오 분. 그것은 우리가 이렇다 할 협의 없이 자연스레 이룬 점심 일정이었다. 하루에 한 시간, 일주일에 다섯 번, 삼 개월 후 그녀가 제 마우스를 빼앗아 쥐기에 이른 팀장의 손모가지를 꺾으며 "아 진짜 선 넘네" 하고 소리치기 전까지…… 그렇게 우리는 둘만의 점심시간을 보내며 많은 이야기를 나누었다. 업무 전반에 대한 불만부터 즐겨 보는 드라마와 연예인 가십, 마포구 원룸 시세와 연봉 협상의 노하우, 남몰래 앓고 있는 피부 질환, 부모와의 관계, 미래에 대한 불안까지 모두.

"넌 꿈이 뭐니?"

"네?"

"앞으로 어떻게 살 작정이야. 작정이란 게, 계획이란 게 있기는 하니?"

대화 소재가 떨어질 즈음에는 인터넷 밈을 재현하는 방식으로 장난을 치곤 했다. 우리는 문근영과 서우, 고현정과 최지우, 하유미의 교양 강좌 따위를 질리지도 않고 반복했다. 그로 인해 드러났을 나의 관심사랄까 웃음 포인트에서 그녀는 일찌감치 내 본질을 눈치채지 않았을까.

"연습은 하니? 죽도록 하는 거야? 그런데 네 손은 왜 이렇게 깨끗하고 예뻐?"

그것은 내가 소설 공모전을 준비하며 밤마다 습작한다는 사실을 말한 뒤로 그녀가 즐겨 쓰게 된 레퍼토리였다.

"목소리가 왜 이렇게 커요. 교양 좀 차려요."

"교오양? 미치겄네."

그녀는 옆자리에 내려놓았던 에코백을 뒤지더니 테이블에 손바닥만한 크기의 진녹색 상자를 올려놓았다.

"이게 내 교양이다."

나는 상자를 빤히 내려다보다가 그녀의 재촉에 못 이겨 포장을 뜯었다. 내 이름 석 자가 은색으로 각인된 파버카스텔 만년필이었다.

"별건 아니고, 생일 선물."

"생일 멀었는데요. 내년 봄인데."

"미리 주는 거야. 곧 공모 마감이라며. 열심히 쓰라고."

그때 우리는 미처 알지 못했다. 그것이 우리의 마지막 점심시간이 되리라고는…… 아닌가, 어쩌면 그녀는 어떤 징조를 감지했던 것인지도 모르겠다. 자신의 인내가 얼추 임계점에 다다랐음을 말이다. 그래서 나한테 '미리' 생일 선물을 주고 싶었던 것일까, 평소와는 다르게 선배 노릇을 하며 충고하기에 이르렀던 것일까.

"잘은 모르겠지만, 한마디 얹자면 그래. 작가라면 자기 이야기를 솔직하게 쓰는 게 중요한 것 같아. 내가 표지 작업 하려고 원고를 읽을 때면 말이야. 작가가 어떤 사람인지 거의 투명할 정도로 느껴지는 글이 좋았거든. 그런 경우에 표지 시안도 잘 나왔고 말이야."

"소설은 그런 게 아니에요."

나는 나직이 반박했다.

"선배가 에세이 작업을 많이 해서 그래. 문학은 달라요. 뭐랄까, 꾸며낸 이야기를 통해서 진실을 전달하는 거라고요."

"그럼 애초에 진실만 써도 되잖아."

"그게 무슨 소리예요."

"몰라."

그녀는 등받이에 기대앉더니 어깨만 으쓱해 보였다.

"그냥 하는 소리야."

그날 오후, 퇴근을 사십여 분 남겨두고 그녀는 말 그대로 디자인실을 뒤집어엎었다. 출근할 때 메고 온 핸드백만 챙긴 뒤 회사 문을 박차고 나가 다시는 돌아오지 않았다. 상황이 어떻게 돌아가는 것인지, 그녀가 잠시 휴가를 얻은 것인지 퇴사한 것인지 알 수가 없었던 나는 며칠 후 평소보다 일찍 출근하여 그녀의 자리로 가보았다. 그녀가 주간 회의 시간마다 들고 오던 갈색 가죽 커버의 다이어리와 연녹색 블랙윙 연필, 싸늘하게 식은 원두커피가 든 머그잔이 책상 위에 그대로 남아 있는 모습을 얼마간 바라보았다. 그날 나는 그 광경을 휴대전화 카메라로 촬영한 뒤 그녀에게 잘 지내시냐는 안부와 함께 전송하려다가 그만두었다. 거의 열흘 동안 사진을 꺼내 보면서 메시지를 작성하고 지우기를 반복했다. 회사생활을 시작하고 겪은 첫—난데없는—이별이었기에, 나는 그 감정이 정확히 무엇인지도, 어떻게 처리해야 할지도 몰랐다. 다만 섣부르게 행동하고 싶진 않았고, 그래서 아무것도 할 수 없었는데, 그녀 역시 마찬가지였다는 건 얼마 후에야 알게 되었다.

나는 다시 혼자서 점심을 먹게 되었다. 다만 예전처럼 의젓한 단독자로서의 시간을 보내지는 못했다. 내가 감당해야 할 고독의 양감이 사뭇 달라져 있었기 때문이다. 퇴근 후에는 내 방 노트북 앞에 앉아서 한 글자도 타이핑하지 못했다. 가까스로 몇 문장을 쓰게 되어도 다음날 읽어보면 애들 장난처럼 느껴져서 모두 지워버렸다. 마감 날짜가 임박하여 전에 써두었던 소설들을 꺼내 투고했으나 예상대로 낙방했다. 그후로는 글쓰기를 하지 않았다. 당의를 입히듯 무언가를 에두르는 일에 흥미를 잃어버린 탓이었다.

그러던 중 전화를 받았다.

두 달여의 공백이 무색하리만큼 그녀는 대수롭지 않은 투로 내게 인사를 건넸다. 우리는 평소처럼 시답지 않은 농담을 주고받았고 잠시 서먹해졌다. 그때 그녀가 커피나 한잔하자고 말했다. 점심을 먹고 한가로이 카페에 앉아 이야기를 나누던 시간이 가끔씩 그리웠다고 말이다. 통화 내내 힐난하는 어조도—그럴 이유도 없겠지만—애써 태연함을 가장한 목소리도 아니었기에 나는 안심했다. 며칠 후 우리는 처음이자 마지막으로 낮이 아닌 밤에, 그것도 토요일에 당인리사거리에서 만났다. 그녀가 영국식 애프터눈 티 세트를 그대로 재현한다는 카페에 가보고 싶다 하여—지난주에 〈생활의 달인〉 못 봤어? 거기에 진짜 오리지널 클로티드크림이 있대—한 시간 가까이 골목길을 헤매고 다니다가 별수 없이 '오븐에빠진닭'으로 향했다.

"그나저나 말 놔. 이제 회사 선배도 뭣도 아닌데."

"……그럴까."

"원래도 반쯤 놓고 지내셨지만요."

얼근하게 취한 손님들로 북적이는 가게의 구석 자리에서 우리는 크리스피베이크치킨과 사이다 두 잔을 시켜놓고 근황을 주고받았다. 나는 그녀가 떠난 뒤로도 여전히 디자인실에 남아 있는 전운을, 팀장의 간섭에 뒤늦게 거부감을 드러내기 시작한 다른 디자이너들의 언행을 세세히 옮겼는데, 그녀는 그러거나 말거나 시큰둥한 얼굴로 닭다리를 뜯기만 했다.

"이제 남 얘기다 이거지. 그래, 요즘 뭐하고 지내는데."

"잘 지내. 그냥 엄마랑 대판 싸우고 남자친구랑 헤어진 정도?"

"뭔 일이래."

"모르겠어. 다들 기다렸다는 듯이 사람 열받게 하잖아. 어차피 네가 회사를 다녔으면 얼마나 다녔겠냐고. 이참에 시집이나 가라고. 애 낳고 살림하다보면 그놈의 괴팍한 성질머리도 죽을 거라며."

"고조선이야, 뭐야."

"처음에는 나도 뭐, 잘한 게 있나 싶어서 듣기만 했는데, 가만있으면 정말이지 사람을 가마니로 보니까⋯⋯ 차라리 잘됐지 싶더라. 적금 깨고 대출 받아서 독립해버렸어. 밤일만 잘하지, 대가리 텅텅 빈 놈이랑도 빠이빠이 하고."

"그래도 그렇지. 이 바닥이 얼마나 좁은데 회사를 그런 식으로 나가냐. 소문나서 어디 재취업 자리 알아보겠어?"

"야."

그녀는 눈을 동그랗게 뜨더니 포크 쥔 손에 바짝 힘을 주었다.

"디자이너가 마우스를 뺏기면 다 뺏기는 거야. 그걸 가만둬?"

그때 가게 주인으로 보이는 아주머니가 슬그머니 테이블로 다가와 텅 빈 플라스틱 바구니에 강냉이를 채워주며 말했다.

"아이고, 두 분 잘 어울리시네. 술은 안 하시나봐."

"얘가 알코올이라면 질색팔색을 해서요."

그녀는 언제 그랬냐는 듯 생글생글 웃는 얼굴로 대꾸했다.

"사장님, 그런데 저희 정말 잘 어울려요? 오늘로 만난 지 백일 됐거든요."

그러면서 나만 알아볼 수 있게 살짝 윙크했다.

"백일? 깨가 쏟아지고 복이 넘칠 때네."

"그렇죠? 저 그냥 얘랑 결혼할까봐요. 어차피 남자 다 거기서 거기니까."

내 눈이 휘둥그레지는 걸 본 아주머니는 손사래를 치며 깔깔 웃었다.

"에이, 급할 게 뭐야. 한 일 년 살아보고 해요."

"빨리 딸 낳고 싶거든요."

"아가씨가 못하는 소리가 없네. 기분이다. 내가 딸 점지는 못해주고, 축하하는 의미로 맥주 한 잔씩 서비스 드릴게."

그날 밤 한 잔을 시작으로 두 잔, 세 잔, 결국에는 포카리스웨트에 소주를 말아 먹기에 이르면서—주인아주머니의 능청스러운 권유와 그녀의 폭주에 나는 휘말리고 말았다—이후에 우리가 나누었던 말과 행동들은 대부분 머릿속에서 사라져버렸다. 도무지 잊을 수 없는 하나의 장면을 제외하고 말이다. 사실대로 말하자면 나는 그 한 장면조차 전후 사정을 매끄럽게 기억하지 못한다. 다만 파편적으로 남아 있는 언어와 이미지들을 어설프게나마 하나의 맥락으로 꿰어볼 수 있을 따름이다.

어떤 흐름에서 비롯되었는지 알 수 없으나 너도 이제 그만 좀 참고 살라는 그녀의 혀 꼬부라진 조언에 나는 실실 웃으면서 뭐를? 내가 뭘? 하고 대꾸했다. 그러자 그녀는 오른손에 턱을 괸 채 출입구 쪽으로 고개를 홱 돌려버렸고, 우리 사이에는 얼마 동안 정적이 흘렀다.

"취했니? 얘, 얘, 정신 차려, 얘."

내가 테이블 너머로 손을 뻗어 그녀의 팔꿈치를 톡톡 두드리자 그녀는 갑자기 나를 똑바로 쳐다보며 물었다.

"맞지?"

"뭐가."

"아니 솔직히 진짜."

그녀는 이내 시선을 늘어뜨리며 어물거렸다.

"……맞잖아."

문제는 그 주어도, 지시어도 없는 물음에 말문이 막혀버린 내가—실로 오랜만에 취하여 경계심을 늦추고 만 내가—그런 식의 아웃팅 시도에 적당히 웃어넘길 타이밍을 놓쳐버린 것이다. 살면서 그런 상황에 처할 때마다 거의 조건반사처럼 부인을 해왔는데도 말이다. 시간이 지체되면서 분위기가 어색해지자 그녀는 약간 후회하는 기색을 비치기도 했는데, 그것이 내가 추후에 덧붙인 상상적 이미지인지 실재인지는 잘 모르겠다. 그렇지만 내가 어쩔 줄 몰라 하며 테이블 모서리의 깨진 부분을 한참 내려다본 기억은 분명하고…… 그녀는 먼저 화제를 돌리거나 농담을 꺼내는 식으로 상황을 무마하려 들지 않았다. 오히려 뭔가를 견디는 듯 아랫입술을 살짝 깨문 채 기다렸고, 그 견딤은 어째서인지 내가 그 상황을 견디는 일과 비슷하다는 인상을 주었기에, 지금의 나는 그 과정에 일말의 악의조차 없었으리라고 생각한다. 그래, 어쩌면 그녀는 진실을 캐묻고 싶었다기보다 확인받고 싶어했고, 확인받고 싶었다기보다 내게 그걸 주고 싶었던 것 같다. 내가 나에게 좀처럼 주지 못하는 것을 자신이 대신하여 주고 싶었던 것 같다.

하지만 누구도 그래서는 안 되었다.

그날 나는 소주를 한입에 털어넣은 뒤 느릿하게 입을 열었다. 무슨 대단한 각오나 결심이 있었던 건 아니고, 평소에 내가 그토록 경멸해 마지않던 술기운을 빌려서였다.

"어."

대답을 듣고 그녀가 지었을 표정이라든가 내가 덧붙였을 말과 행동은 좀처럼 떠올릴 수가 없다. 이따금씩 나는 가위로 필름을 오려내듯 완전히 사라져버린 장면들이 무엇이었을지, 어디로 가버렸을지에 대해 생각해보곤 했는데, 한참 후에야 내가 그것들을 의식적으로—혹은 무의식적으로—지워버렸을지 모른다는 추측을 하게 되었다. 그리고 지금은 거의 확신하고 있다. 내가 일부러 그녀를 지웠다고 말이다.

다음날 아침, 목이 말라 비몽사몽간에 눈을 떴을 때 나는 모텔 침대 위에 누워 있었다. 내 발로 호프집을 걸어나온 기억도, 카운터에 숙박비를 지불한 기억도, 속옷까지 남김없이 벗어던진 기억도 없었는데, 나는 그곳에 알몸으로 혼자 누워 있었다. 유난히 서늘하게 느껴지던 침대 시트의 감촉. 연보랏빛 벽지에서 배어나오던 퀴퀴한 냄새. 그것들은 암막 커튼 사이로 가늘게 내리비치던 정오의 햇빛과 함께 잊을 수 없는 풍경으로 이제껏 남아 있다.

나한테 무슨 일이 있었던 걸까. 아니, 무슨 일이 있기나 했던 걸까.

자초지종을 떠올릴 수 없었으므로, 그날 나는 오후 내내 지끈거리는 머리를 부여잡고 그녀가 연락해오기만 기다렸다. 그녀가 말을 건네는 뉘앙스—전화가 걸려오는 시간대와 인사말, 목소리의 떨림, 여백 등—에 따라 내가 어떤 식으로 대처하면 좋을지를 미리 다양한 버전으로 궁리하고 연습했다. 그러면서 만에 하나, 그럴 리 없겠지만, 그녀의 처분에 순순히 따라야만 하는 상황도 감안하기에 이르렀다.

하지만 전화는커녕 문자메시지 한 통 오지 않았다.

그렇게 사흘쯤 지나자 나는 문득 그녀도 나와 유사한 처지에 놓여 있는 것이 아닐까 하는 의문이 들었다. 만약에 그녀도 너무 취해서 무슨 일이 있었는지 기억하지 못하는 거라면, 그래서 뭘 어떻게 할지 결정을 내리지 못하는 거라면, 혹시 나한테 그런 질문을 던진 것도 대답을 들은 것도 기억하지 못하는 거라면, 뭐가 됐든 이 미지의 침묵을 끝낼 방법은 둘 중 누구든 먼저 말을 거는 것뿐이라고, 그렇다면 내가 전화를 걸어 지금의 심정을 솔직하게 전하는 게 최선이 아닐까 하는 생각이 들었던 것이다.

그러나 하지 않았지.

그건 내가 그녀의 책상 사진을 찍고, 메시지를 전송하려다가 포기하기를 반복하던 어느 날 문득 그 사진을 지워버린 것처럼, 우리가 돌이킬 수 없는 어떤 지점을 통과해버렸다는 자각에서 비롯된 것 같다. 오해를 풀고 나면 그다음엔? 오해가 아니었다면 그래, 그다음엔? 우리에게 그다음은 무엇이란 말인가.

좀더 숨김없이 말하자면, 당시에 나는 더이상 그녀와 나누고 싶은 이야기가 없었다. 더이상 그녀에게 털어놓고 싶은 말도 없었고, 더이상 그녀를 만나고 싶지도 않았다. 그건 우리가 모든 것을 충분하게 나누었으며 완수했다는 느낌을 받기까지 한 탓이었다. 그녀의 질문에 내가 대답을 꺼내놓던 순간, 내부에서 일어난 어떤 결렬의 감각이 그녀와 나 사이뿐 아니라 예전의 나와 지금의 나를 갈라놓은 탓이었다. 나는 더이상 예전의 나—자기 부인을 일삼던 나—로 돌아가고 싶지 않았다. 가능하면 그 시절을 연상시키는 모든 것과 멀어지거나 그것들을 삭제하고 싶었다. 그 결별 작업에는 어떠한 의도로 질문했든 내가 이십 년 넘게 억눌러온 목소리를 처음으로 들은 사람까지 포함되어야 했다. 고백의 순간, 그녀는 그 시절을 여닫는 마개이자 그 시절 자체가 되었기 때문이다.

이후로 나는 그녀를 찾지 않았고, 그녀도 어떤 이유에선지 나를 찾지 않았다.

결렬은 필연적으로 상처를 남겼고, 우리의 그날 밤은 시간이 흐르면서 아물어 열고 오돌토돌한 흔적으로 변모했다. 나는 가끔씩 그 자리를 만져보는 식으로 그녀를 떠올리게 되었으나, 언제나 떠올리고 싶지 않았고, 그럼에도 떠올렸고, 이게 무슨 짓인지 모르겠다는 낙담을 반복하게 되었다. 그러던 어느 날 나는 혼자서 점심을 먹고 회사로 돌아오는 길에, 횡단보도 앞에 서서 멍하니 보행신호를 기다리다가, 건너편의 은행나무가 바람에 몸을 흔들며 노란색 이파리들을 우수수 떨구는 모습을 바라보며, 그 느릿하고 순간적인 낙하의 궤적을 눈으로 좇으며, 어떤 관계는 작별을 통해 영원히 지속되기도 한다는 사실을 받아들이게 되었다.

*

열흘 후 인스타그램에 그녀의 아기 사진이 업로드되었을 때 나는 '좋아요'를 누르지 않았고, 누를 수 없었고, 당연히 그녀와 아기가 머물고 있다는 병원을 찾아갈 엄두도 내지 못했다. 내가 할 수 있는 건, 해도 좋은 일이란 건 아무것도 없었는데, 나는 그 사실이 조금도 놀랍지 않으면서 놀라웠다. 우리가 뭣도 아니라는 사실이, 남보다 못하다는 사실이 새삼스럽기만 했다.

그럼에도 내가 아기를 만나러 가는 일을 상상해보는 걸 멈출 순 없었다. 지하철역 계단을 올라 한적한 보도를 걷고, 병원 문을 열고 들어가 데스크에서 그녀의 이름을 말하고, 안내를 받아 엘리베이터에 오르고, 어디론가 상승하고, 희미하게 알코올 냄새를 풍기는 복도를 지나 거대한 유리벽 앞에 우뚝 멈춰서는 일. 그곳에서 투명한 플라스틱 바구니에 담긴, 그녀의 이름이 적힌 분홍색 고무밴드를 발목에 찬 아기를 내려다보는 일. 흰 무명천에 감싸인 아기의 꼬물거리는 몸짓과 불그스름한 피부, 하품을 깨물 때마다 입가에 고이는 침, 작디작은 발바닥의 주름 따위를 숨죽여 들여다보는 일. 그런 상상은 먼 훗날 그녀의 아기가 소녀로 성장하고, 어엿한 아가씨가 되었을 때 길에서 우연히 마주치는 장면으로까지 뻗어나갔다. 행인들로 북적이는 번화가 한복판에서 우리가 서로를 전혀 의식하지 못한 채 엇갈려 지나가는 장면 말이다. 그게 무엇을 뜻하는지는 알 수 없었으나, 나는 그 만남을 막연한 소망처럼 가슴 한편에 품게 되었다.

소망.

그러므로 지금의 소망인 너에게 나는 이 이야기를 털어놓을 수밖에 없었다. 우리가 카페 의자에 나란히 앉아서 읽던 책을 잠시 테이블에 내려놓았을 때, 저편의 유리창에 꽂힌 오후의 빛을 건너다보다가 서로 눈이 마주쳤을 때, 나는 마치 어제 본 드라마의 줄

거리를 설명하듯 이 이야기를 시작했고, 너는 잠자코 귀를 기울여 주었다. 네가 곁을 비울 때마다 내가 찾아보는 이름이 있다고, 그녀의 인스타그램과 출산 소식과 우리가 함께 나누었던 시간을 너에게 전부 이야기하는 것이 내가 생각하는 존중이고 사랑인 것 같다고 말이다. 그러면서 나는 한때 네가 나에게 바랐던, 어쩌면 지금도 바라고 있을 관계의 형식이랄까 마음의 구성에 대해 어렴풋이나마 이해할 수 있을 것 같다고 덧붙였다. 그러니까 한 사람의 마음에 둘 이상의 존재가 서로 다른 안타까움으로 담길 수 있다는 걸 말이다.

"꼭 같다고 볼 순 없지만…… 비슷한 것 같네."

너는 대답했고, 나는 그렇다면 네가 원하는 관계가 정확히 무엇인지 다시금 설명해달라고 묻고 싶었으나, 어쩌면 우리는 서로를 모르는 채로만 함께할 수 있으리라는 기분이 들었으므로, 몰라야만 지속될 수 있으리라는 예감이 들었으므로 입을 다물었다. 대신에 나는 코트 주머니에서 내 이름이 은색으로 각인된 만년필을 꺼내 보여주었다. 언젠가는 이 이야기를 글로 쓰고 싶다고, 그것이 그녀를 마지막으로 복기하는 일이 될 것 같다고 말했다.

"좋네."

너는 가벼운 미소와 함께 고개를 끄덕였고, 커피를 한 모금 삼킨 뒤 테이블에 내려놓았던 책을 집어 다시 읽기 시작했다. 마치 아무 일도 없었다는 듯이. 그런 너를 바라보면서 나는 문득 외로움과 따스함을 동시에 느꼈는데, 언젠가 우리가 헤어지게 되더라도, 십 년은커녕 일 년이나 육 개월도 사귀지 못한 채 이별하게 되더라도, 내가 원하는 사랑의 방식을 네가 견디지 못해 떠나버리더라도, 나는 지금 이 순간을 잊지 못할 것 같다고, 너와 함께한 나날을 잃지 못할 것 같다고, 언제부터인가 나는 내 마음에 들어온 누구도 쉽게 떠나보낼 수 없게 되었다고 말하고 싶었으나, 그런 말을 하면 어째서인지 눈물이 나올 것 같았으므로, 울어버리면 네가 나를 정말로 떠날 것 같았으므로, 나는 이 세상에서 내가 가장 솔직할 수 있는 이에게조차 털어놓을 수 없는 이야기가 있음을 알게 되었고, 가까스로 말하게 되더라도 그 이야기의 주인공은 언제나 내 곁에 없으리라는 사실을 받아들여야 했다.

사랑의 미래

그해 여름 우리는 일 주년을 맞이했다. 하필 윤년이어서 365일 하고도 하루를 더 보태야 했던 기억이 난다. 당시에 나는 주년의 '주'가 기둥 주柱 혹은 머무를 주駐일 거라 막연히 여겼는데 얼마 전에 사전을 확인해보니 두루 주周와 돌 주週를 동시에 뜻하는 자였다. 널리 돌아다니다가 종내 제자리로 회귀한다는 의미랄까. 그러자 시간이 가늘고 긴 호를 그리며 느릿하게 회전하는 이미지가 떠올랐다. 그 궤적이 마침내 하나의 원을 이루었을 때, 비로소 다시 만난 사람들처럼 우리가 카페에 마주앉아 케이크에 초를 꽂아 넣는 모습이 떠올랐다. 숫자 1 모양의 초에서 타오르던 불꽃은 위태롭게 흔들렸으나 쉽게 사그라들지 않았다. 그날 우리는 케이크를 가슴 높이로 들어올린 채 조금은 장난스러운 표정을 지으며 폴라로이드 사진을 찍었다. 나는 너의 사진을, 너는 나의 사진을 찍었다. 그러고 나서 오랜 시간이 흐른 지금, 나는 서랍의 맨 아래 칸을 열어 그날의 빛바랜 사진들을 꺼내보며 생각했다. 왜 이제야 '주'의 뜻을 알게 된 것일까. 다시는 돌아갈 수 없게 된 시점에, 더는 너와 만날 수 없게 된 시절에 말이다. 그러자 내 손에 남아 있는 것들의 의미가 무엇일지 궁금해졌다. 내 것이긴 하지만 더이상 내 것이라 명명할 수 없는, 그렇다고 다른 누구에게 이양할 수도 없는, 함부로 폐기할 수도 없는 상태로 남겨진 것들의 의미가 과연 무엇일지 말이다.

*

입추와 처서 사이, 골목길 담장 아래로 주홍빛 능소화가 드문드문 떨어져 있던 풍경이 기억난다. 그것이 출근하던 이들의 발길에 차여 산산이 바스라지던 모습도. 일 주년을 열흘 정도 앞두었을 때였다. 그날 우리는 업무 시간에 틈틈이 서로에게 줄 선물을 검색했다. 나이키 러닝화와 딥티크 오데썽, 보스 헤드폰, 애플워치에 이르기까지 각종 아이템의 상세 정보가 담긴 링크를 퇴근할 때까지 주고받았다. 그러다가 어떤 맥락에선지 분명치는 않으나 선물 대신 동대문에 위치한 JW메리어트 호텔에서 함께 일박을 하는 것으로 합의를 보았다. 날짜상 365일째가 되는 목요일 오후에 체크인하여 하룻밤을 보낸 뒤 달력상 일 주년이 되는 금요일 오전에 체크아웃하기로. 그렇게 윤년이라는 치윤법이 바로잡으려 하는 시간의 간극이랄까 오류를 활용하여 우리의 기념일을 두 배로 누리자고 말이다.

이제 와 생각해보면 다소 터무니없는 제안이었는데—그러므로 나의 아이디어였을 공산이 크다—이것이 제법 값나가는 선물들을 제치고 선정될 수 있었던 이유는 그즈음의 우리가 연일 이어진 프로젝트와 야근으로 완전히 녹초가 된 상태였기 때문이 아닌가 싶다. 둘 다 어렵게 낸 휴가이니 좀 쉬고 싶었던 것 같고, 선물이야 뭐 언제든 주고받을 수 있으니까…… 아무것도 하지 않으면서 무언가 할 수 있는 상태를 우리가 내심 바랐던 것이 아닌가 싶다.

그 무렵 나는 너의 기분이랄까 컨디션을 보지 않아도 느낄 수 있었다. 아니 거의 볼 수 있었고, 그런 것이 가능했다. 처음에는 흐릿한 블루나 옐로처럼, 꼭짓점이 뭉툭한 삼각형처럼 보이던 것들이 어느 순간부터 상당히 구체적인 장면으로 변했다. 이를테면 나는 네가 회사 일로 자정을 훌쩍 넘겨 귀가하는 밤이면, 하우스메이트인 사촌누나가 잠에서 깰까봐 조심스레 현관문을 여는 너의 모습을, 퇴근길에 산 햄버거와 감자튀김을 책상에 늘어놓고 혼자 먹는 모습을, 욕실에서 칫솔질하다가 꾸벅꾸벅 조는 모습을 어렴풋한 실루엣이나 환상이 아니라 실제적인 이미지로 목도할 수 있었다.

—형도 그래? 말은 안 했는데 사실 나도 가끔씩 그런 게 보여. 형이 회사에서 남자 동료들과 이야기를 나누다가 웃으면서 아랫입술을 깨무는 모습이나 집 거실 소파에서 아이패드를 만지작거리다가 까무룩 잠드는 모습 같은 거. 이상하지? 실제로는 한 번도 본 적 없는 장면인데 마치 몇 번이나 본 것처럼 눈에 선하니 말이야

—안 봐도 비디오라는 건가

—음, 그거랑 좀 다른 것 같은데……

—혹시 다른 사람이랑 만날 때에도 이런 적 있었어?

—없는 것 같아. 형은?

—나도 없는 듯

—신기하네. 참, 그거 알아? 이게 우리 첫날밤인 거

—첫날밤?

—첫날밤!

—지금까지 같이 잔 건 기억도 안 나니?

—아, 그런 게 아니라……

너는 분홍색 복숭아가 효자손으로 제 머리를 긁적이는 이모지를 보낸 뒤 그동안 우리가 한 번도 같이 밤을 보낸 적이 없다는 사실을 지적했다.

—기억 안 나? 연초에 계획했던 방콕 여행이랑 그후에 잡아뒀던 제주도 여행이랑…… 전부 취소됐잖아. 그래서 일 년 가까이 사귀었는데 밤새 함께 있었던 적이 한 번도 없어

—그러네, 자는 사이에 같이 잔 적이 없네

—이 세계가 우리의 첫날밤을 가로막고 있었던 거지

—우리의 사랑을 전염병으로 방해하고 있었구나

—전염병 하나면 다행이게

그래, 어쩌면 우리는 그저 하룻밤을 함께 보내고 싶었던 걸지도 몰랐다. 한 침대에서 느긋하게 뒹굴거리다가 나란히 잠들고 깨어나는 과정을 통해 뭐라고 규정할 수는 없으나 분명하게 이루어질 관계의 진전을 원했던 것 같다. 그렇게 한 번도 목격하지 못했던 서로의 면면을 확인하고 싶었던 것 같고, 서로를 조금 더 이해하고 싶었던 것 같고, 조금 더 사랑하고 싶었던 것 같다.

—사촌누나한테는 뭐라고 말했어?

—그냥 친구네서 자고 온다고. 형은 부모님한테 말씀드렸어?

—나도 뭐, 비슷하게 둘러댔어

*

그날 우리는 스타벅스 새문안로점에서 조촐한 세리머니를 올렸다. 클라우드치즈케이크에 초를 꽂고 불을 붙인 뒤 번갈아가며 사진도 찍었다. 촛불을 끄기 직전에는 각자 소원을 빌었는데, 나는 네가 무엇을 빌었는지 묻지 않았다. 너 역시 묻지 않았지. 그것은 소원을 입 밖으로 꺼내놓으면 이루어지지 않는다는 속설 탓도 있었으나 어쩌면 내가 너의 소원을, 네가 나의 소원을 이루어줄 수 없으리라는 예감 탓도 있었던 것 같다.

당시에 나는 너와 결혼할 수 있다면—이런 가정을 적용해본 사람은 네가 처음이었다—과연 우리가 어떠한 모습으로 살아가게 될까, 그런 상상의 나래를 머릿속으로 펼쳐보곤 했다. 그런 전제만으로 즐거움을 느꼈다. 하지만 그것은 내가 한 번도 보거나 들어본 적 없는 삶의 형식이어서 도무지 구체화하기 어려웠다. 우리가 웨딩홀을 대관하여 결혼식을 올린다. 혼인신고서를 작성하여 구청에 제출한다. 공동명의로 얻은 집에서 함께 생활을 꾸려나간다. 여느 부부들처럼. 그다음에는? 이후에 우리는 어떻게 되는 거지?

나의 상상은 번번이 우리가 함께 지내면서 겪게 될 불의의 사건이나 봉변을 당하는 장면으로 뻗어나갔다. 내가 한밤의 귀갓길에 느닷없이 물벼락을 맞는다거나 네가 회사에서 교묘한 방식으로 승진에서 누락된다거나 하는…… 자녀들에게 좋지 않은 영향을 줄 수 있으니 부디 이사를 가달라는 이웃들의 탄원을 마트에서 장을 보던 와중에 듣게 되는 일 따위 말이다. 그것은 우리의 결혼이 가능해지더라도 여전히 남아 있을 불가능에 대한 추측, 아니 확신 때문이었다.

케이크를 나누어 먹은 뒤에 우리는 택시를 타고 동대문으로 향했다. 반 뼘쯤 열어둔 창으로 선선한 바람이 불어와 달뜬 얼굴을 식혀주었던 기억이 난다. 8월 하순이었고, 살갗이 따끔거릴 정도로 볕이 뜨거웠다. 그날 우리는 도로 위를 달리는 택시 뒷좌석에서 말없이 창밖을 내다보기만 했다. 적당한 간격을 두고 떨어져 앉은 채 서로 반대 방향으로 고개를 돌리고 있었다. 그것은 누군가 우리의 몸짓과 대화를 보고 들을 수 있을 때, 그래서 우리가 친구나 선후배 사이가 아니라 그 이상이라는 사실이 노출될 수 있을 때, 공연히 불쾌한—혹은 위태로운—상황이 벌어질 수 있으니 가급적 언행을 삼가는 것이 우리에게 자연스러운 일이었기 때문이다. 하물며 행선지가 숙박업소일 경우에는 더더욱.

그렇지만 돌이켜보면 조금도 자연스럽지 않았다는 생각이 든다. 그때 우리는 분명히 하고 싶은 말을 삼키고 있었고, 하고 싶은 행동을 억누르고 있었다. 우리의 사랑을 은닉하고 있었다. 마치 이 세계에 그런 것이 존재하지 않는다는 것처럼. 누구를 위해서? 우리를 위해서. 그때는 그런 줄 알았다. 우리를 위해서! 하지만 그런 식의 경계와 단속이 누구를 위한 일도 아니었다는 걸—오히려 우리를 조금씩 상하게 만들었다는 걸—나는 한참 후에야 알게 되었다.

광화문에서 동대문에 이르기까지 대로변에는 일정한 간격으로 플라타너스와 은행나무가 늘어서 있었다. 나는 햇볕에 뭉근하게 데워진 차창에 이마를 붙인 채 그것들을 올려다보았다. 저것 좀 봐. 그때 너에게 말하고 싶었으나 룸미러로 우리를 흘끔거리는 운전사의 시선이 느껴져 입을 열지 못했던 기억이 난다. 저 색깔 좀 봐. 그날 착용한 마스크가 유난히 얼굴을 죄었던 것도. 키가 훌쩍 한 나무들의 우듬지가 연한 노란빛으로 물들어 있었다. 아마도 제 한계를 넘어서까지 햇빛을 수용한 탓이겠지. 하늘을 향해 높이 뻗어올라간 가지의 잎사귀들이 전부 볕에 타들어가고 있었다. 순간 나는 나무가 태양을, 빛을 너무나 사랑한 나머지 제 몸의 일부가 타들어가도록 내버려두고 있다는 생각이 들었다. 아니, 기꺼이 내바치고 있으며 그로 인한 고통을 즐기고 있다는 인상마저 받았다. 끓어넘치는 생명력이란 죽음의 위협을 끌어안는 양상으로 나타난다는 걸 나는 그때 어렴풋이나마 알게 되었다. 그래서였을까. 창밖의 이파리들이 바람에 휘날릴 때마다 어째서인지 내 귓가에는 질책하는 듯한 아우성이 들려왔다. 뜨거운 여름의 일광 속에서 두 팔을 벌린 채 타들어가는 나무들의 목소리가……

*

이제는 여름마다 그 소리가 들려온다.

*

호텔에 들어서자 바깥 공기와는 사뭇 다른 청량함이 은은한 장미향과 함께 우리를 맞이했다. 자줏빛 샹들리에를 지나자 어디선가 나직한 바이올린 연주 소리가 울려퍼졌다. 로비에는 체크인을 마치고 서로 사진을 찍어주기 바쁜 대학생 남녀 커플과 호텔 수영장에서 사용하려는지 노란색 튜브를 팔에 건 남자아이가 서 있었다. 제 체격보다 큰 리모와 캐리어를 지키고 있는 걸 보니 아이의 부모는 잠시 화장실에라도 간 모양이었다.

데스크의 직원은 우리를 반갑게 응대했다. 얼굴을 절반 이상 가릴 정도로 커다란 마스크를 착용하고 있었음에도 입가의 미소가 눈에 보이는 듯했다. 그녀는 서류 한 장을 꺼내 항목마다 동그라미를 치면서 숙박 요령을 일러주었다. 삼십대 초반의 남자 두 명이 트윈룸이 아닌 디럭스더블룸을 쓰는 상황이 아무렇지 않다는 기색이었다. 그저 무심한 것이 아니라 우호적인 이해와 포용의 뉘앙스를 띠는 것, 바로 그것을 수행하고 있었으므로 나는 평소와 다르게 네 옆에 붙어선 채로도 조금씩 긴장을 누그러뜨릴 수 있었다.

돈이 좋구나.

그럴 때마다 나는 화폐로 구입할 수 있는 안정과 완전을 실감했다. 한없이 많은 돈을 소유하고 싶다는 열망에 사로잡혔다. 이런 호텔에서 너와 하루가 아닌 일 년을, 십 년을, 아니 평생을 함께 지내고 싶었다. 호텔을 갖고 싶었다. 그 어떤 무례나 불상사도 일어나지 않을 것 같은 공간. 감시와 제재로부터 멀리 떨어져 견고한 대리석 벽 안쪽에서 마냥 평온할 수 있을 것 같은 공간. 나는 호텔의 웅장한 규모나 화려함보다 현실과 유리되는 듯한 감각에 마음을 빼앗겼다.

물론 이런 착각은 그리 오래가지 않았다.

복도 모퉁이에서 부모가 돌아오자 남자아이가 눈썹만 실룩여 어떤 신호를 보내는 모습이—혹시 착각이었을까—내 눈에 들어왔기 때문이다. 그러자 어머니로 보이는 여자가 우리 쪽을 건너다보며 입술을 오물거렸다. 끌어안는 척하며 한 손으로 아이의 얼굴을 가렸다. 아버지로 보이는 남자는 앞으로 나섰고, 데스크에 한쪽 팔을 올린 채 우리에게 등을 보이는 자세를 취했다. 그런 모습으로 용건을 진행했다. 그 순간 나도 모르게 한 걸음 물러섰던 기억이 난다. 무슨 판단이란 걸 해볼 겨를도 없이 반사적으로 몸이 먼저 움직였던 기억. 나는 너의 등뒤로 한 걸음 물러섰고, 한 걸음 다음에는 두 걸음, 세 걸음을 더 물러나서 마치 체크인 과정이 지루하여 주변을 좀 둘러보려는 사람처럼 벽을 따라 천천히 걷기 시작했다. 걷는 동안에는 거의 바닥과 천장만 보았지. 그렇게 내가 로비를 한 바퀴 돌고 왔을 때 아이와 부모는 자리를 떠나고 없었다. 대학생 커플도 없었고, 직원도 어디론가 사라지고 없었다. 데스크 앞에는 너뿐이었다.

그 모습.

그날 너는 소리내어 나를 부르지도 않고 그 자리에 우뚝 서 있기만 했다. 내가 돌아올 때까지 가만히 기다리고 있었다. 왜 그랬을까. 한참의 시간이 지난 뒤에도 이따금 그 모습이 떠오르곤 했다. 데스크 앞에서 내가 돌아오기만을 줄곧 기다리고 있는 네 모습이. 등뒤의 유리창으로 한가득 쏟아져내리는 햇빛을 맞고 서 있는 네 모습이. 그럴 때 너는 한쪽 눈을 찡긋하며 장난스러운 표정을 짓고 있기도 하고, 미간을 일그러뜨린 채 서글픈 웃음을 짓고 있기도 하다.

*

우리가 처음 만난 것은 장마가 지나고 더위가 한풀 꺾였을 즈음 을지로의 허름한 갤러리에서였다. 갤러리라곤 하지만 졸업 작품으로 찍은 영화를 상영하거나 소규모 플리마켓이 열리는 옥탑방 같은 곳이었다. 그날 진행된 퀴어 세미나는 트위터에서 화제가 된 것에 비해 실제로 참석한 인원은 열 명 남짓에 불과했다. 발표의 요지는 소수자를 향해 쏟아지는 그 어떤 편견과 혐오에도 증오로 맞서 싸우지 말아야 한다는 것이었는데, 바람직한 태도라는 생각이 들었음에도 당시의 나는 묘한 반발심을 느껴 그 자리에 삼십 분도 채 앉아 있지 못했다. 폭력에 폭력으로 응수해서는 안 된다는 가르침을, 그토록 온건하고 이성적인 다짐을 왜 약자들이 먼저 실천해야 하는지 의구심이 들었기 때문이다. 그러면서 나는 중간에 자리를 떴다는 죄책감을 덜기 위해 행사장 한편에 마련된 이벤트에 응했다. 대금을 치르고 수령지를 남기면 곧 출간될 세미나자료집을 저자들의 서명본으로 발송해준다는 것이었다.

그런데 보름 후, 엉뚱한 책이 도착했다. 봉투에 적힌 수신자명은 나였는데 전화번호는 다른 이의 것이었고, 주소는 우리집이 맞았는데 내용물은 다른 이의 이름이 적힌 서명본이었다. 그날 나는 너의 전화번호를 눌렀다. 평소라면 그러지 않았을 텐데, 아마도 그런 행사에 참석한 이라면—심지어 출간 이벤트에 응할 정도라면—특별히 조심하지 않아도 괜찮으리라는 막연한 믿음이 있었던 것 같다. 그날 오후 늦게 우리는 갤러리 앞에서 만났다. 훌쩍 큰 키에 동그란 안경, 흰 피부에 앳된 얼굴이 휴대전화로 들은 중저음의 목소리와 연결되지 않아 내심 놀랐던 기억이 난다. 당시에 너는 책을 받고도 좀처럼 자리를 뜨지 않더니 이것도 인연인데 차라도 한잔하자고 말했다.

"인사는 처음이어도 이 자리에서만 두번째인 거잖아요."

허튼수작처럼 보이지는 않았고 장난기보다는 진중함이 묻어나는 투였다.

"거절하셔도 괜찮아요." 너는 긴장했는지 말끝을 살짝 더듬었다. "진짜 괜찮아요."

나는 너를 바라보다가 조그맣게 웃음을 터뜨렸다. "가요." 네 어깨를 부드럽게 쳤다. "봐둔 데가 있어요."

그날 우리는 햇빛이 너르게 드는 카페 창가 자리에서 히비스커스 티를 두 잔 시켜놓고 이야기를 주고받았다. 대화는 우리가 손에 쥐고 있던 책에 관한 내용으로 시작되었는데, 나는 너의 이야기를 들으면서 혐오가 결국 타인이 아닌 자신을 파괴하는 행위라는 말에 어느 정도 수긍하게 되었다.

"그리고 한 대 맞았다고 해서 한 대 때릴 권리가 생기는 건 아니에요."

"그럼 맞고만 있으라고요?"

내 물음에 너는 난처한 웃음을 짓더니 잠시 생각에 잠겼다.

"솔직히 잘 모르겠어요. 예전에는 저도 참을 수 없이 화가 치밀어오르곤 했거든요. 거의 당하기만 하는 입장인데 뭔가 더 높은 도덕성이랄까 윤리 의식을 요구받는 것 같아서요. 그런데 아시잖아요. 앙갚음 같은 거 해봤자 후련해지지도 않고…… 나를 미워하는 사람들을 닮아가는 게 훨씬 무서운 일이더라고요."

"그러니까 오른뺨을 맞으면 왼뺨도 내주자는 거죠?"

나는 괜히 한번 더 어깃장을 놓았다.

"희생하자는 거죠?"

"희생이라기보다…… 사랑하자는 거죠."

그날 우리는 두 시간이 넘도록 대화를 나누었다. 억눌렸으나 올바름을 추구해야 하는 삶에 대한 이야기는 차츰 우리의 유년 시절과 성장통에 대한 기억들을 불러일으켰다. 자신의 성 정체성을 깨달은 후로 누구에게도 털어놓지 못할 고민과 죄의식에 괴로워하느라 하얗게 지새웠던 밤들. 상대를 향한 긴장이 풀어지면서 우리는 생애 처음으로—잠시나마 진지하게—자살을 고려했던 순간에 대해서도 이야기했다. 그러면서 나는 얼마 되지 않는 동안에 너와 급속도로 가까워지고 있다는 느낌을 받았다. 그것은 우리가 대학원을 졸업하고 어렵게 입사한 첫 회사에서 제 몫을 해내기 위해 아등바등 애쓰고 있는 사회초년생이라는 점, 어느 조직에서든 부침을 겪기 마련인 클로짓 게이로서 여전히 두려움과 소외감에 시달리고 있다는 점을 공유한 덕분이기도 했다. 그리고 한참 후에야 알게 된 사실인데, 그날 너는 대화가 끊어질 때마다 우리가 각자 등받이에 몸을 기댄 채 말없이 책장을 넘겨보거나 테이블에 시선을 고정한 채 멍하니 시간을 흘려보낸 순간들에 깊은 인상을 받았다고 했다. 처음 만난 사람과 침묵을 함께하는 와중에 불편함은커녕 은은한 만족감을 느낄 수 있다는 사실이 그저 놀라웠다고 말이다. 이후로 나는 사적이고 예민한 질문에도 자신의 속내를 가감 없이 털어놓는 너의—도톰한 입술과—솔직함에, 언제부터인가 내 눈을 피하지 않고 정면으로 마주보는 너의—연갈색 눈동자와—당돌함에 매료되었다. 그러니 우리가 오랫동안 알고 지낸 사이처럼 다소 짓궂은 농담을 주고받기에 이르렀을 때, 이번에는 내가 먼저 자리를 옮겨 술이라도 한잔하자고 제안했다.

"거절하셔도 괜찮아요." 나는 너를 흉내내며 말했다. "진짜 괜찮아요."

너는 부드럽게 미소 지었다. "가요." 그러면서 테이블 위의 내 손을 잡았다. "봐둔 데가 있어요."

우리는 바로 옆 건물의 호프로 향했다. 그 가게에서 가장 어두침침하고 구석진 자리에 마주앉아 페일에일과 필스너를 마시는 둥 마는 둥 하며—이따금 테이블 아래로 무릎이나 종아리를 맞대면서—한 시간 남짓 대화를 이어나갔다. 그러다가 어느 순간 말을 멈췄고, 한동안 서로를 뚫어져라 바라보기만 했으며, 더는 대화가 필요하지 않을 것 같다는 합의하에 모텔로 향했다.

"그때 나를 뭘 믿고 따라왔어?"

오층의 더블룸은 한쪽 면 전체가 유리로 되어 있어 바깥이 훤히 내다보이는 구조였다. 푹신한 킹사이즈 침대 옆으로 사무용 책걸상, 와인색 소파와 원목 테이블이 놓인 널찍한 방이었다. 우리는 가방을 내려놓자마자 마스크를 벗고 그 커다란 창 앞으로 다가섰다. 카페에서 여유를 부리다가 체크인 시간을 훌쩍 넘긴 탓에 어느덧 하늘은 연보랏빛으로 물들어 있었다.

"믿기는. 나 부모님도 못 믿는 거 알잖아."

창 너머로 십차선 대로와 고풍스러운 자태의 흥인지문, 연둣빛 언덕을 따라 이어진 성곽길이 한눈에 들어왔다. 내 대답에 너는 못 말리겠다는 듯 고개를 저었다. 그러면서 등뒤로 다가와 나를 살며시 끌어안았다.

"지금은?"

내 목덜미에 키스했고 양쪽 손목을 조심스레 붙들었다. 그러곤 어깨높이까지 천천히 들어올렸다.

"뭐하는 거야?"

"타이타닉 자세."

우리는 웃음을 터뜨렸고, 잠시 그대로 있었다. 방음이 잘되어서인지 그곳에서는 너와 나의 숨소리 외에 아무것도 들리지 않았다. 적막했고, 그러다보니 이 세계에 우리 둘만 존재하는 것 같았지. 이윽고 창밖으로 저녁 어스름이 드리워져 사위가 조금씩 검푸른 빛으로 변해갔다. 대로변에 줄지어 선 가로등과 신평화시장 건물의 간판에 차례로 불이 들어왔다.

"이러면 밖에서 우리 보이지 않나."

어느새 검게 물든 유리창에 우리의 실루엣이 얼비쳤을 때 나는 약간 걱정스러운 목소리로 말했다.

"뭐, 어때. 보라지."

너는 손을 뻗어 내 바지의 벨트를 풀기 시작했다.

"미쳤나봐."

그때 나는 실실 웃으면서 너를 말리지 않았다. 바지를 끌어내린 뒤 셔츠 안쪽으로 뻗어들어오는 손길을 만류하지 않았다. 오히려 즐겼고, 뭐라 설명할 수 없는 해방감에 온몸이 떨릴 지경이 되었는데, 그것은 창밖의 어둠이 짙어질수록 눈앞의 현실이 점점 사라져가고 있다는 감각 때문이었다. 우리를 볼 수 있는 사람들도 함께 사라져가고 있다는, 그로 인해 우리가 점점 분명해지고 있다는 감각 말이다. 이윽고 구름에 가려져 있던 상현달이 모습을 드러냈을 때 나는 입안에서 맴돌던 말을 뱉어냈다.

"보라지."

유리창에 허연 입김이 피어올랐다가 사그라졌다.

"다들 좀 보라고."

*

그날 나는 한참을 뒤척이다가 새벽 세시쯤 깨어났다. 잠자리가 바뀐 탓도 있었으나 언제부터인가 깊은 잠에 이르지 못한 까닭이었다. 암막 커튼을 치고 수면등까지 꺼버린 방안은 빛 한 점 없이 캄캄했다. 눈꺼풀을 든 지 한참이나 지난 것 같은데, 코앞에서 손가락을 흔들어도 그것을 거의 분간할 수 없을 정도였다. 나는 조용히 상체만 일으켜 침대 헤드보드에 기대앉았다. 천장의 에어컨에서 흘러나오는 차고 건조한 바람에 어깨를 움츠렸다. 그러다가 나는 한 치 앞도 내다볼 수 없는 어둠 속에서 네가 호텔 방을 나섰던 순간을 떠올렸다. 그 장면이 저절로 눈앞에 그려지는 듯했다. 인근 레스토랑에서 저녁식사를 마친 뒤 방으로 돌아와 각자 침대에 널브러져 있을 때였다. 내가 냉장고를 열어 안을 살펴보는데 등뒤에서 네가 "혹시 거기 있는 거 마실 거야?"라고 물었다.

"글쎄."

"괜히 비싸기만 하고. 탄산이랑 주스밖에 없지 않아? 내가 나가서 사올게."

"뭐하러, 귀찮게."

"금방이야. 오는 길에 보니까 형이 좋아하는 공차도 있던데."

"문 닫았을 시간 아니야?"

"이 동네 상점들은 24시간 영업한대."

너는 벌떡 일어나 옷을 주워 입기 시작했다. 담배라도 피우려는 건가, 하는 생각이 들어서 나는 더이상 말리지 않고 조심히 다녀오라 말했다.

"당도 오십에 얼음 적게?"

"블랙펄 추가요."

그런데 네가 방문을 나선 순간부터, 그리하여 찾아든 적요를 인식한 순간부터 나는 불안한 감정에 휩싸였다. 조금 전까지만 해도 안락하고 포근하던 방안이 갑작스레 낯설고 어색한 공간처럼 느껴졌다. 책을 읽으려 해도 도통 집중이 되지 않았고, 텔레비전을 보려 해도 가만히 앉아 있기가 어려웠다. 나는 공연히 실내를 배회하다가 야경이 내려다보이는 창 앞으로 다가갔다. 무심코 건물 아래쪽을 내려다보았는데 놀랍게도 네가 보도 위에 서 있는 모습이 보였다. 그곳에서 너는 호텔의 창문들을 손가락으로 하나씩 헤아리며 우리가 머물고 있는 방이 어디인지 찾고 있었다. 내가 너를 찾았을 때, 너도 나를 찾은 듯했다. 내가 놀랍고 반가워 머리

위로 손을 흔들자 너는 마주 손을 흔들어주었다. 그러곤 느닷없이 엉덩이를 좌우로 실룩거리는 춤을 췄다. 나는 웃음을 터뜨리면서 머리 위로 엑스 자를 만들어 보였다. "뭐하는 거야." 들릴 리가 없는데도 너를 향해 말했다. "돌아와, 빨리." 그런데 너는 춤을 추다가 어느 순간 목과 허리를 꼿꼿이 세우는 자세로 섰다. 마치 무대 위에서 퇴장하려는 배우처럼 오른손을 바깥으로 천천히 휘두른 다음 제 왼쪽 가슴에 얹고 상체를 숙였다. 그러곤 뒤돌아서 걷기 시작했다. 한 번을 돌아보지 않았다. 나는 조금씩 작아지는 너의 뒷모습을 눈으로 좇다가 네가 우거진 나무의 잎사귀들 사이로 사라지는 것까지 보았다.

일순 나는 울음을 터뜨렸다. 두 손으로 얼굴을 감싼 채 어깨까지 들썩여가며 흐느꼈다. 이제 와 다시 생각해봐도 영문을 알 수 없는 일이었다. 나는 그때 네가 이곳을 떠나 영원히 돌아오지 않을 것만 같다고 느꼈다. 너와 헤어지게 되는 순간을 앞서 경험하고 있다고 느꼈다.

물론 오래지 않아 너는 돌아왔다. 당도 오십에 얼음은 적게, 블랙펄이 잔뜩 든 밀크티와 함께. 그날 나는 달콤한 음료를 입안에 머금은 채 창문을 통해서 너를 보았던 이야기를 차마 꺼내놓지 못했다. 뒤늦게야 그 사람이 네가 아니었을 수도 있겠다는 생각이 들었기 때문이다. 혹시 너도 그런 생각을 했던 걸까. 우리는 그 밤에 있었던 만남과 이별에 대해 그후로도 한 번을 이야기하지 않았다.

*

이튿날 늦잠을 자는 바람에 우리는 조식 뷔페가 마감되기 삼십 분 전에야 가까스로 라운지에 입장했다. 그리고 바로 후회했다. 당연한 말이지만—어째서 당연한가—그곳에는 자녀를 둔 중년 부부와 젊은 남녀 커플들뿐이었다. 일행이 남자 둘인 경우는 우리가 유일했다. 테이블 간격은 바로 옆 손님들이 아침식사로 무엇을 집어왔는지, 그러니까 타인의 음식 취향과 플레이팅 솜씨까지 낱낱이 살펴볼 수 있을 정도로 가까웠다. 어머 저거 뭐야. 서로가 서로의 접시를—혹은 파트너를—흘끗거리며 괜한 의구심을 한 번쯤 품을 수밖에 없는 구조였다. 무엇보다 직원들을 제외하고 손님들 중에는 마스크를 착용한 사람이 거의 없다시피 했다. 아무도 그런 것에 신경쓰지 않는 분위기였다. 식사 공간이고 전염병이 꽤 수그러든 시기이긴 했으나 마치 이곳에 입장할 수 있는 사람 중에는 그런 병에 걸릴 만한 이가 존재하지 않으리라는 의식을 공유하는 것처럼 보였다.

그곳에서 우리는 식사하는 내내 크림수프와 오렌지주스의 당도, 의자의 푹신함, 창밖의 날씨에 대한 이야기만 나누었다. 낮은 목소리로 속닥거리다시피 했지. 바로 옆 테이블의 부부가 자리를 뜨기 직전까지 호기심어린 얼굴로 우리를 곁눈질한 탓이었다. 사실 그들은 별생각 없었을지도 모르겠다. 그렇지만 우리는 시선을 예민하게 감지했고 경직되었다. 늘 그래왔던 것처럼. 그래서인지 옆 테이블 사람들의 눈빛은 이렇게 말하는 듯했다. 어머 저거 뭐야. 저런 애들까지 여기 들어오면 어떡해.

*

달력을 넘기자 계절도 변한 듯 서늘한 공기에 몸이 으스스 떨려왔다. 나는 선풍기에 커버를 씌워 창고에 들여놓았고, 서랍장에서 긴소매 셔츠와 카디건을 찾아 꺼냈다. 갈색으로 말라버린 나뭇잎들이 하나둘씩 바닥에 떨어져내렸다. 어느덧 가을이었고 모든 것이 변해가고 있었다. 일 주년 이후로도 우리는 주말마다 만나 데이트를 했다. 극장에서 마스크를 착용한 채 재개봉한 영화를 관람하거나 강변을 따라 자전거를 타거나 모텔 방에서 배달 음식을 먹고 보드게임을 하는 식이었다. 그런데 추석을 포함한 긴 연휴가 지나자 전염병이 다시 기승을 부리기 시작했다. 그 무렵 광화문에서 열린 보수 단체의 대규모 집회가 원인이었다. 확진 환자가 하루에 사십만 명에 달하자 위기 경보는 '심각'에서 '위험' 단계로 격상되었고, 거리의 상점들은 일제히 문을 닫았다. 특별 조치가 있기 전까지 외출을 전면 금지한다는 정부 명령에 의해 회사 업무는 무기한 재택근무로 전환되었다. 사람들은 집밖으로 한 발짝도 나서지 못한 채 사태가 진정되기만을 기다려야 했다. 그렇게 되기 전, 너와 마지막으로 데이트했던 밤, 헤어지기 직전에 지하철역 근처 베이커리에서 카눌레와 크루아상을 샀던 기억이 난다. 그때 너는 계산을 하기 직전에 바로 옆 쇼케이스에서 숫자 2 모양의 초를 집어들었다.

"뭐하려고."

내가 묻자 너는 어깨만 살짝 으쓱해 보였다.

"이 주년 때 쓰려고."

"그때까지 갖고 있으려고?"

"그때까지 갖고 있으려고."

그날 이후로 우리는 만나지 못하게 된 것을 벌충이라도 하듯 평소보다 빈번하게 연락을 주고받았다. 시시각각 전화로, 문자메시지로 안부를 나누었고 일상의 사소한 순간들까지 휴대전화 카메라로 촬영해 전송했다. 그렇지만 외출 금지 기간이 일주일에서 열흘로, 보름으로, 한 달 넘도록 이어지는 과정에서 우리의 연락은 차츰 줄어들었다. 새롭게 알려줄 만한 현재가 없었고, 새롭게 계획할 만한 미래가 없었다. 밥은 먹었는지, 잠은 잘 잤는지, 간밤에 넷플릭스로 본 드라마의 결말은 어땠는지, 뭐 그런 걸 묻거나 답하고 나면 더이상 하고 싶은 말도 궁금한 것도 없었다. 매일 방안에만 틀어박혀 있으니 뭔가 해볼 의욕조차 나지 않았지. 돌이켜보면 우리는 그때 만성적인 실의에 빠져 있었던 것 같다. 난생처음 경험하는 봉쇄 조치에 어찌할 바를 몰랐던 것 같다. 그러던 어느 금요일 밤, 네가 나한테 느닷없이 문자메시지를 보내왔다.

—그냥 몰래 만나자

이런 와중에도 비밀스레 영업을 이어가는 음식점과 카페를 알고 있다고 했다.

—어떤 사람들은 잘만 돌아다녀. 누구는 몰래 해외여행도 간다던대

—누가 그래?

—다들 그래

그날 나는 한참을 망설인 끝에 답신을 적어 보냈다.

—다른 사람들은 그렇다고 치자. 그런데 만약에 우리가 밖을 돌아다니다가 전염병에 감염되기라도 한다면? 서로에게 병을 옮기기라도 한다면? 그래서 병원으로 옮겨져 검사를 받는 와중에 우리가 서로의 몸을 만지고 입을 맞췄다는 정황 같은 걸 들키기라도 한다면? 그러한 사실을 전 국민이 인터넷으로 확인할 수 있게 된다면?

당시에 내가 그렇게까지 메시지를 적어 보낸 건 질병에 대한 걱정이랄까 두려움 때문이 아니었다. 좀더 근본적인 불안에 의해서였고, 오랫동안 견뎌온 공포의 무게를 끝내 이겨내지 못한 탓이었다. 너는 그것을 단번에 이해한 듯했고, 그러므로 더이상 만나자는 이야기를 꺼내지 않았다. 다시는 하지 않았지.

이후로 우리는 드문드문 연락을 주고받긴 했으나 그 빈도는 서

서히 줄었고, 그러한 흐름은 어째서인지 자연스럽게 여겨졌으므로, 우리는 석 달 만에 위기 경보가 '위험'에서 '심각'으로, '경계'로, '주의'로 격하되어갈 즈음 거의 연락을 나누지 않는 사이가 되어 있었다. 적어도 하루에 한 번은 안부를 묻던 사이에서 사나흘에 한 번, 아니 열흘에 한 번 연락을 할까 말까 한 사이가 되어 있었다. 그러다보니 만날 수 있어도 만나지 않는 사이가 되어 있었고, 어느 순간부터 만날 수 없는 사이가 되어 있었다. 그해 겨울, 내가 크리스마스를 이틀인가 앞두고 실로 오랜만에 너에게 전화를 걸었을 때—무슨 생각으로 그랬을까—너는 더이상 그 번호로 연결되는 사람이 아니었다.

*

요즘 나는 별일 없이 지낸다. 서울을 떠나 한적한 시 외곽에 원룸을 얻었고, 얼마 전에는 재응시 끝에 운전면허증도 발급받았다. 변화된 생활양식에 어색하게나마 적응하고 있고, 앞으로도 적응해나가야 하리라 생각한다. 나의 하루는 아침에 알람소리를 듣고 깨어나 세수도 하지 않은 채 노트북을 열어 출근 체크를 하는 것으로 시작된다. 보통 나는 메일 수신함을 죽 훑어본 뒤 급한 요청에만 답신을 보내고는 부엌으로 향한다. 전날 만들어둔 샐러드와 토스트를 책상으로 가져와 먹으면서 일하고, 일만 하고, 점심시간이 되어서야 욕실로 들어가 샤워를 한다. 오후 시간에는 다시 자리에 앉아 업무를 이어간다. 네시에는 스카이프 화상 전화로 부서 회의를 하고, 여섯시에는 그날 수행한 업무 결과를 간략한 보고서 형태로 제출한다. 퇴근 체크까지 마치고 나면 어깨를 묵직하게 내리누르는 피로감에 침대로 가 드러눕곤 한다. 그대로 얼마 동안 잠들기도 하고, 금세 일어나 저녁을 차려 먹기도 한다.

밤이 이슥해지면 편안한 운동복 차림에 마스크를 착용한 채 동네 근린공원을 산책한다. 가보면 나와 비슷한 차림의 사람들이 발소리도 내지 않고 걸어다니고 있다. 우리는 서로에게 가까이 다가가지 않으며 말도 걸지 않는다. 보통 나는 천 미터 산책 코스를 세 바퀴 정도 돈다. 공원 부지를 에워싸는 진초록색 포장길로, 안내도에는 찌그러진 타원형으로 그려진 코스이다. 나는 세 바퀴를 한 번에 다 돌지는 못하고 한 바퀴 반쯤 돌았을 때 늘 똑같은 벤치에 걸터앉아 십 분 정도 휴식한 뒤 나머지를 돈다. 무리하지 않을 것. 운동이라기보다 산책이었으므로 나는 언제나 숨이 차지 않을 정도를, 땀이 나지 않을 정도를 유지하려 애쓴다.

그러다가 날이 풀리기 시작하던 초봄의 어느 날, 나는 벤치 바로 옆의 목련나무가 베였다는 사실을 알게 되었다. 솔직히 처음에는 알아채지도 못했다. 특별히 나무에 관심을 기울인 적 없었으니까. 그저 좀 허전하다는 느낌에 주위를 두리번거리다가 밑동만 남아 있는 걸 발견했다. 그날 나는 벤치에서 일어나 그쪽으로 다가

갔다. 한아름 크기의 밑동을 내려다보았고, 보기만 하다가 어느 순간에는 쪼그려앉아 손을 뻗었다. 매끄럽게 잘린 면은 차갑고 단단했다. 연갈색의 나이테를 따라서는 미세하게 거스러미가 일어나 있었다. 그날 나는 여러 겹으로 늘어선 시간의 궤적을 어루만지며 모든 것이 끝나버렸다는 기분에 사로잡혔다. 다시는 시작할 수 없으리라는 예감에 가슴 한구석이 먹먹해졌다. 그런데 손끝에 뭉툭하게 튀어나온 부분이 만져졌다. 살펴보니 테두리의 한끝에 조그마한 연둣빛 움이 돋아나 있었다. 다시 자라나고 있었고, 시작되고 있었다.

나는 그 싹의 머리를 조심스레 어루만지다가 자리에서 일어났다. 산책 코스로 돌아갔고 남은 한 바퀴 반을 마저 돌았다. 호흡이 조금씩 가빠지는 것을 느낄 수 있었다. 등줄기를 따라 땀방울이 맺히기 시작했는데 도무지 걸음을 늦출 수가 없었다. 그때까지 나는 이 세계가 우리를 갈라놓았다고 생각했다. 우리를 포기하게 만든 것은 이 세상이지 내가 아니었기를 바랐다.

돌고 돌아 원점에 이르렀을 때 내리막을 지나 공원을 빠져나왔다. 집으로 돌아가는 길에는 너와 처음이자 마지막으로 함께 보냈던 밤을 떠올렸다. 그날 우리는 불을 끄고 침대에 나란히 누워 잠들기 직전까지 이런저런 이야기를 나누었다. 너는 방안이 너무 어두워 우주 같다 했고, 우리가 그 속을 둥둥 떠다니는 먼지처럼 느껴진다 했다.

"고마워." 그러다가 네가 덧붙였을 때 나는 웃으며 대답했다. "나도 고마워."

"그동안 형 덕분에 좋은 날이 많았어. 오늘도 그렇고…… 이렇게 잠들 때까지 함께할 수 있다는 게 신기하고 좋다."

"신기할 건 뭐야. 아무튼 좋다니까 나도 좋네."

우리는 어둠 속에서 서로의 손을 찾아 쥐었고 잠을 청했다. 그 밤 나는 손만 뻗으면 닿을 자리에 누군가 살아 숨쉬고 있다는 것에, 심지어 그가 나의 사랑이라는 것에 뭉근한 기쁨을 느꼈다. 그렇지만 오래지 않아 손을 놓고 각자 편안한 자세로 다시 누웠을 때에는, 그리하여 잠들기 직전에 이르렀을 때에는, 어째서인지 이런 밤은 처음이고 다시는 없으리라는 예감에 몸을 떨었다.

겨울의 끝

1

시간이 흘러도 달라지는 것은 없다.
요즘은 그런 낙담이랄까 실의에 빠져 있다.

2

살면서 가장 오랜 시간을 함께한 사람이 엄마일 텐데 나는 엄마에 대해 제대로 아는 것이 없었다. 엄마가 나에 대해 제대로 알지 못하는 것처럼 말이다. 너무해. 엄마는 나를 낳아준 사람이잖아.

나는 엄마에게서 태어난 사람이잖아. 한때 하나였던 우리가 서로를 이해할 수 없다면 생면부지의 타인이야 뭐 말할 것도 없지 싶었다. 그렇게 생각하면 누구를 믿고 살아야 하나, 왜 살아야 하나 싶었다. 애초에 누군가를 이해한다는 것이 가능한 일이긴 할까. 나는 나조차 제대로 이해해본 적 없는데. 만약에 나와 엄마 둘 중에서 한 명이라도 온전히 이해할 수 있다면, 그런 것이 가능하다면 나는 엄마를 이해해보고 싶었다.

3

3월 초순, 말간 하늘에 서늘한 바람이 불던 일요일이었다. 늦잠을 자고 일어나 사골국에 밥을 말아먹는데 현관 쪽에서 도어록 비밀번호를 입력하는 소리가 들려왔다. 나는 둔중한 쇳소리와 함께 뒤를 돌아보았다. 엄마였고, 집으로 오는 길에 장을 봤는지 한 손에 검은색 비닐봉지를 들고 있었다.

"야."

엄마는 왠지 신이 난 얼굴이었다. 새로 개업한 과일가게에 들렀다가 태어나서 처음으로 망고를 봤다고 했다. 기념으로 만원어치 구입했다면서 굳이 하나를 꺼내 밥 먹는 내 얼굴 앞에 들이밀었다.

"이게 망고래."

"웬 망고."

그러고 보니 나 역시 태어나서 처음으로 망고를 본 듯했다. 이전에는 항상 껍질이 벗겨진 채로, 편의점이나 뷔페에서 먹기 좋게 조각난 형체로만 본 탓이었다. 그래서 내 머릿속의 망고는 젤리처럼 탱글탱글한 진노란색 정육면체에 가까웠는데, 엄마가 보여준 망고는 내 손바닥만한 크기의 길쭉한 타원형이었다. 꼭지가 달린 위쪽은 짙은 청록색이었고 아래쪽으로 갈수록 선명한 진홍빛을 띠었다.

엄마가 망고를 내밀어서 나는 얼결에 그것을 한 손에 쥐어보았다. 제법 두툼하니 묵직했다. 따듯했고, 잘 익은 복숭아마냥 표면이 무를 줄 알았는데 참외처럼 단단했다. 단단해. 그제야 망고라는 것이 실감났고, 뭔가를 실감하는 일이 나를 살아 있게 만드는 것 같았다.

"이거 어떻게 먹어야 돼?"

엄마의 물음에 나는 잠시 생각해보는 척했다.

"글쎄. 껍질 깎아서 먹으면 되지 않을까."

"색깔 좀 봐. 다 안 익은 거 맞지?"

"모르겠는데."

알 턱이 없잖아, 라고 생각했다. 나도 오늘 처음 봤는데.

"이게 다 익은 상태일 수도 있지."

나는 건성으로 대꾸했다.

"그런가."

"아닐 수도 있고."

"그러면 네가 한번 깎아봐."

엄마는 이내 심드렁해진 얼굴로 돌아섰다. 안방으로 향하며 덧붙였다.

"까보면 알겠지."

나는 방문이 닫히는 소리를 들으며 손에 쥔 망고를 내려다보았다. 내 기억이 맞는다면 그것은 엄마와 내가 처음으로 함께 본 망고였다. 처음으로 함께 먹을 망고였다. 그러고 보면 나는 조금도 기억하지 못하지만 엄마는 어렴풋이나마 기억하고 있을 우리의 처음들이 있을 터였다. 아주 사소한 처음들. 엄마는 내게 한 번도 그런 이야기를 해준 적이 없었다. 내 어린 시절이 담긴 사진 한 장 남겨두지 않았지. 먹고살기 바빠 그런 것까지 챙길 여력이 없었다고 했다. 사지 멀쩡히 키워줬으면 다행인 줄이나 알라고.

나는 자리에서 일어나 망고를 개수대로 가져갔다. 흐르는 물에 몇 차례나 씻었고 과도를 꺼내 천천히 껍질을 벗겨냈다. 반 뼘쯤 깎았을 때 손가락으로 과즙이 배어나며 열대의 향이랄까 달고 눅눅한 냄새가 코끝에 훅 끼쳤다. 겉과 다르게 속은 연한 노란색이었다. 탄력이 없어 조금만 힘을 줘도 흐무러졌다. 나는 끈적끈적해진 손으로 남은 껍질을 최대한 조심스레 벗겨냈다. 그런 다음 희고 둥근 접시 위에 칼로 조각조각 먹기 좋게 썰어보려 했는데…… 편의점에서 왜 손질이 다 된 망고를 판매하는지 알 것 같았다.

4

사골국에 밥을 말아서 멸치조림과 함께 먹던 아들이 눈에 밟혔는지, 그날 오후 엄마는 깍두기를 담갔다. 과장을 조금 보태자면 내 몸통만한 크기의 무를 두 개나 사서는 가파른 언덕길을 끙끙거리며 들고 올라와 오후 내내 깍두기를 담갔다.

"휴일에는 좀 쉬셔."

"이게 쉬는 거지, 뭐."

그날 밤, 외출하고 돌아온 나는 늦은 저녁식사로 또 사골국에 밥을 말았다. 그리고 갓 담근 깍두기를 곁들여 먹었다. 젓가락으로 네모나고 납작한 무를 집어 입안에 넣고 와작와작 씹었다. 무가 달았다. 아직 소가 배지 않았을 텐데 그 자체로 단맛이 강했다. 무가 다네. 원래 단가. 나는 어리둥절한 기분으로 식사를 이어갔다. 허기졌었는지 먹는 와중에도 침이 고였고, 숟가락질하는 속도가 점점 빨라졌다. 그릇을 절반 넘게 비웠을 때에는 감사합니다, 라고 생각했다. 감사합니다.

5

일요일 밤 아홉시 오분이 되면 SBS에서 〈미운 우리 새끼〉라는 예능 프로그램을 방영한다. 미혼의 중년 남자 연예인들이 벌이는 한심한 짓거리를 그들의 친모가—아닐 수도 있지만—스튜디오에 모여 앉아 관찰하며 이런저런 코멘트를 다는 것이 주된 내용이다. 나는 엄마가 그 프로그램의 애청자라는 사실만으로 조금 언짢을 때가 있었는데, 그러거나 말거나 엄마는 아홉시가 임박해오면 어디론가 사라져버린 리모컨을 찾기 위해 거실을 배회하며 큰 소리로 외쳤다.

"미운 새끼 내 새끼 봐야 돼."

"미운 새끼 내 새끼!"

그때마다 방안에서 책을 읽거나 유튜브를 보던 나는 엄마가 왜 저럴까 생각했다. 혹시 나 들으라고 일부러 틀리게 말하는 걸까 싶었는데 차마 물어본 적은 없었다.

엄마, 불만 있으면 그냥 말해.

어쩌면 엄마는 별생각 없는지도 모르겠다. 오래지 않아 방문 너머에서 들려오는 천진한 웃음소리를 듣고 있으면—저게 왜 재밌는 걸까—엄마에게 무슨 속셈이랄지 꿍꿍이란 게 있을 리 없겠다는 생각이 드니까. 그저 내 자격지심인가 싶어지니까.

6

잊을 만하면 한 번씩, 엄마는 내게 언제 결혼할 거냐고 묻곤 했다. 정말로 궁금해서 묻는 것은 아니고 대체로 엄마 친구들의 자녀가 혼담을 주고받을 때, 기어이 작고 예쁜 청첩장이 날아들었을 때, 딱히 참석하고 싶지는 않으나 그동안의 친분과 받은 돈이 있어서 예식장에 얼굴을 비춰야 할 때, 괜히 성질이 나니까 만만한 나한테 풀듯이 대체 너는 언제 결혼할 거냐고 물었던 것이다.

그러면 나는 미간을 찌푸린 채 엄마를 쏘아보았다. 내가 생각하기에도 버르장머리없이 눈을 흘겼다. 도대체 저 아줌마는 내가 남자를 좋아한다고, 남자만 좋아한다고 몇 번을 말해야 받아들일까…… 못마땅하고 답답해서 그랬다. 한번은 엄마 앞에 사귀는 남자를 데리고 나타나 여봐란듯이 물고 빨고 쪽쪽거릴까 싶기도 했다. 이른바 충격요법. 엄마, 이것 좀 보세요, 엄마 아들은 이렇다고요, 남자를 못 끊어요, 하고 시위할까 싶기도 했으나 어느 집 자식이 부모 앞에서 그런 짓까지 하겠는가…… 나 역시 상식적인 선을 벗어나고 싶지는 않았다. 그렇지만 왜 나만 상식적으로 굴어야 할까 싶기도 했다. 가끔은 정말이지 참아주기 어려웠으니까.

듣기로는 이러한 상황에 처할 때마다 커밍아웃을 해야 한다고, 동성애 선언은 관 뚜껑에 못이 박혀도 뛰쳐나와서 해야 한다는데 내게는 그럴 만한 의욕이랄까 에너지가 없었다. 지난해 겨울, 두 달 넘게 야근과 주말 근무를 병행하다가 대상포진에 걸리면서 건강을—어쩌면 젊음이라는 것을 영영—잃은 탓이었다. 지인의 권유로 홍삼엑기스와 프로폴리스를 반년째 복용하고 있는데 이렇다 할 차도가 없는 듯했다. 하루는 출근길에 지하철역 계단을 오르다가 마지막 층계를 앞두고 눈앞이 핑 돌면서 졸도할 것 같은 기분을 느끼기도 했다. 별안간 코 안쪽이 뜨끈해지면서 검붉은 피를 주르륵 쏟는 일도 잦았고, 매사에 집중력을 발휘하지 못해 회사 업무도 실수 연발이었다. 전반적으로 삶이 고달팠다. 그래서 나는 엄마가 언제 결혼할 거냐고 물으면 얼마간 노려보기만 한 뒤 자리에서 일어났다. 내 방으로 들어가 문을 쾅 닫았고 책상 앞에 걸터앉아 나를 이해해주지 않는 엄마를 도무지 이해할 수 없다고 생각했다. 그럼에도 엄마를 이해하고 싶어하는 나를 도무지 이해할 수 없다고 생각했다.

7

이럴 바에는 따로 사는 게 낫지 않을까.

그런 생각이 들 때마다 나는 노트북의 전원 버튼을 눌렀다. 인터넷에 접속하여 원룸 시세를 검색해보았다. 우선은 내가 근무하는 광고대행사가 위치한 논현동 일대의 시세를…… 음…… 한 시간 내에 출퇴근이 가능한 지역의 집값까지 샅샅이 조사했다. 세상에는 왜 이런 방을 만들어서 악착같이 세를 받으려 드는지 따져 묻고 싶은 구조와 크기의 집이 많았다. 포토샵으로 층고와 너비, 채광을 교묘하게 조작한 공간도 부지기수였고 오 여기 괜찮다, 이 정도에서는 살아야 사는 거지, 싶은 곳은 꽤나 무리한 수준의 월세를 요구하거나 내가 십 년간 월급을 한 푼도 쓰지 않고 모아도 지불하기 어려운 전세가와 매매가를 달고 있었다. 한두 시간쯤 검색을 하고 나면 엄마에 대한 불만은 눈 녹듯 사라지고 없었다. 집값에 정신이 혼미해져서가 아니라 오히려 맑아지면서…… 내가 처한 현실에 순응할 수밖에 없었던 것이다.

8

그날 자려고 누웠는데 거실에서 누군가와 한참을 통화하던 엄마가 노크도 없이 방문을 벌컥 열고 들어왔다.

"야, 들었어? 현수네 말이야. 지난달엔가 결국 이혼했단다. 그러게 내가 잘난 며느리는 들이지 말라고 몇 번을 말했는데. 기울어도 좀 기우는 결혼이었어야지. 야, 너도 생각 잘해. 엄마는 며느리가 초등학교 선생님이나 은행원이었으면 좋겠어. 네가 돈 개념이 별로 없잖니. 돈도 별로 없고. 웬만하면 요리도 잘했으면 좋겠어. 아니 솔직히 내가 언제까지 너랑 김장을 해야 되니. 나도 누가 담가준 김치 좀 먹어보자, 응?"

그 순간 나는 유도 선수처럼 체격이 건장한 남자친구를 데려와 그의 허리춤에 분홍색 앞치마를 둘러주는 장면을 상상했다. 그가 나와 함께 양손에 고무장갑을 끼고 베란다에 쪼그려앉아 배추 서른 포기를 물에 씻고 소금에 절이고 김칫소를 묻히는 과정을 상상했다. 부엌에서 아들 부부의 김장을 흡족한 얼굴로 바라보며 수육을 삶고 있을 엄마의 모습도.

"든든하시겠어요?"

내가 물으면 엄마는 손뼉을 딱 치면서 대답한다.

"그러게. 동성 결혼 만세다, 야."

하지만 엄마…… 그런 날이 오기나 할는지 모르겠어.

9

언제였던가. 친구가 사뭇 진지한 얼굴로 내게 물은 적이 있었다. 어째서 게이들은 엄마한테 집착하는 경향이 있느냐고 말이다. 롤랑 바르트도 그렇고 그자비에 돌란도 그렇고 너도 그렇고…… 게이들은 왜 그렇게 하나같이 마마보이인 거지? 당시에 나는 광화문사거리에서 친구와 함께 횡단보도를 건너는 중이었다. 얘가 지금 뭐라니, 하고 반발심을 느끼면서도 아닌 것은 또 아니지 싶어 길이나 먼저 건너라고 했다.

그날 나는 친구에게 뭐라 답을 하긴 했는데 기억에 남아 있지 않은 걸 보면 적당히 얼버무렸던 것 같다. 그래서였을까. 이후로도 질문은 내 안에 남아 몇 번이고 그것에 대해 생각해보도록 이끌었다. 잊을 만하면 떠올라 내 머릿속을 휘저었다.

내가 엄마한테 집착한다고?

내가?

한 번도 그리 생각해보지 않았는데 그렇다고 하니까 좀 그런 것 같기도 했다. 그래서 나는 '집착'의 사전적 의미를 검색해보았다. 그것을 에워싼 말들에 주목했다. 예컨대 '강한' '지나친' '끈적끈적한' '병적인' '빠져들다' '떨쳐버릴 수 없는' '사로잡히다' '드러내 보이다' '대단하다' 같은 표현들을. 그러면서 집착의 성질과 양식을 가늠케 하는 어휘들이 실로 나와 엄마의 관계를 적절히 빗대고 있음을 알게 되었다. 내가 엄마한테 집착하는 경향이 있다는 사실을 조금은 인정할 수 있었다.

10

내가 처음으로 뭔가를 썼다고 느낀 것은 고등학교 일학년 무렵이었다. 이전에도 뭔가를 쓰기야 했겠지만 정말로 '썼다'는 감각을 느낀 것은 그때가 처음이었다.

바로 엄마를 향한 욕설이었다.

정확한 맥락은 기억나지 않지만 그날 저녁 엄마는 나한테 거의 뭐 나가 죽어라 이 새끼야 같은 말을 한 시간 가까이 퍼부었다. 듣기 싫다고 도망쳐도 쫓아와서 들들 볶았고, 볼일을 보러 화장실에 들어가자 바깥에서 아주 똥을 싸고 있네, 똥을 싸, 빌어먹을 놈이, 하면서 문을 쾅쾅 걷어찼다. 너무하잖아, 아무리 부모 자식 사이라지만 이런 수모를 주다니, 내가 이런 사람한테서 태어났다니…… 실제로 나는 똥을 싸면서 근본적인 회의에 빠져들었다.

그 밤 아랫집 아주머니가 시끄럽다며 항의하러 온 틈에 나는 내 방으로 뛰어들어가 문을 걸어잠갔다. 이윽고 엄마는 한풀 꺾이면서 잠잠해졌는데, 나는 시간이 흐를수록 분하고 억울한 감정이 치밀어 어찌할 바를 몰랐다. 약이 올랐고, 어느 순간에는 문을 박차고 나가 악다구니를 한바탕 쏟아내고 싶다는 열망에 휩싸였다. 하지만 나는 그 와중에도 엄마 같은 사람은 되고 싶지 않다는 일념으로 책상에 노트를 꺼내 펼쳤다. 다짜고짜 뭔가를 휘갈겨쓰기 시작했다. 그때 나는 차마 입에 담지 못할 표현까지 거침없이 써내려가는 나를 한 발짝 떨어진 자리에서 제삼자의 시선으로 응시하는 듯한 감각을 느꼈다. 내가 쓰고 있는데, 나 아닌 누군가가 앞서 쓰는 듯했고, 그 역시 나인가 싶은, 그런 경험은 난생처음이었다.

내 안에 있는 줄도 몰랐던 문장들로 빼곡한 노트를 내려다보며 나는 죄의식과 해방감을 동시에 느꼈다. 펜을 쥐고 종이에 글자를 썼을 뿐인데 패륜보다 더한 짓을 저지른 듯 가슴이 뛰었다. 돌이켜보면 그날의 감각을 잊지 못하여, 다시금 느끼기 위하여 글을 쓰기 시작했다는 생각이 든다. 나를 낳아준 엄마가 죽었으면 한다는 문장이 적힌 노트는 지금도 내 방 책장 한구석에 꽂혀 있다.

11

지난달에는 명동에서 하릴없이 쇼핑을 하는 중에 부고 문자를 받았다. 어떤 색깔의 휴대전화 케이스를 구매할지, 재질은 가죽으로 할지 실리콘으로 할지, 캐릭터 그림은 무엇으로 할지 매대 앞에서 한참을 망설이고 있을 때였다. 고인이 된 이는 대학 시절의 동아리 선배로, 나보다 두 살 많은 누나였다. 나는 문자를 본 순간 누나가 결혼한 지 오 년 만에 위암 3기 판정을 받고 항암 치료중이라는 소식을 건너 건너 들었던 기억이 났다. 젊으니까 금방 낫겠지. 아니야, 젊어서 더 위험해. 암세포 전이가 활발해서. 활발해서 위험해? 젊어서 더 위험해? 다들 믿을 수 없다는 표정을 지었던 것 같은데…… 그런 생각의 끝에는 누나가 졸업할 즈음 뜬금없이 내게 건네주었던 연보라색 편지 봉투가 떠올랐다.

나는 집에 돌아오자마자 옷도 갈아입지 않은 채 책장과 서랍을 뒤지기 시작했다. 한 시간 가까이 방을 어지른 끝에 누나에게서 받은 편지를 찾아냈다. 특별한 건 없었다. 너랑 친해질 줄 알았는데, 보자마자 그런 느낌이 들었는데, 언젠가는 속 깊은 이야기도 나눌 수 있으리라 여겼는데 사 년 넘게 그런 기회가 한 번을 없었다며 아쉬워하는 내용이 단정한 서체로 적혀 있었다. 그런데 왜 기회가 찾아오기만 바랐을까, 어째서 그 기회를 만들어낼 생각은 하지 않았을까, 라는 문장은 중간에 잉크가 떨어졌나 싶을 정도로 가늘고 흐릿하게 쓰여 있었다.

어쨌든 너는 잘 살아.

편지는 그렇게 끝났다.

잘 좀 살아.

12

며칠 전에는 회사에서 상여금을 받았다. 올해 봄 다른 팀에서 진행한 프로젝트가 회사 창립 이래 기록적인 성과를 낸 덕분이었다. 흥분한 대표는 그 팀에 포상금을 내리고 남은 수익을 전 직원에게 동일하게 나눠주겠노라 했다. 나로서는 생애 첫 상여금이었다. 이백만원이었는데, 칠만원 남짓의 세금을 제한 금액이 월급

통장에 고스란히 입금되었다. 사무실에 앉아 휴대전화로 그 액수를 확인하고 있으니 아주 잠깐이지만 돈 벌기가 참 쉽다는 생각이 들었다. 쉽기는…… 매일 오전 여섯시 반에 알람소리를 듣고 깨어나 거의 오체투지를 하다시피 욕실로 향하는 주제에, 하루걸러 야근하고 요청이 들어오면 한밤중에도 벌떡 일어나 각종 온라인 플랫폼에 게재된 광고들을 손수 교체해야 하는 주제에, 악성 광고주들이 패악을 부릴 때에도 혼자서 어떻게 수습해보려다 대상포진이나 걸린 주제에, 아파서 휴직한 날들은 전부 무급 처리된 주제에…… 어째서 그런 순간에 느꼈던 실망과 무력감을 까맣게 잊어버리고 나란 인간은…… 어쨌든 내 생애 첫 상여금이었다. 엄마한테는 일언반구도 하지 않았다.

13

입사 초기에 나는 성별이 남자라는 이유만으로 퇴근 후 남직원들만 모여서 술 마시는 자리에 참석한 적이 있었다. 나는 그들이 나를 막 전입신고를 마친 이등병 취급하며 무람없이 어깨동무를 하고, 허벅지를 쓰다듬고, 끊임없이 폭탄주를 말아주고, 원샷을 하지 않으면 혀를 끌끌 차면서 핀잔을 놓고, 귀를 꼬집고, 안내 데스크의 여직원들 중에서 누가 제일 밤에 화끈할 것 같으냐는 질문을 던지고, 대답을 내놓을 때까지 젓가락으로 테이블을 두들기고, 재미없는 놈이네 하면서 고개를 젓고, 느닷없이 끌어안아 볼에 뽀뽀하는 과정까지 그 모든 것이 너무도 익숙하여 만취한 채 비틀비틀 귀가하는 도중에 길바닥에 먹은 것을 몽땅 게워내고 나서야 정신을 차릴 수 있었다. 뭔가 아주 씨발 잘못되었다는 생각이 들었지만…… 그때는 뭘 어떻게 해볼 도리가 없었고 방법도 알지 못했다.

이튿날 나는 같은 부서의 여직원들에게 둘러싸여 추궁을 당했다. 도대체 이 회사에는 남직원들만 모여서 술 마시는 자리가 왜 있는 것인지, 그곳에서 대체 무슨 이야기들을 나누는지, 안 봐도 비디오지만 어디 말 좀 해보세요, 거기 신입, 너도 남자잖아, 어제 그 자리에 갔었잖아, 실토하는 것으로 네가 저쪽 편이 아니라 이쪽 편이라는 것을 입증해봐, 기회를 줄게, 뭐 그런 식의 회유와 협박을 견뎌내야 했다.

당시에 나는 과연 내가 남자인가 생각했다. 내가 남자야? 물론 여자는 아니지만…… 그렇다고 내가 '남자'야? 누구에게도 물어볼 수 없었다. 그런 걸 대체 누구한테 묻는단 말인가. 그래, 내가 생물학적으로 남자이긴 하지, 그렇긴 한데…… 나는 정말이지 내가 그들과 같은 종속이라 느낀 적이 살면서 단 한 순간도 없었다. 그들 역시 나를 단 한차례 겪어본 것만으로 내가 그들과 같은 '남자'가 아니라는 것쯤은 알아챘으니까. 그렇기에 나는 두 번 다시 그 술자리에 불려가지 못했는데, 그러거나 말거나 여직원들에게 나는 좆 달린 사내새끼였을 뿐이므로, 나는 이쪽 편도 될 수 없었고 저쪽 편도 될 수 없었다. 온전히 남자가 될 수도 없었고 당연히 여자가 될 수도 없었다. 나는 어디에도 속할 수 없었고, 그러한 상태로 살아왔으며, 살게 될 것이었다. 앞으로도 쭉.

14

올해 초부터 엄마는 보청기를 착용하기 시작했다. 잘 들리니까 시원하다고 했다. 아이처럼 환하게 웃는 얼굴로 야 시원하다, 시원해, 라고 말하는 엄마를 보고 있자니 왜 이제야 맞췄을까 싶었다. 삼 년 전인가. 직장에 다니며 처음으로 오백만원을 모았을 때 엄마에게 보청기를 해주겠다고 슬쩍 말한 적이 있었다. 그때 엄마는 손사래까지 쳐가며 싫다고 했다. 그런 거 끼면 정말로 노인네 된 것 같단 말이야, 아직 그 정도 아니거든, 하면서 거절했다.

"엄마, 내버려두면 더 나빠진대. 말 나온 김에 검사라도 받자니까."

"쪼그만 게 뭘 안다고."

그런 엄마가 얼마 전에 나한테 와서 울먹이는 목소리로 하소연을 했다. 엄마 친구들이 그동안 엄마가 말귀를 잘 못 알아듣는다며 뒤에서 쑥덕거린 이야기를 그중 한 명이 의리를 지킨답시고 이제 와 엄마한테 고해바친 것이다. 당시에 나는 그 정도밖에 안 되는 인간들이라면 싹 다 의절해버리라고 길길이 뛰었는데, 엄마는 그 친구들마저 잃으면 이제 같이 놀 사람이 거의 남지 않는다며 고개를 흔들었다.

"너도 늙어봐라. 주변에 사람이 없어. 친구가 없다니까. 오죽하면 내가 초등학교 동창회 같은 델 나가겠니. 다들 외로워서 그런 거야. 그리고 뭐, 걔들이 유별나게 못된 줄 알아? 나도 똑같아."

크리스마스를 열흘인가 앞두고 엄마와 나는 약수동에 위치한 청력 검사 전문 이비인후과에 찾아갔다. 그곳에서 엄마는 고막운동도와 자율신경계 등 열한 가지 부문에 관한 검사를 받았다. 이마와 귀 뒤쪽에 센서를 붙이자 흰 화면에 붉은색 그래프가 빠른 속도로 그려졌다. 양쪽 고막에 공기 압력을 주입하는 방식으로 신경 반응과 이상 정도를 측정하기도 했다. 무심한 얼굴로 차트를 훑어보던 중년의 의사는 경증 장애라고 소견을 밝혔다.

"그래도 의사소통을 웬만큼 하시는 편이네요. 결과 수치만 보면 대화의 절반은 알아듣기 힘드실 것 같은데."

"분위기를 보는 거죠, 뭐."

"분위기요?"

"말할 때 표정이나 입술 모양도 보고. 자주 만나는 사람들이야 무슨 이야기를 할지 대충 감이 오니까."

"대단하시네요."

엄마가 오 년 넘게 그런 식으로 지내왔다는 사실을 나는 그날 처음 알았다. 그저 대화 중에 단어를 한두 개 놓치는 정도일 거라 여겼는데…… 나는 그제야 엄마가 잊어버렸다며 거듭 물어서 일러줬던 이야기를 하고 또 하며 짜증을 부렸던 기억이 났다. 몇 번이나 불렀는데 돌아보질 않아서 쫓아가 어깨를 치며 화낸 적도 있는데. 나는 엄마가 적당히 넘겨짚기 어려운 상황이나 낯선 이들 틈에서 혼자 당황하여 전전긍긍했을 순간들을 상상해보았다. 불현듯 눈시울이 뜨거워지는 듯했다.

나는 진료실을 나오면서 엄마가 이 일로 마음을 다치기라도 했을까봐 조마조마했다. 그래서 복도 의자에 앉자마자 조심스레 괜찮으냐고 물어보았는데 엄마는 그럼 이제부터 연금을 받게 되는 것이냐고 했다.

"무슨 연금?"

"야, 내가 너 대학원까지 보내느라 국민연금이며 보험이며 전부 해지한 게 아직도 한으로 남아 있어서 그래. 이제 곧 환갑인데, 나 늙어서 돈 못 벌면 어떻게 할 거야. 네가 나 책임질 거야?"

무슨 맥락인가 싶었지만 나는 엄마의 물음에 선뜻 그러겠다고 대답하지 못했다. 우선 자신이 없었고…… 돌이켜보면 '책임지겠다'라는 말을 그때껏 누구에게도 해본 적이 없는 것 같았으니까.

상담실에서 만난 청능사는 보청기의 종류와 가격, 사용법 등을 상세하게 알려주었다. 처음에 그녀는 엄마에게 설명을 늘어놓으며 동석한 나를 예의상 슬쩍 보곤 했는데, 어느 순간부터는 엄마가 아닌 나를 향해 말하는 내용이 훨씬 많았다. 진료와 상담이 길어지면서 지친 엄마가 그러잖아도 파악하기 어려운 청능사의 말을 점점 건성으로 흘리며 마치 부탁한다는 듯이 내 쪽을 힐끔거린 탓이었다. 나는 두 여자의 시선을 동시에 받으며 가슴이 조금씩 답답해지는 것을 느꼈다. 내가 이제 엄마의 보호자인 건가. 이렇게 불편하고 난처한 기분이 당연한 건가. 엄마도 혼자서 나를 키우는 내내 이런 심정이었을까. 그래서 툭하면 쌀쌀맞게 굴었던 것일까. 열이 뻗칠 때마다 쥐어박기나 하고…… 청능사는 보장구 구입에 따른 국가지원금을 받는 절차도 소개해주었다. 주민센터에 장애인 복지카드를 신청해 발급받아 오면 건강보험공단에 제출할 나머지 서류들을 꾸려주겠다고 했다. 나는 상담실을 나오면서 엄마가 경증이든 뭐든 장애 판정을 받은 걸로 모자라 지원금 때문에 그것을 여기저기서 증명하고 다녀야 하는 과정이 마음에 걸렸다. 그래서 내키지 않으면 안 해도 돼, 지원금 같은 거 없어도 괜찮아, 내가 모아둔 돈이 있어, 라고 호기롭게 말했다. 엄마는 잠시 생각해보는 듯하더니 그럼 그거 나 줄 거야, 라고 물었다.

"보청기는 네가 사주면 되고, 지원금은 나 줄 거야? 안 그래도 봐둔 백이 하나 있는데."

일순 오만 정이 다 떨어졌으나 엄마가 이런 사람이어서 다행이라는 생각이 들었다. 엄마가 나 같은 사람이 아니어서 정말 다행이라고. 어쩜 이렇게 불행을 훌훌 털어버릴 수 있는 것일까. 어떻게 이 와중에도 신상 백을 검색해 보여주며 기뻐하는 것일까. 그날 나는 병원 건물을 나서는 길에 하늘을 올려다보며 감사합니다, 라고 생각했다. 감사합니다.

15

엄마는 스무 살에 아버지를 만나 결혼식을 올렸다. 떠밀리듯 치른 중매결혼이었으나 딱히 불만은 없었다고 했다. 그해 봄 엄마는 아버지를 따라 상경하여 창신동에서 옥탑방 생활을 시작했다. 스물하나에 형을 자연분만으로 출산했고, 스물넷에 제왕절개수술로 나를 낳았다. 엄마는 나를 가졌을 때 유독 입덧이 심하여 혹시 딸인가, 딸이어야 돼, 딸, 딸, 딸, 하고 밤마다 아버지 몰래 소원을 빌었다고 했다.

"그래서인지 아들이더라."

내 울음소리를 듣고 달려와 기저귀를 갈 때마다 한숨이 절로 나왔다고 했다. 이듬해 나는 돌잡이로 실을 쥐었고, 아버지와 형은 어린이집에서 하원하는 길에 교통사고를 당했다.

지금 내 나이는 서른다섯이다.

엄마가 서른다섯이었을 때, 나는 초등학교 오학년이었다. 그해 여름 나는 같은 반 남자애를 끌어안고 처음으로 발기했다. 이게 무슨 일이지? 그날 나는 귀가 빨개진 채 허둥지둥 집으로 돌아왔다. 냉수를 한 잔 마신 뒤 거실 바닥에 앉아 세탁물을 개키고 있던 엄마 옆에 다가앉았다.

"있잖아 엄마, 나 좀 이상한 것 같아."

엄마는 나를 쳐다보지도 않은 채 대꾸했다.

"너 원래 이상해."

"그게 아니라…… 같은 반에 정우 말이야. 오늘 학교 끝나고 걔네 집에 놀러갔었거든."

"거긴 왜 갔어?"

"전에 말했잖아. 정우네 부모님이 홍콩인가 어디 여행 가셨다고. 그래서 같이 토스트 구워먹고 플레이스테이션 하기로 했었거든. 그런데 막상 집에 도착했을 때는 안방 침대에 누워 텔레비전만 봤어. 그러다가 무슨 드라마에 키스신이 나와서 정우랑 나랑 장난치다가 밀고 당기고 안았는데……"

"그랬는데?"

"심장이 막 뛰었어."

엄마는 듣는 둥 마는 둥 했다. 마른 수건을 접어 한쪽에 차곡차곡 쌓아올린 다음에는 내 양말과 속옷을 개기 시작했다. 나는 가슴께를 짚으며 한번 더 말했다.

"여기가 불처럼 뜨거워졌다고."

"그래서 뭐, 어디 아픈 거야?"

"그런 건 아닌데……"

나는 목덜미를 긁적이며 얼마간 망설였다.

"내가 정우를 좋아하나봐."

엄마는 상체를 숙이더니 멀리 떨어져 있던 속옷들을 끌어당겼다.

"그럴 수 있지. 친구끼리 사이좋게 지내."

"그냥 친구가 아니라……"

나는 엄마가 반으로 접고 또 접은 다음 거의 동그랗게 말다시피 한 삼각팬티를 내려다보며 말했다.

"진짜로 좋아하는데."

"뭔 소리야."

"지금도 가슴이 쿵쾅쿵쾅 뛰어. 자꾸만 생각나고, 만지고 싶고."

엄마는 하던 일을 멈추고 잠시 나를 바라보았다.

"자꾸만 생각난다고?"

"응."

"만지고 싶다고?"

"응."

"아, 그래."

엄마는 알 만하다는 듯 고개를 끄덕이며 다시 세탁물을 정리하기 시작했다.

"그럴 수 있어. 엄마도 어릴 때 친구한테 잠깐 그런 적 있거든. 그거 아무것도 아니야. 금세 지나가는 과정이니까 신경쓰지 마."

나는 약간 기분이 상해서 중얼거리듯 물었다.

"뭐가 아무것도 아니야? 이렇게 분명한데."

"아무것도 아니니까."

"아닌데, 나 정우랑 같이 있는 내내……"

나는 빨래를 개는 엄마의 손길이 점점 빨라지는 것을 보았다.

"끌렸는데."

그때 엄마는 접던 속옷을 놓고 일어나 내 손목을 낚아챘다. 내가 따라서 일어나려 하지 않자 엉덩이가 질질 끌리도록 잡아당겼다. 그대로 내 방 앞까지 갔다. 나를 안쪽에 내팽개쳤고 문을 쾅 닫았다. 나는 그렇게 불도 켜지 않은 방안에서, 한기가 도는 바닥에서 한동안 엎어져 있었다. 무슨 생각을 하며 그러고 있었는지 기억나는 것은 없다. 엄마에게 붙잡혔던 손목이 오래도록 저릿저릿했다는 감각 외에는. 그날 이후로 내가 다시금 엄마한테 남자를 좋아한다고, 남자만 좋아한다고 털어놓게 된 것은 서른셋의 일이다. 그러니까 엄마가 던져넣은 방안에서 무릎을 털고 일어나 다시 바깥으로 걸어나오기까지 대략 이십 년이 걸린 셈이다.

그 일로 상처를 받았느냐고 묻는다면 글쎄, 잘 모르겠다. 살면서 그보다 더한 경우도 얼마든지 겪었으니까. 그 일로 엄마를 미워하게 되었느냐고 묻는다면 글쎄, 비단 그것이 아니더라도 엄마를 미워할 만한 사건은 수두룩했으니까. 다만 그 일로 인해 내가 조금이라도 변해버렸다면, 좋지 않은 방향으로 휘어버렸다면, 그런 나로 인해 엄마 역시 조금은 휠 수밖에 없었으리라 생각한다. 그렇게 우리가 조금씩 어긋나면서, 위태로워지면서, 부러지기 직전의 상태로 용케 서로를 견뎌왔는지도 모르겠다고 말이다.

16

재작년이었나. 사귀던 남자를 하염없이 기다린 적이 있었다. 이 년 정도 어울린 사이였는데, 우리는 만날 때마다 섹스를 했다. 그날 나는 퇴근하자마자 한강진역으로 향했다. 블루스퀘어에 입점한 북파크 내 카페 필로스에서 그를 기다렸다. 공연장 안의 서점 안의 카페라는 점이 마음에 들었다. 그곳에 있으면 몇 겹의 장막 안으로 은밀하게 몸을 숨긴 듯한 기분이었으니까. 나의 퇴근 시간은 오후 여섯시였고 그의 퇴근 시간은 일곱시 반이었다. 그를 만나기 위해서는 얼추 두 시간을 기다려야 했는데, 나는 언제나 기꺼운 마음으로 기다렸다.

창가 자리에 앉아 따뜻한 밀크티를 홀짝이며 밀란 쿤데라의 『삶은 다른 곳에』를 읽었던 기억이 난다. 어째서 인물들이 이런 식으로 행동하는지 이해할 수 없어 머리가 지끈거릴 즈음 고개를 들어

보니 창 너머로 어두컴컴해진 하늘이 눈에 들어왔다. 세찬 바람에 테라스의 화분 이파리들이 잘게 떨리고 있었다. 시계를 보니 여덟 시 반이었고, 나는 그에게 문자메시지를 보냈다.

—어디야

식어버린 찻잔을 내려다보며 십이 분을 기다렸다.

—뭐해

—아직도 회사야?

칠 분을 더 기다렸다.

—무슨 일 있는 거 아니지?

그즈음 카페 점원이 조심스레 다가와 금일 영업이 종료되었음을 알려주었다. 나는 가방을 챙겨 일어났고 통화 버튼을 눌렀다. 휴대전화가 꺼져 있다는 음성 안내가 흘러나왔다. 순간 내 머릿속에 교통사고의 한 장면이 스쳐지나갔다. 거대한 화물트럭이 횡단보도를 건너는 그를 덮치는…… 나는 만약에 그가 약속 장소로 오는 길에 사고를 당했다면, 그래서 인사불성이 되어 구급차에 실려가는 중이라면, 생사의 기로를 넘나들고 있다면, 그러한 정황을 내게 알려줄 수 있는 사람이 세상에 아무도 없다는 사실을 깨달았다.

당시에 그는 분당에서 부모님과 함께 살고 있었고, 나는 동화동에서 엄마와 함께 살고 있었다. 나는 그의 집에 한 번도 가본 적이 없었고, 그래서 분당이 어디에 붙어 있는지도 몰랐으며, 그 역시 나의 집에는 와본 적이 없었다. 나는 그의 부모님이나 형제의 연락처는커녕 그들의 얼굴이나 이름조차 알지 못했고, 그 역시 나의 엄마에 대해서는 몇 가지 에피소드—주로 내가 격분한 상태로 쏟아냈던 푸념—외에 아는 바가 전무했다. 우리는 서로를 가까운 친구나 직장 동료에게 소개해준 적이 없었고, 딱히 그러기를 바라지도 않았다. 그것은 우리 같은 사람들에게 지극히 자연스러운 일이었다. 거의 매너에 가까웠지. 그러므로 우리의 이별은 간단했다. 구질구질한 대화를 나눌 것도 없이 휴대전화만 꺼놓으면 그만이었다. 전원 버튼을 누른 채 삼 초만 기다리면 되었다. 삼 초. 실로 간단한 일이었다.

기억이 맞는다면 나는 반년 가까이 그에게서 연락이 오기를 기다렸다. 올 수도 있었으니까. 하다못해 술김에 불러내는 잠자리 파트너 역할이라도 마다하지 않을 심산이었다. 마지막으로 그를 한 번만 더 보고 싶었으니까. 그렇지만 문자메시지 하나 없었지. 끝내 참지 못하고 그에게 다시 전화를 걸었던 밤, 나는 '지금 거신 번호는 없는 번호'라는 음성 안내를 들어야 했다.

17

지난주에는 책을 홍보한다는 명목하에 출판사 유튜브 계정에 올릴 동영상을 촬영했다. 했다기보다 당했다는 느낌이지만……

그날 나는 세 대의 카메라 앞에서 나도 모르게 뭔가를 연기했는데 그게 영 어색했던 모양이다. 쉬는 시간에 편집자 한 분이 슬그머니 다가와 농담 반 진담 반의 뉘앙스로 작가님, 억지로 밝은 척하지 않으셔도 돼요, 괜찮아요, 라고 웃으면서 속삭였다. 나는 그 말을 밝은 척하려면 제대로 좀 하시라는 뜻으로 받아들였고, 이후로는 최선을 다해 밝은 척하다가 모든 것을 망쳐버렸다. 집으로 돌아와 씻고 누웠는데 새벽 세시가 넘도록 잠을 이루지 못했다.

얼마 지나지 않아 촬영 날 처음 마셔본 콜드브루에 든 카페인이 내가 평소 섭취하던 양의 세 배가 넘는다는 걸 알게 되었다. 그 사실을 알기 전까지 나는 그날 새벽이 넘도록 잠을 이루지 못한 이유가 분해서라고 생각했다. 내가 제대로 연기를 해내지 못해서, 나잇값도 못하고 사회생활에 서투른 티를 내고 말아서, 요즘 작가들은 글만 잘 쓰는 게 아니라 말도 재밌게 해야 하고 외모도 호감이어야 하고 온갖 행사랄까 오디오북 녹음이랄까 홍보 영상 촬영 같은 걸 거의 무보수로 임하면서도 우아함과 여유를 잃지 않아야 하는데 아 진짜 나는 그런 줄도 모르고 밥통처럼 굴었으니 어쩌라고…… 그런 번민으로 잠을 이루지 못한 줄 알았는데 아니었던 것이다. 혼동했던 것이다.

내가 이런 이야기를 식사 도중에 넋두리처럼 늘어놓자 엄마는 더 들어줄 것도 없다는 듯 고개를 저었다.

"그러게 누가 소설 같은 거 쓰래? 다 너 좋자고 하는 일이잖아."

이런 사람이 나의 엄마라는 것을, 이런 사람에게서 때로 뭔가를 배우기도 한다는 것을, 이를테면 삶의 낙이랄지 극복을 발견하기도 한다는 것을 나는 언제쯤 이해할 수 있을까.

18

어쩌면 이해할 수 없는 채로 받아들여야 하는지도 모르겠다.

그것이 엄마가 나의 엄마인 이유인지도.

내가 엄마의 아들인 이유인지도.

19

어제 아침, 엄마는 자신을 험담했던 친구들과 함께 제주도로 삼박 사일 여행을 떠났다.

"다녀올게, 아들."

들뜬 얼굴로 아주머니들과 나누어 먹을 삶은 계란이며 복숭아 물이며 계피맛사탕 같은 것을 한 보따리 챙겨서 나가는데…… 정말이지 속도 없는 사람이라고 생각했다.

그날 오후 나는 엄마가 휴대전화로 전송해온 산방산의 유채꽃 사진들을 보았다. 너른 대지에 가득 피어난 노란색 꽃들 사이로 선글라스를 낀 엄마가 활짝 웃고 있었다. 진심으로 흡족하여 짓는 웃음이라는 걸 단번에 알아볼 수 있을 정도였다. 등산복 차림의 아주머니들과 나란히 서서 어깨동무를 하거나 포옹하는 자세로 찍은 사진도 있었다. 나는 혼자서 사골국에 밥을 말아먹은 다음 거실 바닥에 누워 천장을 올려다보았다. 엄마가 없을 뿐인데 집이 텅 빈 것처럼 고요했다. 반쯤 열어둔 창으로 3월의 봄바람이 불어 들었다. 사늘하고 부드러운 감촉이 살갗을 훑고 지나갔다. 발바닥이 간지러웠다.

20

오늘은 동네에서 내가 제일 좋아하는 나무가 베였다. 흰색 헬멧을 쓴 인부 서너 명이 달려들어 전기톱으로 한참을 쑤셔댔고, 나는 그 광경을 반쯤 무너져내린 벽돌 담장 너머에서 지켜보기만 했다. 내가 뭘 할 수 있었겠는가. 나무는 사지가 잘린 다음 밑동도 남기지 못하고 포클레인에 뿌리째 뽑혀나갔다. 거주하던 이들이 집을 비운 뒤로 육 년 가까이 정원에 혼자 서 있던 나무였다. 바로 옆 빌라와 견줄 만큼 키가 우뚝했고 사방으로 뻗은 나뭇가지에 잎사귀가 무성했으나 한 번도 열매를 맺거나 꽃을 피운 모습을 본 적이 없었다. 그게 좋았던 걸까. 집까지 허물고 난 터에는 상가 빌딩이 들어설 예정이라고 했다. 일층에는 유기농 식빵을 전문으로 만드는 베이커리가, 이층과 삼층에는 수입 안경점이, 사층에는 디지털 사진관이 입점한다고 했다.

그러게. 왜 사진 한 장 남겨두지 않았을까.

사라지고 나서야 생겨나는 것들이 있었다.

21

졸다가 깨어 환기를 하려고 창문을 열었는데 옆집 마당이 훤히 내려다보였다. 햇빛으로 반짝이는 시멘트 바닥에 진라면 박스가 하나 덩그러니 놓여 있었다. 그 안에 흰색과 연갈색 털이 묘한 무늬로 어우러진 고양이 한 마리가 모로 누워 잠든 모습이 눈에 들어왔다. 숨을 들이쉬고 내쉴 때마다 오븐 속 빵처럼 녀석의 배가 동그랗게 부풀어오르고 가라앉았다. 잠결에 꼬리를 상자 밖으로 내밀기도, 양쪽 귀를 쫑긋거리기도 했다. 그 모습이 엄마 같다고 생각했다. 무슨 이유인지 알 수는 없었으나 총체적으로 엄마 같다는 인상을 받았다. 웃음이 나왔고, 엄마도 이렇게 웃으면서 나를 내려다본 적 있으리라는 생각이 들었다.

22

광화문에서 작업을 마치고 귀가하는 길에는 영풍문고 근처의 분식집에 들렀다. 소문대로 떡볶이가 훌륭했으나 튀김 역시 탁월하여 김밥도 먹어볼까 하는 마음에 사장님을 찾아 두리번거리다가 식당 한쪽 벽면을 빼곡하게 채운 낙서를 보았다. 왔다 갑니다. 진짜 진짜 고마워. 수능 대박 기원. 근철아 너도 여기 왔었냐. 잊지 않겠습니다. 지윤♥현아. 다음주에 또 올게요. 가만히 있으라. 맛집 인정 킹정. 미안해요 영선씨. 오늘따라 떡볶이가 달다. 이게 나라냐. ○○여고 3학년 2반 포에버. 다양한 시기에 각자의 필체로 적힌 문장들을 올려다보며 나는 왜 사람들이 글을 쓰는지에 대해 생각해보았다.

나는 왜 쓰는가.

이건 조지 오웰의 에세이 제목이기도 해서, 문득 서점에서 그 책을 보자마자 충동구매를 해놓고 지금까지 한 장도 읽지 않았다는 사실이 떠올랐다. 조지 오웰이 왜 쓰는지 따위…… 궁금하지 않았던 걸까. 아마도 나는 세상에 뭔가를 남기고 싶어서 쓰는 것 같은데, 나의 존재를 나 같은 누군가에게 전하고 싶어서 쓰는 것 같은데, 그가 나보다 조금이라도 나은 삶을 영위했으면 하는데…… 그래서인지 내가 쓰는 모든 글이 유서처럼 여겨질 때가 있다. 유언처럼 혹은 유작처럼. 이 글이 내가 남기는 마지막 편지 같은 것이라고.

23

시간이 흘러도 달라지는 것은 없다.

없겠지.

0

그럼에도 뭔가 달라지리라는 희망을 놓아버릴 수 없다. 놓을 수 없어 희망이라는 말에서는 종종 서글픈 감정이 배어난다. 왜 태어났을까. 그런 질문을 던지지 않은 하루가 기억나지 않는다. 어떤 대답을 돌려받은 하루가 기억나지 않아. 앞으로 새롭게 기억해야 할 일이 있을까. 그것들이 나한테 무슨 의미가 있을까. 알 수 없다. 알 수 없다는 생각을 곱씹다보면 자연스레 삶을 포기하고 싶어진다. 포기하고 싶어질 뿐 정작 포기한 적 없다는 사실에 망연해진다. 불가해가 생을 지속시키는 희망의 실체라는 문장을 어디선가 읽은 적이 있다. 거짓말이다. 그렇지만 도망치지 않는 것이 최선의 생존법이라는 문장을 읽은 적이 있다. 거짓말이다. 나는 수없이 거짓말을 늘어놓으며 살아왔다. 살기 위해 거짓을 몸에 두르며 살아왔어. 이제는 그렇게 살고 싶지가 않다. 살고 싶지가 않아. 그러한 마음으로 창문을 여니 어느새 캄캄한 밤이었다. 자욱한 어둠이 내려앉아 있었다. 곳곳에 불을 밝히고 서 있는 가로등이 보였다. 길모퉁이에서 가로등 빛을 머금고 활짝 피어난 백목련도 눈에 들어왔다. 흰 꽃봉오리가 바람을 따라 이리저리 나부끼는 모습은 마치 누군가를 향한 손짓처럼 보였다. 언제였던가. 엄마는 목련이 봄의 시작을 맞이하는 꽃이 아니라 겨울의 끝을 배웅하는 꽃이라 했다. 그간의 모질고 억센 시절을 한껏 여리고 아름다운 자태로 떠나보내는 꽃이라고. 그 모습이 심히 환하고 주책스러워 사랑스럽기 그지없다고 했다. 누가 누구한테 뭐라는지. 겨울이 떠나가는 풍경을 올려다보며 미소 짓는 엄마를 보고 있자니 비로소 봄이 오고 있다는 사실이 실감났다. 웃음이 나왔고, 뭔가를 실감하는 일이 나를 살아 있게 만드는 것 같았다.

우리 시대의 사랑

이 사랑은 어떻게 끝날까. 그것은 연인과의 관계가 한창 무르익을 즈음이면 내가 빼놓지 않고 떠올리는 생각이었다. 앞서 파국을 예측해봄으로써 스스로에게 놓는 예방주사 같은 것이었다. 그러므로 너와 인사한 뒤 혼자 집으로 돌아오던 어느 날, 버스 맨 뒷자리에 앉아서 나는 생각했다. 걷잡을 수 없이 커져가는 너에 대한 마음을 잠시 억누른 채, 과연 우리는 어떤 식으로 헤어지게 될까 하는 상상을 펼쳤던 것이다. 그렇지만 차창 너머로 서서히 번져가는 어스름과 하나둘씩 조명을 밝히는 가로등을 지켜보는 내내 나는 도무지 우리의 끝을 가늠해볼 수 없었다. 오래지 않아 정류장에서 하차하여 인적 드문 골목길을 걷는 동안에도 마찬가지였지. 그것은 너와의 사랑이 지금껏 내가 맺어온 관계들과 사뭇 다른 층

위의 것이었기 때문이다.

그래서였을까.

나는 먼 훗날 우리의 사랑이 종말을 맞이하게 될 때, 그 예측 불가한 결말 앞에서 속수무책으로 울음을 터뜨리게 될지도 모른다는 예감이 들었다. 이전에는 한 번도 흘려보지 못한 열도의 눈물을 쏟아내며 완전히 무너져내리게 될지도 모른다고 말이다.

그럼에도 나는 너와 마지막까지 함께해보고 싶었다. 그런 마음이 든 건 난생처음이었고, 나는 그 순도 높은 열정을 좇아 기꺼이 몸을 던져보고 싶다는 염원에 사로잡혔다. 설령 그 끝이 아득한 나락일지라도, 감내하기 어려울 정도의 상실감과 절망뿐일지라도…… 나는 너와 함께 살아가고 싶었고, 사랑하고 싶었다.

*

봄을 목전에 두었지만 서늘한 기운이 좀체 가시지 않던 3월 초였다. 길모퉁이마다 성급하게 꽃을 틔운 목련의 흰빛이 바람결에 고요히 나부끼던 풍경이 떠오른다. 마른 나뭇가지 사이로 얼비치던 햇살이 조금씩 사그라지면서 하늘이 연한 회색빛으로 물들어가던 모습도. 토요일 정오였다. 오랜만의 여행이라 가방에 무엇을 챙겨넣어야 할지 우왕좌왕하고 있는데, 테이블에 올려둔 휴대전화에서 알림음이 울렸다. 화면을 들여다보니 너에게서, 형 아직

출발 안 했지? 우산 꼭 챙겨요, 라는 메시지가 도착해 있었다.

—오늘 강수 확률 삼십 퍼센트던데?

내 물음에 너는 나직이 한숨을 내쉬는 연두색 공룡 이모지를 보내왔다.

—강릉은 구십 퍼센트예요, 선생님

그날은 우리가 사귄 지 일 년 반 만에 처음으로 함께 여행을 떠나는 날이었다. 세계적인 전염병 사태로 인해 예매해둔 항공권을 두 차례나 취소하게 되면서 막연히 때를 기다리다가 더는 인내하지 못하고 어디라도 좀 가자, 가보자, 하면서 다소 충동적으로 떠나게 된 여행. 발단은 지난 화요일 저녁, 각자 회사 업무를 마치고 중간 지점인 합정에서 만나 데이트하던 중에 나눈 이야기였다. 당시 우리는 근처 식당가에서 양지쌀국수와 스프링롤로 저녁식사를 한 뒤 아티제로 자리를 옮겨 딸기롤케이크를 먹고 있었다.

"우리 이백일 때 예정대로 태국에 갔으면 치앙마이에서 쌀국수를 먹었겠지?"

"그러게."

"일 주년 때 오사카에 갔으면 몽슈슈 도지마롤을 사왔을 텐데."

"진짜."

대수롭지 않게 꺼낸 이야기를 계기로 우리는 어떤 열의에 휩싸여 그간 다녔던 여행지에 대한 소회를 한참 동안 나누었다. 이국의 밤거리를 정처 없이 헤맸던 순간들, 그 속에서 어렴풋이 감지

했던 고독과 자유로움, 이대로 영영 사라져버리고 싶다는 욕구와 돌아가 새로운 삶을 꾸려보고 싶다는 희원이 한데 엉켜 가슴이 뜨거워졌던 기억까지. 나는 그런 대화를 통해 우리가 어디로든 떠나고 싶어한다는 사실을, 도피에 대한 갈망을 내내 억제하고 있었음을 깨달았다. 그래서 아쉬운 대로 국내 여행이라도 다녀오면 어떨지 하는 의견을 흘리듯 꺼냈는데 네가 반색하며 내 팔을 쥐고 흔들었다. "맞아. 왜 이제껏 그 생각을 못했지?" 그렇지만 당장에 근무 일정을 조율하고 휴가를 맞추기는 어려웠으므로…… 우리는 일박 이일 주말여행을 떠나기로 결정했다.

"우선 이렇게 갔다 오고, 나중에 해외로 떠날 수 있을 때 길게 다녀옵시다."

그러자 너는 흥얼거리듯 말했다.

"나중에~ 나중에~"

쇠뿔도 단김에 빼랬다고 우리는 그 자리에서 바로 숙소를 검색해보기 시작했다. 그동안 지인들에게 후기를 전해들은 유명 펜션과 한옥스테이의 홈페이지 및 인스타그램 계정을 두루 살폈다. 그렇지만 유명한 만큼 가까운 시일 내에 예약할 수 있는 곳은 한 군데도 없어서, 우리는 이런저런 논의 끝에 바다가 내다보이는 호텔 정도로 절충안을 마련했다. 둘이서 떠나는 첫 여행이고 딱 하룻밤 묵는 거니까, 가능하면 시티 뷰도 마운틴 뷰도 아닌 탁 트인 전망의 오션 뷰로! 그리하여 목적지로 부산과 제주도가 물망에 올랐으나 최종적으로 선정된 곳은 강릉이었다. 이유는 단 하나. 둘 다 연인과 함께 가본 적 없는 장소라는 것이었다.

"이거 봤어? 강릉 초당마을이 짬뽕순두부로 유명하대."

내 말에 너는 들여다보고 있던 휴대전화를 내밀며 물었다.

"형, 이 호텔은 바다랑 호수 사이에 있어. 특이하지. 여기로 할까?"

그 밤 네가 여행 앱으로 숙소와 열차를 예약하는 동안 나는 날씨 앱으로 전국 일기예보를 찾아보았다. 주말 동안 강원도의 강수 확률이 영 퍼센트라는 사실을 확인했다. 그런데 여행 당일이 되자 구십 퍼센트의 확률로 비가 온다고. 정말이지 기상청처럼 살고 싶다는 생각을 하고 있었는데…… 등뒤로 휴대전화의 알림음이 재차 울렸다. 덤벙거리는 나를 한번 더 챙기려는 너의 메시지일 거라 여겼는데 살펴보니 발신인이 엄마였다.

—아들, 오늘 전국적으로 비가 쏟아진다고 하네. 알고 있니. 동해 쪽에는 호우 특보도 내릴 수 있다던데, 이 와중에 너 정말로 여행을 가는 거니?

나는 그 메시지를 읽고 또 읽었다. 내가 아는 한 엄마는 그저 여행길의 궂은 날씨가 걱정되어 이런 메시지를 보낼 사람이 아니었으니까. 방점은 '정말로'라는 부사에 찍혀 있는 듯했다. 정말로? 너 정말로 여행을 가는 거니? 그런 식으로 계속 살겠다는 거니? 그 일은 이틀 전 엄마와 내가 출근을 앞두고 익숙한 정적 속에서

식사하던 중 벌어진 것이었다.

"엄마, 나 이번주 토요일에 여행 가려고."

불쑥 꺼낸 말에 식탁 맞은편에 앉은 엄마가 숟가락질을 멈추고 나를 건너다보았다.

"갑자기 무슨, 어디 가는데?"

"강릉이요."

"강릉? 거기를 왜 가."

"왜는, 놀러가지. 하루 자고 와요."

"자고 온다고?"

엄마는 고개를 꺾으며 의아해하는 목소리로 물었다.

"누구랑?"

예상된 그 질문에 대한 답을 나는 미리 결심해두고 있었기에 주저 없이 대꾸했다.

"남자친구랑요."

엄마는 눈 한번 깜빡이지 않고 몇 초간 내 얼굴을 응시했다. 그러곤 피식 웃었다.

"아이고, 가라, 가."

"네, 다녀올게요."

나는 애써 태연한 척 응수하고는 시선을 돌려버렸다. 평소라면 그즈음에서 대화가 종료되었을 테니까.

"혹시 지난번에 말했던, 그애랑 가니?"

그런데 예측과 달리 이어지는 엄마의 질문에 나는 얼떨떨한 기분으로 입을 열었다.

"어, 맞아요."

"아직도 사귀어? 오래가네."

"……"

"몇 살인데?"

순간 나는 엄마의 얼굴을 빤히 쳐다보았다. 엄마가 처음으로 내 남자친구에 관해 물어온 탓이었다. 이전에는 내가 몇 차례나 커밍아웃을 하고 남자친구가 있다고 거의 소리를 지르듯이 말해도 아, 그래, 그럴 수 있지, 남자가 좋을 수 있어, 그런데 뭐, 나중에 여자가 좋아질 수도 있는 거잖아, 성 정체성? 그거 계속 변하는 거라며? 아무리 그래도 결혼은 해야지, 애는 낳아야지, 하면서 내 얘기는 귓등으로 듣고 흘려버리던 엄마가 처음으로 내 남자친구에 대한 관심을 드러낸 것이었다. 그래서 나는 약간 놀랍고 기뻤으나 조금도 내색하지 않은 채 대꾸했다.

"어리네. 직업은 뭐야?"

"그거 해서 얼마나 번다니?"

"부모님은 뭐하시는데?"

"건강에 문제는 없고?"

"어디 살아? 집은 전세야?"

그렇지만 엄마의 관심은 주로 세속적인 항목에 국한되어 있어서 나는 답변을 거듭할수록 슬며시 부아가 치밀었다. 어쩜 이럴까. 무슨 결혼정보회사 직원도 아니고…… 그럼에도 나는 엄마의 질문에 가능한 한 성실하게 답변하기 위해 애썼다. 내가 이성애자였다면 진즉에 거쳤을 과정이라 여기니—세상의 모든 자식이 거쳐야 하는 통과의례라 여기니—못 견딜 일도 아니지 싶었던 것이다. 그렇지만 내 대답을 전부 듣고 난 뒤 엄마가 서서히 웃음기를 거두었을 때에는, 식탁 위에 놓인 두부조림을 젓가락으로 들쑤시며 아이고, 한숨 쉬듯 중얼거린 뒤 이렇게 덧붙였을 때에는 화를 내지 않을 수 없었다.

"언제까지 그러고 살래."

나는 흘려듣지 않고 바로 되물었다.

"그게 무슨 말이야."

"아니, 그러니까 너는…… 도대체가……"

엄마는 떨떠름한 얼굴로 우물거리다가 끝내 입을 다물었다. 그래서 나는 더 생각할 것도 없이 밥그릇과 국그릇, 수저를 양손에 쥔 채 식탁 의자를 뒤로 밀치며 일어났다. 싱크대로 걸어가 남은 음식을 개수대에 전부 쏟아부었다. 그러곤 수세미에 주방세제를 묻혀 설거지를 하기 시작했다.

"야, 됐어. 놔둬."

엄마가 낮게 소리쳤을 때에는 정말이지 설거지를 하던 그대로, 거품이 묻은 그릇들을 고스란히 남겨둔 채 내 방으로 향했다.

"아오, 저놈의 성질머리."

그렇지만 출근하기 위해 옷을 갈아입고 나갈 채비를 마쳤을 즈음에는 울분이 치민다기보다 앞으로 넘어야 할 장벽들이 막막하게 느껴져 몸에 힘이 탁 풀리는 듯했다. 그래서 나는 외출복에 가방까지 둘러멘 차림으로 얼마간 침대 모서리에 걸터앉아 있어야 했다. 엄마가 너에 관해 던졌던 질문들 중 하나, 내가 아무렇지도 않게 거짓말로 얼버무렸던 답변을 떠올리면서.

삼 년 전 여름, 나는 더이상 누구도 속이고 싶지 않다는 일념으로 엄마에게 첫 커밍아웃을 했다. 그걸 시작으로 친구, 직장 동료들에게까지 내가 동성애자라는 사실을 차근차근 털어놓았다. 그 해방감. 삼십 년 가까이 숨기고 부정해야만 했던 내 정체성을 공개하는 과정에서 나는 삶이 이전과는 다른 방향으로 펼쳐질 수 있으리라는 가능성을 보았다. 그 일말의 조짐만으로 가슴이 설레었고 만족스러웠다. 그러던 중 너를 만나 급속도로 사랑에 빠지면서…… 나는 새로운 비밀을 갖게 되었다. 네가 HIV감염인이라는 사실이었다.

그동안은 아무도 그런 것을 궁금해하지 않았기에—엄마 아닌 누가 내 연인의 건강 상태를 체크하겠는가—나는 이에 대해 거짓말할 필요가 없었다. 그런데 그날, 내가 가장 솔직해지고 싶었고 마침내 그것을 이루어냈다고 생각한 사람 앞에서 다시금 말을 꾸며내야 했을 때, 나는 실로 오랜만에 클로짓 게이 시절로 돌아간 듯한 기분을 느꼈다. 아니, 커밍아웃이라는 장벽과 전혀 다른 차원의 난관에 처음으로 맞부딪치는 경험을 했다.

그렇지만 생각할수록 어처구니없는 것이……

너는 스물셋에 감염 사실을 알게 된 이후 꾸준하게 치료를 받아왔고, 매일 항레트로바이러스 약제를 복용함으로써 혈액 내 병원체가 검출되지 않는 상태를 유지해오고 있었다. 어떤 경로를 통해서든 타인에게 바이러스가 전파되지 않았고, 결론적으로 무해했다. 무해하다니…… 그래, 굳이 비교를 하자면 감기나 눈병 환자보다 무해하다고 볼 수 있었다.

문제는 HIV가 고혈압이나 당뇨처럼 지속적인 관리로 통제할 수 있는 질환이 되었음에도 불구하고, 그에 대한 보편 인식은 참담한 수준이라는 데 있었다. 어쩌다가 관련한 이야기라도 나누게 되면 대부분이 "그거 밥만 같이 먹어도 옮는 병 아니야?" "내 주변에는 그런 사람 없어. 혹시라도 있으면 근처에 얼씬도 못하게 할 거야" 같은 반응을 보였으니까. 인터넷으로 찾아본 기사 속 정황들도 별반 다르지 않았다. 감염인이라는 이유만으로 대학교 기숙사 입소를 거절당하고, 소속된 프로축구팀에서 방출되고, 사고로 손가락이 절단되었는데 스무 곳이 넘는 병원에서 봉합 수술을 거부당하는 바람에 영구적인 장애를 짊어지게 되었다는 이야기들…… 약물을 통해 전파력이 무화된다는 사실에도 불구하고

HIV에 대한 혐오는 시대와 분야를 막론할 정도로 공고했다.

그러므로 나는 엄마에게 너에 대해 솔직하게 털어놓을 수 있는 날이 과연 언제쯤일까 싶었다. 엄마, 실은 내 남자친구가 HIV감염인인데…… 아니, 그런 게 아니야. 꾸준히 치료받고 있어서 바이러스가 옮지도 않고, 몸도 건강해. 사실 누구나 지병 한두 개씩은 앓고 있잖아. 그런 거랑 비슷해. 매일 밤 잠들기 전에 약을 챙겨 먹어야 하는 것뿐이야. 그게 다야. 그런데 엄마, 생각해봐. 나는 아침마다 프로폴리스에 실리마린에 루테인에 홍삼진액까지 챙겨 먹잖아. 스트레스로 불면증을 앓을 때에는 수면유도제도 복용하니까, 내가 그애보다 먹는 약의 종류가 훨씬 많을 거야. 그애가 나보다 건강할걸. 그러니까…… 하고 말을 꺼냈을 때 엄마가 내게 불같이 화를 내며 퍼부을 것이 분명한 이야기를 과연 내가 감당할 수 있을까 싶었던 것이다. 나를 낳고 길러준 엄마가 나를 진심으로 사랑하고 걱정한다는 이유만으로 무고한 나의 연인을 향해 밑도 끝도 없이 쏟아낼 몰이해와 냉대의 말을 과연 내가 어떻게……

*

오후 한시 사십분 서울역에서 출발한 고속열차는 부드럽게 휘어진 선로를 따라 거침없이 나아갔다. 낯선 명칭의 간이역을 몇 개 지나고부터는 너른 논밭과 야산이 펼쳐진 풍광을 한참 가로질렀다. 그렇게 얼마나 지났을까. 후드득 소리와 함께 차창에 빗방울이 하나둘 날아와 맺히기 시작했다. 세상에, 온다, 와, 하면서 우리는 감탄인지 실망인지 모를 눈빛을 주고받다가 이내 창밖으로 고개를 돌렸다. 잿빛 구름이 오래된 가옥과 비닐하우스 위로 가랑비를 흩뿌리는 광경을 멀거니 지켜보았다.

"그래도 서울 떠나니까 좋다. 논밭 보니까 여행 기분 나네."

네 말에 나는 그런가, 하고 생각하다가 입을 열었다.

"맞아, 여행은 역시 논밭이지."

그런 대화를, 우리는 마스크를 쓴 채 소곤거리며 나누었다. 전염병에 대한 경보 단계가 꽤 낮아진 상황이었음에도 차내에서 마스크를 벗지 말라는 경고와 정숙을 지켜달라는 안내 방송이 수시로 흘러나온 탓이었다. 실제로 같은 열차 칸에 탑승한 예닐곱 명의 승객은 거의 인기척조차 내지 않았다. 화장실을 다녀오는 길에 보니 대부분이 혼자였고, 그래서인지 조용히 책을 읽거나 귀에 이어폰을 꽂은 채 잠들어 있었다. 아무리 봐도 이런 날씨에 강릉에 놀러가는 사람은 우리 둘뿐인 듯했다. 그래서 나는 자리에 돌아와 앉자마자 짐짓 장난스러운 어조로 투덜거렸다.

"어떻게 해. 도착해서 바닷가에 가면 우리밖에 없을 것 같아."

너는 잠깐 생각해보더니 대꾸했다.

"그럼 오히려 잘된 일 아니야?"

듣고 보니 일리 있는 말이어서 나는 눈을 동그랗게 떴다.

"오, 그러네. 좋다, 좋다."

열차가 긴 터널을 통과할 무렵에는 우리도 다른 승객들처럼 눈을 감고 잠을 청했다. 사실 그때만 해도 큰 걱정은 하지 않았던 것 같다. 오랜만의 여행이 주는 설렘과 근거 없는 낙관이 우리를 엷은 보호막처럼 에두르고 있었으니까. 당시 나는 강릉역에 도착해 밖으로 나서면 언제 그랬냐는 듯 비구름이 걷히고 쨍한 일광이 내리비쳐 우리를 반겨주리라 믿고 있었다. 아니, 그 정도는 아니더라도 너와 함께 우산을 쓴 채 해안가를 거닐며 웃고 떠들고, 신발과 옷이 좀 젖더라도 강릉의 이곳저곳을 돌아다닐 수 있으리라 믿고 있었다.

그런데 아니었지.

열차가 덜컹거리는 진동에 눈꺼풀이 절로 뜨였을 때, 창밖에는 짙은 초록으로 우거진 삼나무들이 늘어서 있었다. 그 사이로 부슬부슬 떨어져내리는 빗방울은 여전했고, 너는 유리창에 머리를 기댄 채 곤히 잠들어 있었다. 추운지 팔짱 낀 자세로 어깨를 약간 움츠리고 있었는데, 알고 보니 패딩 점퍼를 벗어서 잠들어 있던 내게 덮어준 탓이었다. 하여간 알아줘야 해. 나는 점퍼를 그대로 옮겨 네 몸을 감싸주었다. 잠든 네 얼굴을 잠시 내려다보다가 등받이를 뒤로 젖히며 기대앉았다. 다시 잠을 청하려는데 천장에 달린 스피커에서 경고 방송이 반복적으로 흘러나왔다. 그것을 듣고 있으니 열차에 오르기 전, 서울역 광장에서 본 몇몇 장면이 불현듯 눈앞을 스쳐지나갔다.

흰색 천막으로 세워진 임시 안내소와 선별 진료소. 그 앞으로 왠지 주눅들어 보이는 사람들이 일정한 간격으로 줄지어 서 있었다. 전염병 검사를 기다리던 이들이었는데, 얼핏 보기에도 초등학생쯤 된 여자아이부터 눈언저리가 푹 꺼진 노인까지 연령대가 다양했다. "의심 환자가 저렇게 많아?" 주위를 지나던 행인들은 불쾌감을 드러냈다. 손수건을 꺼내 마스크 위를 덮기도 했고 아예 다른 길목으로 멀찍이 돌아가기도 했다. "저런 반응은 꼭 HIV 검사 때 같네." 순간 네가 심상한 투로 읊조린 말에 나는 멈칫할 수밖에 없었다. 네가 겪었을, 어쩌면 여전히 겪고 있을 어떤 시선들을 유추해볼 수밖에 없었고…… 내가 도울 수 있는 일이 아무것도 없는 것만 같아서 옅은 무력감을 느꼈다.

터널을 몇 번 지나치자 엇비슷한 경관이 거듭 이어졌다. 저멀리 산등성이 아래로 좁게 흐르는 강물과 풀 한 포기 없이 온통 검회색 진흙뿐인 벌판이 드러났다. 스산해진 공기에 나는 코트 깃을 여몄다. 그런데 얼마 지나지 않아 가느다란 빗속에서, 넓고 평평한 땅 한가운데에서 누군가 우뚝 서 있는 모습이 눈에 들어왔다. 자세히 보니 연보라색 옷에 밀짚모자를 눌러쓴, 십자가에 매달린 듯 양팔을 쭉 뻗고 서 있는 허수아비였다. 나는 요즘에도 저런 걸 세워놓는구나, 하고 의아해하다가 문득 네가 오래전에 들려주었던 이야기를 떠올렸다. 언제부터인가 허수아비, 라는 단어를 접할 때마다 그날 네가 내비치고 말았던 서글픈 표정과 함께 떠올리게 된 그 이야기를.

우리가 처음 만난 것은 데이팅 앱을 통해서였다. 내가 긴 연애를 마친 뒤 일 년이 넘는 휴지기를 보내고 앱을 설치한 지 얼마 되지 않았을 무렵이었다. 그 시기에 나는 이렇다 할 기준 없이 메시지가 오는 대로 약속을 잡아 상대방을 만났다. 그리고 번번이 실망했다. 열에 일곱은 온갖 미사여구를 동원했으나 결국 섹스가 목적이었고, 둘은 나를 마음에 들어하지 않았으며, 하나는 내가 견디기 어려워하는 성품이나 습벽을 지니고 있었기 때문이다. 나는 그러한 패턴의 만남을 몇 번이나 반복하고 나서야 새삼스레—어쩌면 난생처음으로—내가 원하는 연애가 무엇인지 진지하게 고민해보는 시간을 갖게 되었다. 그러면서 내가 바라는 연애는 신체적 매력이 뛰어난 누군가를 독점적으로 소유하는 것도, 경제 및 교육 수준이 유사한 누군가와 매끄럽게 일상을 공유하는 것도 아닌, 뭐랄까 한 번도 생각지 못한 방향으로 나를 끌어당겨줄 수 있는 이와의 만남이라는 걸 알게 되었다. 그 방향이 무엇을 의미하는지는 잘 모르겠지만, 그러므로 내게 그것을 알려줄 수 있는 사람과의 만남이었으면, 하고 바라게 된 것이다. 그러던 어느 날, 앱으로 분홍색 하트 메시지가 들어와 확인해보니 너와 커플 매칭이 이루어져 있었다.

너는 처음에 메시지로 인사를 나눌 때에도, 며칠에 걸쳐 서로를 탐색해나갈 때에도 이렇다 할 열성을 보이지 않아 나를 금세 맥빠지게 했다. 이런 유형은 실제로 만났을 때에도 맹탕이기 마련이어서 나는 너와 일요일 저녁에 약속을 잡아놓고도 별다른 기대를 품지 않았다. 그런데 토요일 오전에 네가 갑작스레 메시지를 보내왔다. 일요일에 지방으로 문상을 갈 일이 생겼다며, 약속을 하루 앞당겨 오늘 오후에 볼 수 없겠느냐는 내용이었다. 순 제멋대로네, 라고 생각하면서도 마침 할일이 없었던 나는 알겠다고 답장을 보냈다. 만나서도 흐리멍덩하고 예의 없이 구는 사람이면 오래 지체하지 않고 자리를 빠져나오리라 다짐하면서.

장마 끝에 무더위도 한풀 꺾인 8월 말이었다. 더이상 목놓아 우는 매미 소리도 들려오지 않았고, 한낮의 볕에도 살갗이 따끔거리지 않았던 기억이 난다. 우리는 광화문역 근처의 폴바셋에서 만났다. 대로변에 위치했으나 붐비는 경우가 적고 테이블 간격이 널찍하여 내가 즐겨 찾는 카페 중 하나였다. 그날 너는 약속 시간보다 일찍 나와서 나를 기다리고 있었다. 민트색 리넨 셔츠에 흰색 반바지 차림을 한, 앱으로 보았던 프로필 이미지보다 한결 귀염성 있는 얼굴에 건장한 체격이었다. 너는 주말인데 시간에 쫓기며 움직이기 싫어서 한 시간 전에 미리 나와 있었다고, 누군가를 기다리는 동안 아이패드로 전자책을 읽고 있으면 평소보다 집중이 잘된다고 말해 의외의 첫인상을 주었다. 살가운 어조로 인사말을 건네고 진동벨이 울리자 먼저 일어나서 음료를 받으러 가는 모습이 메시지를 주고받는 내내 느꼈던, 어쩐지 뒷짐지고 한 걸음 물러나 있는 듯한 태도와 사뭇 다르기도 했다.

그날 우리는 카페 구석자리에 앉아 아이스라테와 아인슈페너를 마시며 이야기를 나누었다. 어느 동네에서 살고, 가족관계는 어떻게 되며, 대학교에서 무엇을 전공했는지 같은…… 그러면서 너는 자연스레 자신이 출판사에서 근무하는 편집자라고 밝혔다.

"신기하네요."

경영학과를 졸업한 뒤 줄곧 보험회사 마케팅부에서 근무하던 나는 흥미를 느꼈다.

"요즘 같은 시대에 출판계는 전망이 좀 어때요?"

너는 재밌다는 듯 한쪽 눈을 치켜뜨더니 답했다.

"절망적이죠. 유튜브에 넷플릭스에 디즈니플러스까지…… 요즘에 누가 책을 읽기나 하는지 모르겠어요."

내가 살짝 당황해하자 너는 조그맣게 웃음을 지었다.

"아, 죄송해요. 괜히 농담을…… 실은 전망이 그리 나쁘지만은 않아요. 책이 지닌 고유한 가치랄까, 그런 걸 추구하는 사람들은 여전히 남아 있으니까. 그리고 제가 좋아하는 일인 만큼 잘 지켜내고 싶기도 하고요."

그렇게 우리는 두 시간 남짓 사사로운 질문과 답변을, 어느 순간부터는 무람없이 우스갯소리도 주거니 받거니 했다. 처음 만난 사이치고 우리의 대화는 어색한 긴장감이나 불편함 없이 물 흐르듯 이어졌다. 술과 담배를 거의 즐기지 않고, 홍상수의 영화 속 김민희를 좋아하며, 주로 정의당을 지지하고, 야외 활동보다는 실내에서 정적으로 보내는 시간을 선호한다는 점에서도 우리는 죽이 잘 맞았다. 그렇지만 너에 대한 호감이랄까 애틋함이 한순간에 부풀어오른 계기는, 돌이켜보면 편안한 대화 끝에 이루어진 놀라운 고백에 있었던 것 같다.

"다음에 또 보자고요?"

멀리 보이는 유리문 너머로 해가 서서히 이울고 있었다. 내가 애프터 신청을 하자 너는 난처한 기색을 드러냈다.

"진심이세요?"

"왜요. 나 별로예요?"

"아니요. 그런 건 아닌데……"

너는 얼음이 모두 녹아버린 잔을 만지작거리며 망설였다.

"싫으면 편하게 말해줘요. 그런 거에 상처……받을 수밖에 없지만 뭐, 매도 먼저 맞는 편이 낫다고 하잖아요."

"아, 매도 먼저…… 역시 그렇겠죠?"

그러면서 너는 담담한 어조로 자신이 HIV감염인이라는 사실을 이야기했다. 질환을 알게 된 시점과 그 이후로 어떠한 치료를 받아왔는지, HIV감염과 에이즈가 어떻게 다른지에 대해서도 차분하게 설명해주었다.

"제가 초면에 이런 말을 하는 이유는 하나예요. 저도 형이랑 한 번 더 만나보고 싶은데, 그래서 뭔가 진지하게 관계를 이어가보고 싶은데, 그 모든 과정에 앞서 이 사실을 털어놓지 않으면…… 나중에 형이 저를 원망할 수도 있으니까요. 그런 경우가 몇 번 있었거든요. 다들 처음 들었을 때에는 괜찮다고 말해요. 애써 받아들인 척하죠. 그런데 연락은 점점 뜸해지고…… 생각할 시간이 필요하다면서, 시간을 좀 갖자면서 저를 하염없이 기다리게 만들었어요. 그래서 드문드문 연락하며 이 년 가까이 기다렸던 사람도 있었죠. 이제 와 생각해보면 참…… 그렇지만 저는 허수아비가 아니에요. 제가 감염인이라는 이유만으로 연인 관계에서 언제나 약자가 될 수는 없다고요."

그때 내가 어떠한 표정을 짓고 있었을까. 아마도 그것은 너만이 보았고 기억하고 있을 나의 모습일 것이다. 네가 조금은 격앙된 듯 슬픔에 잠긴 목소리로 이야기를 이어가며 지었던 표정을 내가 지금까지 고스란히 기억하고 있는 것처럼.

그날 우리는 카페를 나와 지하철역 앞까지 함께 걸었다. 어느 틈엔가 하늘은 어둑해져 있었고 빌딩 사이로 불어오는 바람은 제법 쌀쌀했다. 걷는 동안 나는 네가 돌아오지 않을 누군가를 하염없이 기다렸을 순간들에 대해 생각했다. 친구나 가족도 아니고 처음 만난 낯선 이에게, 단지 연인으로 발전할지도 모른다는 미약한 가능성 하나 때문에 자신의 내밀한 질환을 털어놓아야 했을 순간들에 대해서도 생각했다. 그때마다 네가 외로이 견뎌내야 했을 두려움과 떨림에 대해서도…… 나는 막연하게 상상만 해볼 수 있을 뿐이었다. 그러자 가슴 한편에 뜨겁고 묵직한 덩어리 같은 것이 느껴지는 듯했다.

역 앞에 이르러 우리는 마주보고 섰다. 네가 지하철을 타기 위해 계단을 내려가면 나는 맞은편의 버스 정류장으로 건너갈 참이었다.

"조심히 들어가세요."

인사하고 돌아서려는 네 얼굴에 고층 빌딩의 전광판 불빛이 푸르스름하게 머물다가 스러졌다. 그 빛. 순간 나는 어떤 힘에 이끌리듯 너를 향해 손을 뻗었다. 떠나려는 네 손을 부드럽게 거머쥐었다. 너는 멈칫하며 나를 돌아보았고, 오래지 않아 내 손을 맞잡아주었다. 그제야 나는 알 것 같았다. 너와 내가 방금 어떠한 결정을 내렸으며, 그것은 우리가 알아차리기도 전에 이미 정해져 있었다는 것을. 내 삶을 제대로 된 방향으로 이끌었던 순간들은 언제나 이런 충동과 경이로 이루어져 있었다는 것을.

*

강릉역에 도착할 즈음 나는 친구들로부터 경포해변에 풍랑주의보가 내려졌다는 소식을 전해받았다. 풍랑주의보? 우리는 그 말의 정확한 의미를 알기 위해 머리를 맞댄 채 인터넷을 찾아보기 시작했고, 풍랑주의보가 발효된 가운데 해안을 거닐다가 숨진 이십대 청년에 관한 기사와 등대를 무너뜨릴 기세로 높이 치솟은 파도 이미지 따위를 일별했다.

"에이, 설마."

그렇지만 역을 빠져나와 한층 굵어진 빗발을 헤치며 택시 정류장에 다다랐을 무렵에는 뭔가 상황이 심상치 않게 흘러가고 있음을 느꼈다. 고속으로 달리는 열차 안에서 유리창 너머로 비바람을 구경하는 일과 강풍에 후들거리는 우산을 움켜쥔 채 무섭게 쏟아지는 장대비를 맞으며 걷는 일은 전혀 다른 경험이었으니까. 호텔로 향하는 택시 안에서 내다본 시내 정경도 마찬가지였다. 오후 네시쯤이었는데, 사방이 가마득한 회색빛으로 잠겨들고 있었다. 대부분의 상점이 셔터를 굳게 내린 채였고, 거리에는 돌아다니는 사람 한 명 보이지 않았다. 연안 근처를 지날 때에는 언덕을 따라 죽 늘어선 방풍목이 사나운 바닷바람에 부러질 것처럼 휘는 모습이 눈에 들어왔다.

"설마 오늘 관광 오신 거예요?"

백발의 택시 기사가 룸미러를 올려다보며 물었을 때 우리는 기어들어가는 목소리로 네, 라고 대답했다.

"가는 날이 장날이라고, 날씨가 이래서 어쩌나."

"그래도 바닷가에 잠깐…… 다녀올 수는 있겠죠?"

내 말에 택시 기사는 뭐라 대꾸하려는 듯하더니 쯧, 하고 혀를 찼다. 차내에 얼마간 정적이 흘렀다. 그때 왼쪽 창 뒤편에서 전방으로 창백한 섬광이 번쩍하고 지나갔다. 너와 내가 휘둥그레진 눈으로 서로를 마주보는 사이 천둥소리가 우르릉 울려퍼졌다.

"이럴 일이야?"

십여 분을 달려 호텔 입구에 내려섰을 때 나는 코트 자락의 물기를 쥐어짜며 툴툴거렸다. 너는 하마터면 내가 택시에 두고 내릴 뻔한 우산을 챙겨들고 나오며 허탈하게 웃었다.

"어쩌겠어. 일단 방에 들어가서 좀 쉬고…… 기다려봅시다."

그렇지만 체크인 과정에서도 문제가 발생했다. 호텔 직원의 말에 따르면 전산상의 오류인지 뭔지로 우리가 예약한 방의 옵션이 오션 뷰가 아닌 레이크 뷰로 설정되어 있다는 것이었다. 레이크 뷰? 네가 그럴 리 없다면서 여행 앱의 예약 페이지를 직접 보여줘도 소용없었다. 머리를 뒤로 바짝 당겨 묶은, 앳된 외모의 직원은 어쩔 줄 몰라 하며 연신 키보드를 두드렸다. 얼굴을 붉힌 채 모니터를 들여다보더니 바꿔줄 수 있는 방도 없다면서 죄송하다는 말만 거듭했다.

"망했어……"

1508호 디럭스 룸에 들어서자마자 나는 가방을 내려놓고 침대 위로 쓰러지듯 누웠다. 베개에 얼굴을 파묻었고, 그 상태로 꼼짝도 하지 않았다. 그동안 너는 욕실에서 손을 씻고 나와 방을 한 바퀴 천천히 둘러보았다. 냉장고에서 물을 꺼내 마셨고 커튼을 열어젖혔다. 발코니로 나가면서는 와아, 하고 다분히 연극적인 감탄사를 내뱉었다. 비가 적잖이 쏟아져서 예쁘지는 않지만 그래도 호수가 훤히 내려다보인다고, 저기 저 가운데에 아담한 정자 같은 것도 세워져 있다고, 내 쪽을 향해 몇 마디를 던지다가 번개와 우레소리에 깜짝 놀라며 안으로 들어왔다. 침대 오른편에 놓인 목제의자에 걸터앉아 휴대전화를 들여다보았다.

"형, 그래도 저녁에는 덜 오나봐. 강수량이 확 줄어드네."

내가 대꾸하지 않자 너는 내 옆으로 다이빙하듯 몸을 뉘었다. 두 팔과 다리를 뻗어 나를 꽉 끌어안았다.

"아직 안 망했어. 기다려봐. 내가 어떻게든 살려볼게."

"뭘 어떻게 살려……"

내가 갈라지는 목소리로 웅얼거리자 너는 씨익 웃어 보였다. 상체를 틀어 침대 머리맡을 향해 꿈틀꿈틀 기어가더니 메모지에 볼펜으로 뭔가를 끄적거렸다. 그 종이를 북 찢어서 자기 이마에 탁 붙인 채 고개를 돌렸다. 거기에는 '살려야 한다'라고 쓰여 있었다.

"미쳤나봐."

내가 비실비실 웃음을 흘리자 너는 킬킬거리면서 내 두 손을 붙잡은 채 침대 밖으로 나갔다. 그렇게 나를 어르고 달래가며 일으켜세웠다. 나는 물을 한 모금 마신 뒤 너와 함께 발코니로 나섰다. 난간에 팔꿈치를 얹은 자세로 서서 비 내리는 경포호를 건너다보왔다. 네 말대로 우중충한 날씨 탓에 호수는 딱히 아름답지 않았으나 광활한 수면의 일렁임을 뜻 없이 바라보는 일은 마음을 차츰 가라앉혀주는 듯했다. 줄기차게 내리는 빗속에서도 유려한 날갯짓으로 호숫가를 배회하는 기러기떼를 눈으로 좇을 즈음에는 애초에 이렇다 할 목적이 있었던 여행도 아닌데 흥망이 따로 있을까 하는 생각이 들었다. 그저 떠나고 싶었고, 떠나왔고, 그것으로 바라던 바는 이룬 셈이었으니까.

*

이불을 휘감은 채 꾸벅꾸벅 졸다보니 어느덧 저녁 여섯시였다. 놀란 마음에 커튼을 젖혔는데 그새 바깥이 어두침침하게 변해 있었다. 호수 가장자리를 따라 드문드문 늘어선 가로등과 이따금 그 아래를 지나는 자동차 헤드라이트 불빛 외에는 아무것도 보이지 않았다. 발코니로 나가 손을 뻗으니 빗발의 감촉이 꽤 여렸다. 더는 벼락도 내리치지 않는 듯했고, 바람도 한결 순하게 느껴졌다. 그래서 우리는 호텔 레스토랑에서 저녁식사를 하려던 계획을 대신하여 인근 맛집을 검색해보기 시작했다. 이십 분이 넘도록 트위터와 블로그를 뒤진 끝에 강릉 커피거리 근처의 조개구잇집에 가보기로 결정했다. 직접 로스팅한 커피 원두로 당일 공수한 조개를 해감한다는, 강릉에서 유일무이하게 커피 먹은 조개를 판매한다는 홍보 문구에 혹시나 하는 기대를 품었던 것이다.

조개구이의 맛은…… 평범했다. 커피로 해감한다고 해서 조개 맛이 달라지는 것은 아니었고, 산지 직송이라고는 하지만 가리비와 키조개에 모차렐라치즈와 스위트콘을 범벅해놓아 신선도는 가늠하기조차 어려웠으니까. 그렇지만 우리는 술 한 잔 걸치지 않은 채 식당 곳곳에 걸려 있는 '자기야 나~ 지그ㅁ취ㅎㅐ써어♥' '오늘 집에 안 들어갈래♬' '귀여운 척하고 있네 안 그래도 귀여운 게☆' 같은 네온사인 글귀를 인용해 서로에게 장난을 치면서 비교적 즐겁게 식사를 마쳤다. 그즈음 되니 어디에서 무엇을 하기 위한 여행이라는 의식은 거의 사라져 있었고, 우리가 지금 겪고 있는 난항들이 훗날 같이 돌이켜보며 웃고 떠들 추억의 재료가 되리라는 예감이 들었다. 자기야, 기억나? 우리가 처음으로 같이 떠났던…… 그 망한 여행. 그때 나 잠깐이지만 진심으로 암담했었다? 비는 억수같이 쏟아지지, 천둥 번개는 사방에서 내리꽂히지…… 그런데 이제 와서 생각해보면 나름 재미있었던 것 같아, 그렇지 않아? 여행 다니면서 그렇게까지 망한 적은 또 처음이었으니까, 그렇게 망하는 순간에도 자기랑 함께였으니까…… 나는 그러한 이야기를 주고받으며 웃고 있을 우리의 미래를 얼마든지 상상해볼 수 있었고 그것만으로 당장의 곤란들을 즐길 수 있게 되었다.

계산을 마치고 식당을 나설 즈음에는 비가 뚝 그쳐 있었다.

"뭐야, 이제 와서?"

그렇지만 우리는 호출한 택시를 기쁜 마음으로 취소했고, 이차선 도로를 가로질러 해변을 향해 걷기 시작했다. 어둠에 잠긴 숲길을 지날 때에는 들뜬 마음에 뛰다시피 종종걸음을 했고, 그러다가 바닥을 헛디디면서 넘어질 뻔한 걸 서로 붙잡아주기도 했다. 그렇게 가까스로 비탈을 딛고 언덕배기에 올라선 순간에는 사방에서 들려오는 파돗소리와 함께 맑고 차가운 바람이 얼굴로 훅 불어오는 것을 느꼈다.

야간 조명이 켜진 해안가에는 아무도 없었다. 마치 연극이 끝나고 난 뒤의 무대처럼 텅 비어 있어서 우리는 환호성을 올리며 발이 푹푹 빠지는 모래사장을 겅중겅중 뛰었다. 마스크를 벗고 단숨에 바다 가까이 내려갔다가 금세 비명을 지르며 뒷걸음질했다. 성난 파도가 순식간에 밀려들어 발목까지 적실 듯했고, 지척의 바위에 부딪치면서 거센 물보라를 일으킨 탓이었다. 그래서 우리는 너울이 몰아치는 자리에서 다섯 걸음쯤 물러나 얕은 둔덕에 올라서서 바다를 건너다보았다. 육지에 이르러 하얗게 포말을 일으키는 물결을 제외하고는 온통 칠흑 같은 어두움에 감싸인 바다를. 별빛 한 점 보이지 않는 밤하늘과 경계 없이 어우러져 언뜻 이 세계에 드리워진 거대한 장막처럼 보이기도 하는, 그래서 세상의 끝처럼 느껴지기도 하는 바다를.

이윽고 나는 코끝이 시려 네 쪽을 돌아보았는데, 너는 경직된 표정으로 앞만 보고 서 있었다. 아마도 전경에 펼쳐진 암흑, 광대한 심연의 이미지가 너로 하여금 어떤 기억들을 떠올리게 만든 듯했다.

"무섭다……"

그러다가 네가 혼잣말처럼 중얼거렸을 때, 나는 네가 상기하고 있을 장면들이 무엇인지 알 것만 같아서 네 어깨에 조심스레 팔을 둘렀다. 다른 손으로는 네 손을 찾아 쥐었고, 그 손목에 가느다란 선으로 돋아나 있는 오돌토돌한 상흔을 어루만졌다. 그것은 네가 처음이자 마지막으로 너 자신에게 벌인, 감염 사실을 알고 한 달도 채 지나지 않아 저지른 과오의 흔적이었다. 앞으로 살아갈 날들이 절망적으로 느껴져 한순간 자기도 모르게 베어버린…… 그 상처를 어루만지면서 나는 네가 HIV를 처음 진단받은 날에 대해 들려주었던 이야기를 떠올렸다.

스물셋의 여름, 너는 확진 판정을 받고 충격에 휩싸인 나머지 의사와 간호사 앞에서 삼십 분이 넘도록 울음을 쏟아냈다. 눈앞이 캄캄했고, 다리에 힘이 풀려 의자에서 제힘으로 일어서지도 못했다. 누구도 너를 위로할 수 없었고, 일으켜세울 수도 없었다. 그 바람에 너는 다음 순서의 환자에게 본의 아니게 폐를 끼쳤다면서, 지금도 그날을 생각하면 영문도 모른 채 대기실에서 한 시간 가까이 기다렸을 이에게 미안하다고 말했다.

그런 너를 바라보면서, 나는 지금 내가 사랑하는 사람이 질병에 걸리기 이전에도 내가 사랑할 법한 사람이었음을 알게 되었다. 내가 알지 못하는, 알 수 없는 너의 시간들, 과거 역시도 온전히 사랑할 수 있을 것 같았고, 가끔은 그 시간들 속으로 걸어들어가 네 곁에 함께 있어주고 싶다는 생각으로 간절해졌다. 그러면서 나는 간혹, 정말이지 주제넘는 생각에 불과하지만, 너를 괴롭히는 그 병을 나누어 갖고 싶다는 열망을 느끼기도 했다. 그렇게 너와 조금이라도 더 가까워질 수 있다면, 우리가 한층 더 결속될 수 있다면, 포개어질 수 있다면, 기꺼이 그리하고 싶다는 바람을 나도 모르게……

그 밤 우리는 나란히 서서 바다를 바라보았다. 일순 바위에 부딪치며 솟아올랐다가 산산이 부서지면서 내려앉는, 뒤로 슬금슬금 물러나는 검은 물결의 움직임을, 그 흐름을 지켜보았다. 한순간 보얗게 일어나고 사그라드는 물거품과 습기를 머금은 추위와 영원히 우리를 가로막고 서 있을 듯한 어두움과 그 앞에 버티고 선 순간에만 감지할 수 있을 불가해한 아름다움까지 우리는 함께 했다. 그러다가 네 어깨의 떨림이 서서히 잦아들었을 즈음, 나는 너를 붙든 손에 살며시 힘을 주었다. 네가 나를 보았을 때 나도 너를 보았고, 우리는 동시에 미소를 지었다.

"이만 돌아갑시다."

"좋아요."

그런 대화를 나누며 우리는 바다를 등지고 선 채 천천히 걸음을 옮겼다. 그러다가 부러진 나뭇가지를 하나 주워 모래 위에 하트를 그렸고, 그것의 양옆에 너와 나의 이름을 적어넣기도 했다. 쓰이자마자 바람에 흐트러지기 시작하는 우리의 사랑을 내려다보면서 어느 드라마의 엔딩처럼 이대로 시간이 멈춰버렸으면 좋겠다는 이야기를 나누었고, 어려울 것 없잖아, 라는 네 말과 함께 소망을 이루기 위한 하나의 몸짓으로 우리는 입을 맞추었다.

결혼식 가는 길

그해 여름 나는 오랜만에 류 선배를 보았다. 그의 결혼식 날이었다. 8월 마지막 주 일요일이었고, 새벽부터 가느다란 부슬비가 소리 없이 내렸던 기억이 난다. 그날 아침 나는 검회색 리넨재킷에 발목이 드러나는 정장바지 차림으로 현관 앞을 서성거렸다. 과연 내가 류 선배의 결혼식에 참석해도 괜찮을지 판단이 서지 않았던 탓이다.

—여태 마음을 못 정했어?

그렇지만 친구의 문자메시지가 도착했을 때 나는 가려고, 일단 가보려고, 라고 답장을 적어 보냈다. 그러고 나서야 내 마음이 진즉 정해져 있었음을 깨달았다. 나만 몰랐던 나의 마음. 매번 언어라는 형식으로 구체화되고 나서야 뒤늦게 포착되는 나의 마음을.

하지만 신발장에서 비닐우산을 꺼내어 집을 나서는 길에도, 골목 어귀를 돌아 지하철역에 다다랐을 즈음에도 가슴 한편에 얼룩처럼 남아 있던 의구심은 쉬이 사라지지 않았다. 오히려 점점 더 짙은 빛깔로 선명해지는 듯했지.

그것은 류 선배가 보내온 청첩장에 담긴 이중적 뉘앙스 때문이었다. 하나는 누구에게나 통용될 만한 의미로서 간만에 얼굴이나 보자는, 이 기회에 연락 좀 하고 지내자는 취지의 반가운 인사. 다른 하나는—이건 아마도 나에게만 감지되는 뉘앙스일 텐데—봤지? 이제 알겠지? 그럼 알아서 나가떨어지라는 의미로서 발행된 절교장이라고밖에는. 그러므로 나는 요란한 쇳소리와 함께 강 위의 철교를 건너기 시작한 열차 안에서, 그 덜컹거리는 진동 안에서 도통 갈피를 잡지 못한 채 이리저리 흔들릴 수밖에 없었다. 차창 너머로 부옇게 피어오른 물안개를 건너다보며, 그것이 잿빛 하늘과 강물의 경계를 부드럽게 지우는 모습을 관망하며 새삼 류 선배와의 기억들을 되짚어볼 수밖에.

*

내가 류 선배를 만난 것은 첫 직장을 그만두고 스물다섯의 나이로 예술대학원에 입학했을 때였다. 대학원이라고는 하지만 이 년의 석사과정이 전부인, 재학생 총 인원이 열 명 남짓한 규모의 문예창작학과였다. 그해 봄 중강당에서 열린 오리엔테이션을 마치고 대학원 건물 사층으로 향했던 날, 나는 잔뜩 긴장한 채 연구실 문을 열었다. 그날은 신입생들이 이학년 선배들을 만나 저녁식사로 치킨과 피자를 함께 먹으며 인사를 나누기로 되어 있었다. 그래서 책상들을 한쪽으로 치운 바닥에 돗자리와 신문지를 깔고 모두 동그랗게 모여 앉았는데, 공간이 협소하여 서로의 무릎과 발끝이 맞닿을 정도로, 옆 사람의 호흡이 귓등에 스칠 정도로 가까이 붙어야만 했다. 그러자 나는 예상보다 심한 강도로 어깨와 목덜미가 뻣뻣하게 경직되는 것을 느꼈다. 화기애애한 분위기 속에서 혼자 고개를 푹 숙인 채 식은땀만 흘렸다. 묻는 말에 제대로 답하지도 못했고, 끝내 화장실에 가는 척하며 그 자리를 도망쳐 나오기까지 했지. 이후로도 나는 학과 사람들과 어울리지 못한 채 겉돌기만 했다. 그들에게 무슨 문제가 있었던 것은 아니고…… 내가 회사를 그만둘 즈음부터 앓게 된 불안장애 탓이었다.

국내 제약회사와 도매상들을 상대로 수입 의료품과 원료를 판매하는 무역회사에 다닐 때였다. 영업1팀 막내였던 나는 입사한 지 두 달 만에 '꼴통'으로 낙인찍히고 말았다. 난생처음 참석했던 접대 술자리에서 멋모르고 저지른 일 때문이었다.

당시에 나는 거래처 담당자들을 찾아가 눈도장을 찍고, 명함이 꽂힌 카탈로그와 함께 드링크제를 돌리는 식의 단순 홍보 업무를 주로 했다. 멀끔한 양복 차림에 잔잔한 미소를 띤 채 신제품의 효

능과 가격 할인율을 일목요연하게 설명해주는 것. 그게 영업의 전부인 줄 알았지. 그러던 어느 날 나는 과장님과 부장님의 호출로 급히 외부 미팅에 동원되었다. 그곳에서 중년 남성 셋을 만났다. 경쟁 업체에서도 노리고 있는, 대규모 입찰을 준비중인 모 제약회사의 직원들이라 했다. 그 밤 나는 과장님이 끊임없이 주문해대는 양갈비와 수입 맥주를 분위기상 배가 터지도록 먹고 마셔야 했다. 부장님이 제약회사 사람들과 어느새 직함을 생략한 채 형님, 아우님, 하며 말을 놓고 짓궂은 농담까지 주고받는 모습을 보게 되었다. 이것이 실전 영업인가. 보고 배우라고 부른 것인가. 거기까지는 뭐 그런가보다 싶었다. 문제는 2차로 간 노래방에서 소위 '아가씨'들이 등장한 순간 벌어졌다. 나는 미리 언질을 받은 것이 없었기에—무엇보다 그런 자리가 처음이었기에—당황했고, 소파 끄트머리에 얼떨떨한 얼굴로 앉아 있기만 했다. 상황 파악을 마친 후에도 자리를 박차고 나갈 용기는 내지 못했으므로…… 가급적 아무것도 하지 않는 식으로 나름의 저항이랄까 대처를 하고 말았다. 분위기 좀 띄워보라며 부장님이 건넨 마이크를 애써 모른 척했고, 과장님이 탬버린으로 엉덩이를 두들겨가며 〈이브의 경고〉를 부르는 내내 휴대전화만 만지작거렸다. 얼근하게 취한 제약회사 형님들이 웃통을 벗어젖히고 만원권 지폐를 술에 적셔 노래방 모니터에 철썩철썩 붙여놓는 식으로 팁을 주는 모습을 경악한 얼굴로 쳐다보다가 부장님과 눈이 마주쳤지.

"저걸 어따 쓸꼬."

이후로 나는 접대 자리뿐 아니라 부서 회의 및 회식에서도 제외되었다. 매주 시행되던 직무 능력 평가에서 낙제점을 받기 시작했고, 툭하면 옥상으로 불려가 피우지도 않는 담배 연기를 맡으며 충고인지 힐난인지 모를 말들을 들었다. 시간이 흐를수록 자질구레한 업무만 떠맡으며 애물단지 취급을 받았지. 각 부서를 돌며 공기청정기 필터가 제때 교체되었는지를 확인하거나 종일 창고에서 박스를 뒤져 라벨이 잘못 붙은 제품을 골라내야 했다. 그런 식의 따돌림이랄까 괴롭힘이 반복되다보니 나는 첫 직장생활을 반년도 채우지 못하고 사직서를 제출할 수밖에 없었다.

회사를 나온 뒤로는 얼마간 외출을 삼간 채 자취방에 틀어박혀 지냈다. 그즈음 나는 친분에 상관없이 누구를 만나든 알 수 없는 긴장감에 사로잡혀 손끝을 덜덜 떨었다. 가벼운 인사를 나누다가도 돌연 목이 죄어오는 듯한 감각에 말 한마디 뱉지 못했지. 혼자 끙끙 앓던 끝에 결국 신경정신과를 찾아갈 수밖에 없었다.

"대인공포증 같네요."

상담의는 가지런히 쓸어넘긴 백발에 별것 아닌 말에도 부드럽게 미소를 짓는 오십대 여성이었다. 그녀는 한 달 넘게 경과를 지켜보더니 약물 말고 다른 노력도 병행하면 어떨지 물었다. 가령 작은 수첩이나 노트를 갖고 다니면서 평소에 느끼는 감정이나 불현듯 떠오르는 이미지 같은 걸 글로 옮겨 적어보면 어떻겠느냐고.

"그게 무슨 도움이 되는데요?"

"본인을 좀더 이해할 수 있게 될 거예요."

"왜 이 모양 이 꼴이 됐는지요?"

"음, 앞으로 어떤 모양 어떤 꼴이 되고 싶은지도요."

그렇게 상담을 마치고 버스 정류장으로 향하던 오후, 나는 길 건너편에서 하교중이던 학생들을 바라보다가 문득 나의 대학 시절을 떠올리게 되었다. 어떤 모양 어떤 꼴이 되고 싶은지 궁리하기는커녕 뭐라도 될 수 있을까 싶어 발만 동동 구르던 시절을. 그 무렵 나는 역대 최악의 취업난이니 뭐니 하는 말에 겁먹고 동아리 활동이나 배낭여행 같은 건 일절 포기한 채 공부에만 매달렸다. 국문학과를 차석으로 졸업했으나 취업 전형에서 몇십 번이나 불합격의 고배를 마셨지. 그즈음 거제도에서 삼십 년 넘게 도장 일을 하던 아버지가 뇌출혈로 쓰러지셨다. 생각지도 않았던 무역회사 영업부에 덜컥 합격했고 운명이란 것이 내 옷깃을 쥔 채 당기는 대로 끌려갈 수밖에 없었다. 종내 이 모양 이 꼴이 되었지.

시간을 되돌릴 수 있다면 나는 다른 선택을 내릴까. 그 선택은 무엇일까.

그런 물음은 상담의의 권유와 맞물려 한동안 잊고 지냈던 기억들을 되짚어보게 했다. 그중에서 가장 선명하게 떠오른 것이 전공 선택 과목으로 수강했던 창작 세미나에서의 경험이었다. 시험이 없는 대신 한 달에 한 번, A4 용지 두 장 분량의 소설을 꼬박꼬박

제출해야 하는 수업이었다. 당시에 나는 거의 매일 밤마다 노트북을 켜고 한 문장이라도 적어보려 노력했다. 미로 속을 헤매듯 이리저리 행간을 떠돌다가 마침내 계단을 한 칸 뛰어오르는 듯한 느낌으로 다음 문장을, 그다음 문장을 써넣곤 했다. 그때의 고양감, 삶이 조금은 명료해지면서 손에 잡힐 듯 여겨졌던 기쁨이 여전히 내 안에 편린처럼 남아 있다는 사실에 놀랐다.

그날 나는 버스 정류장 벤치에 앉아 텅 빈 도로의 끝을 바라보면서, 비탈을 올라 서서히 다가오는 푸른색 간선버스를 지켜보면서, 내 생의 또다른 경로들을 상상해보았다. 그것만으로 가슴이 뛰는 듯했고, 비로소 자리를 털고 일어날 수 있었다.

푸릇한 기운과 함께 색색의 꽃이 만개한 봄, 나는 운좋게 입학시험을 통과하여 대학원 진학에 성공했으나 막연히 품었던 기대와 달리 삶을 갱신하지는 못했다. 대인 기피 증세가 좀처럼 호전되지 않은 탓이었다. 강의실 구석에 앉아 잠자코 수업을 듣는 정도는 괜찮았으나 교수님이 나를 지목해 질문이라도 건네면 별안간 호흡이 불규칙해지면서 입도 벙긋하지 못했다. 나를 쳐다보는 사람들의 시선에 얼굴이 벌겋게 상기된 채 어쩔 줄 몰랐다. 그러다보니 수업을 마치고 동기들이 강의실에 남아 스터디를 진행할 때에도, 연구실에 모여 선배들과 친목을 쌓아갈 때에도 나는 혼자 대학원 건물을 빠져나와 중앙도서관으로 향했다. 오층 예술자료실 창가 자리에 앉아 손에 잡히는 대로 책을 읽으며 시간을 보냈다. 그러다가 해가 저물 즈음 눈앞이 흐릿해지면 고개를 들어 학교 뒷산의 가문비나무숲을 건너다보았다. 진하고 연한 초록빛이 바람에 천천히 너울거리는 형태를, 잎사귀들 사이로 잘게 부서져 내리는 석양빛을 눈으로 좇으며 더이상 어디로 갈 수 있을까, 간다면 또 어디로…… 혼잣말처럼 중얼거리곤 했다.

그렇게 한 학기를 마쳐갈 즈음이었다. 기말고사를 목전에 둔 6월, 그날도 나는 수업이 끝나자마자 강의실을 빠져나왔다. 그런데 그날은 지하 독서실부터 꼭대기 층 영상자료실까지 빈자리가 하나도 남아 있지 않았다. 시험을 앞두고 공부하려는 학생들이 몰린데다가 얼마 전에 내린 폭우로 천장에 누수가 생겨 일부 열람실 운영이 중단된 탓이었다. 하는 수 없이 집으로 돌아가려는데 엘리베이터 앞에서 조교 누나와 마주쳤다.

"너 또 혼자구나."

그녀는 귀에 꽂고 있던 이어폰을 빼더니 나를 위아래로 스윽 훑어보았다. 짧게 자른 단발머리에 화장기 없는 얼굴, 사람을 꿰뚫어보는 듯한 눈매. 문예창작학과 석사과정을 마치고 삼 년 넘게 조교로 일해온 그녀는 거침없는 언사와 퉁명스러운 태도로—어차피 다 후배잖아—동기들 사이에서도 제법 불편한 존재로 알려져 있었다. 근무시간에 본인 작업에 집중하느라 학생들의 요청을 미루고 미룬 끝에 처리해준다는 둥, 술만 마시면 교수님도 못 말릴 정도로 막무가내라는 등 소문이 많은 사람이기도 했다. 그런 조교 누나가 마치 나를 쭉 지켜보고 있었다는 식으로 말을 걸어와서 나는 적잖이 당황스러웠다.

“공부할 데가 없어? 연구실 가면 되잖아.”

그녀는 딱히 대답을 들으려는 기색 없이 질문을 툭툭 던지다가 “하, 너도 참 이상한 애구나” 하면서 팔짱을 꼈다. 고개를 좌우로 꺾더니 연구실을 이용하기가 정 싫으면 취업전략실에라도 가보라고 말했다.

“거기를…… 왜요.”

내가 웅얼거리듯 묻자 미간을 찌푸렸다.

“뭐라고? 똑바로 말해, 얘.”

“아니, 제가 거기를 왜……”

“아니면 뭐, 따로 갈 데나 있니.”

알고 보니 취업전략실은 문예창작학과 석사과정을 이수했으나 일부러 졸업 작품을 제출하지 않고 학교에 남아 있는 졸업유예생들을 위한 공간이었다. 재작년에 유예생 숫자가 처음으로 재학생 수를 넘어섰을 때 학교에서 특별 조치해 만든 곳으로, 명목상으로는 그들을 위한 전용 연구실이었으나 실상은 등록금을 내지 않고 학교 수업과 시설물을 이용하는 골칫거리들을 한데 몰아넣기 위한 격리실이었다. 그러니까 비좁고 창문도 없는 지하 방 한 칸을 내주면서 거기가 너네 공간이니 그곳에만 머물러 있으라는, 감히 다른 곳을 넘보지 말라는 뜻으로 만든 곳. 이러한 조치는 제법 성공적인 효과를 발휘해서—그 무렵 유예생의 도서관 출입마저 불허되었다—오래지 않아 그들은 하나둘 졸업장을 받아 학교를 떠났다. 졸업을 미루더라도 학교에는 얼씬도 하지 않았다. 그렇지만 이러한 정황에 아랑곳없이 취업전략실에 남기로 한 이가 있었으니, 바로 류 선배였다.

"너구나?"

그날 류 선배는 취업전략실 문 앞에서 배회하던 나를 발견하자마자 화장실 입구에서부터 큰 소리로 외치며 다가왔다. 훤칠한 키에 거뭇한 턱수염, 소매를 걷어올린 연푸른색 셔츠 차림이 먼발치에서도 눈에 띄었다.

"나 누군지 몰라? 조교한테 얘기 못 들었나보네."

나는 한동안 대답을 우물거리기만 했다. 취업전략실이 텅 비어 있을 거라는 조교 누나의 말이 거짓이었다는 걸 그제야 알았으니까. 당황해하는 나를 보며 류 선배는 흠, 하고 귀 뒤를 긁적였다. 뭔가를 떠올리는 듯하더니 대뜸 내 소설을 읽은 적이 있다고 말했다.

"제 소설을요?"

내가 눈을 동그랗게 뜨자 그럴 줄 알았다는 듯 얇게 웃었다.

"몰랐구나. 입학시험 때 제출한 작품, 합격자 발표 나오면 다들 돌려가면서 봐. 조교한테 부탁하면 다른 애들 것도 보여줄걸."

그러더니 내 쪽으로 한 걸음 다가섰다. 가까이서 보니 짙은 눈썹에 콧대가 우뚝했고, 옷깃에서는 은은한 시트러스향이 났다.

"맞아, 그때 나는 언젠가 네가 여기로 올 줄 알았어. 소설에서 느낌이 딱 왔거든."

"무슨 느낌이요?"

"뭐랄까."

그는 장난기어린 표정을 지었다.

"왠지 나 같은 애라는 거?"

그러면서 내 어깨에 팔을 둘렀다. 내가 흠칫 놀라 얼굴을 붉히는 사이 취업전략실의 문을 열어젖혔다.

그날 이후 나는 도서관에 자리가 없거나 다음 수업까지 시간이 어중간하게 남을 때면 취업전략실을 찾아갔다. 대학원 건물 지하 이층, 복도 끝에 위치한 다섯 평 남짓의 방을. 과거에는 변전실로 쓰였다는 그 옹색하고 습한 공간을 찾아가 늘 혼자서 소설을 쓰고 있던 류 선배와 이런저런 이야기를 나누었다. 신기하게도 그 방에서 류 선배와 함께 있을 때에는 긴장감에 말문이 막히거나 몸을 떠는 증상이 거의 일어나지 않았다. 그래서 나는 상담의의 권유에 따라—그분이랑 좀더 대화를 나눠보세요—방학중에도 틈틈이 취업전략실을 방문하게 되었다.

그 방은 회색 콘크리트 벽을 따라 둘러놓은 목제 책상 세 개와 잉크젯 프린터 하나, 오단 책장, 손잡이 부분이 낡고 해진 일인용 가죽소파가 전부인 공간이었으나 언제부터인가 내가 학교에서 유일하게 마음놓고 지낼 수 있는 장소가 되어 있었다. 그렇게 된 데에는 류 선배가 워낙 친근하게 대해준 덕분도 있었지만, 돌이켜보면 나 역시 그를 '나 같은 사람'이라 여겼기에 가능한 일이었지 싶다. 당시에 나는 우리가 동일한 성 정체성을 지니고 있으리라는, 분명 그러하리라는 확신에 사로잡혀 있었다. 그가 말했던 '느낌'이라는 게 어느 순간 내게도 '딱' 왔기 때문에.

그러나 아니었지.

이학기가 되고 얼마 지나지 않아 나는 취업전략실에 전공 관련 서적이며 텀블러, 독서대 같은 무거운 소지품들을 놓고 다니기 시작했다. 수업을 마치면 그곳에서 밤늦게까지 책을 읽거나 리포트를 작성했다. 그러다보니 류 선배와 금세 허물없이 지내게 되었고 가끔은 사적인 질문도 했는데, 그중 하나가 어떤 연유로 취업전략실에 남게 됐는지에 관한 것이었다.

"가고 싶은 데가 없어서."

나는 고개를 갸웃했다.

"갈 데가 없었던 거예요?"

"음, 그거랑 좀 다른데."

류 선배는 책상에 팔꿈치를 괴며 앉더니 골똘한 표정을 지었다.

"처음에는 말 그대로 가고 싶은 데가 없어서…… 순전히 내 의지로 여기 있었던 것 같아. 이것으로 됐다, 끝났다, 싶은 기분이랄까 홀가분함이 느껴질 때 내 결심으로 떠나자 싶었던 거지. 맞아, 그랬어. 그런데 지금은 잘 모르겠다. 원래는 가고 싶은 데가 없어서 안 갔던 건데, 이제는 정말 갈 데가 없어서 남아 있는 것 같기도……"

그런 선문답 같은 대화를 나누다가도 우리는 밥때가 되면 자리를 털고 일어나 학생식당으로 향했다. 매번 볼품없는 식단을 한탄하면서도 잔반 하나 남기는 일 없이 식판을 깨끗이 비웠다. 식사를 마친 후에는 대극장 앞 벤치에 앉아 자판기에서 뽑아온 밀크커피를 홀짝이며 노을이 지는 풍경을 바라보았다. 진한 오렌지색에서 점점 붉은빛으로 물들어가는, 핏빛으로, 멍투성이의 보랏빛으로, 윤이 나는 감청색으로, 그러다가 한순간에 까마득한 어둠에 잠식되고 마는 하늘을. 그 아름답고 덧없는 과정을.

낮과 밤의 길이가 같아진다는 추분 무렵에는 건물 옥상에 종이박스를 깔고 앉아 캔맥주를 마셨다. 그 밤, 구름 한 점 없는 하늘에 둥실 떠오른 보름달을 올려다보며 우리가 농담처럼 주고받았던 말들. 술기운이 좀 올랐는지 귀가 빨개진 류 선배가 내게 떠보듯 질문을 던질 때마다—그런데 너는 여자친구 없어? 남자친구는?—나는 잠시간 숨이 멎는 듯한 기분 속에서 되묻곤 했다.

"그러는 선배는요? 남자친구도 괜찮아요?"

"나야 뭐, 마음만 잘 맞으면…… 상관없지."

그때 나는 간지럼을 타는 아이처럼 자꾸만 새어나오려는 웃음을 참아야 했다. 어째서인지 내 안의 깊은 곳이 보드라운 깃털로 살살 어루만져지는 듯한 기분이 들었으니까. 이윽고 분위기가 조금 가라앉았을 때 류 선배는 마지막 남은 캔을 땄다. 맥주를 쭉 들이켜더니 내게 자신의 어린 시절 이야기를 들려주었다. 일찍이 아버지를 여읜 뒤 어머니 손에 이끌려 화천의 할머니 댁에 맡겨졌던 일이며, 걸핏하면 시비에 휘말려 싸움을 벌이곤 했다던 남중·남고·군대 시절까지. 과거와 절연하다시피 상경한 끝에 누리게 된 현재의 자유로움과 쓸쓸함에 대해서도 길게 털어놓았다.

"똑같지는 않은데, 저랑 좀 비슷한 것 같아요."

내가 말했을 때 그는 재미있다는 듯 입꼬리를 올렸다.

"그래? 우리는 통하는 게 많네."

밤이 깊어지자 학교 뒷산에서는 이파리들이 바스락거리는 소리와 함께 가늘고 여린 바람이 불어왔다. 나는 연신 헝클어지는 머리카락을 기분좋게 쓸어넘겼고, 너무 후덥지근하지도 서늘하지도 않은 그 시기의 온도가 얼마나 찰나의 것인지 알았기에 문득 애틋한 심정이 되어 류 선배를 보았다. 그러다가 나 역시 대학원에 오기 전, 회사를 그만두게 된 정황에 대해 털어놓았다. 부모님이나 친구들에게는 차마 꺼내놓지 못하던 이야기였는데, 그날은 아무렇지 않게 조금은 웃기도 하면서 말을 늘어놓는 스스로가 좀 놀라울 정도였다.

"그런 일이 있었구나."

류 선배는 심상한 얼굴로 듣기만 하다가 고개를 끄덕였다.

"똑같은 건 아닌데, 실은 나도 너랑 비슷한 상태야."

"그래요?"

"응, 병원에 다닐 정도는 아니지만…… 사람이 좀 무섭거든."

"그럴 만한 일이 있었어요?"

"글쎄, 이건 내 추측인데…… 좀 이상한 일을 겪긴 했어. 이 학교에 들어와서 이 년 가까이 믿고 의지했던 동기가 한 명 있었거든. 수업도 같이 듣고, 가끔은 그애 집에서 과제 하다가 잠들기도 하고. 그렇게 매일 붙어다녔던 친구야. 그애가 어느 날부터 말도 없이 학교를 안 나오더라. 전화도 안 받고 자취방도 옮기고…… 완전히 연락두절. 그런데 다른 사람들과는 간혹 만나는 것 같더라고. 그래서 내가 뭘 잘못했나? 실수라도 저질렀나? 오랫동안 생각하고 또 생각했어. 자퇴했다는 소식 후에도 내 연락에만 답이 없었거든. 어째서 나를 피하는 거지? 왜 나를 미워하지? 그런데 아무리 애를 써도 이유를 알 수가 없더라."

"이상하긴 하네요."

"진짜 이상하지?"

"그래서 사람이 무서워졌어요?"

"응, 그런 것 같아. 그거 말고는 뭐, 짚이는 게 없네."

그 말을 끝으로 긴 침묵이 흐르는 동안 나는 혹시 그 사람을 좋아했던 거냐고, 지금도 그리운 거냐고 묻고 싶었으나 류 선배가 빈 캔을 우그러뜨리며 자리에서 먼저 일어나는 바람에 입을 닫고 말았다.

우리는 선호하는 예술작품에 대해서도 종종 이야기를 나누었다. 흥미롭게 읽었던 시와 소설은 물론이고 남모르게 혼자 좋아했던 영화, 음악, 쇼프로그램에 관한 정보도 심심찮게 공유했다. 그러다가 한번은 류 선배가 관심 있어 하는 공연을 같이 보러 가기도 했다. 종로에 위치한 아트센터에서 열린 창작 뮤지컬이었다. 일제강점기를 배경으로 당대 문인들이 항거의 의미를 담아 문학잡지를 발행해나가는 이야기였다. 그 와중에 한 남성 문인이 일본인 남자 대학생과 사랑에 빠지면서 우여곡절을 겪게 된다는……

"재미있었어?"

관람을 마치고 공연장을 나섰을 때 바깥은 이미 어두침침해져 있었다. 검푸른 하늘에서는 빗방울이 후드득 떨어져내렸고, 우리는 차양 아래에서 얼마간 비가 그치길 기다렸다.

"재밌었는데, 왜요? 선배는 어땠는데요."

내가 묻자 류 선배는 어, 하면서 시간을 끌더니 그냥 그랬어, 라고 말했다. 시놉시스와 평점만 보고는 재미있을 줄 알고 나를 데려왔는데 관람하는 내내 미안한 마음이 들었다고.

"그러니까 너도 솔직하게 말해봐. 정말 재미있었어?"

나는 조마조마해하는 류 선배의 얼굴을 바라보며 어, 하면서 시간을 끌다가 실은 그냥 그랬어요, 라고 털어놓았다. 그 말과 동시에 우리는 웃음을 터뜨렸다.

"그래도 끝부분에, 그 장면은 좋지 않았어요?"

내 말에 류 선배는 아, 그거, 하면서 맞장구를 쳤다. 감옥에 갇힌 주인공이 죽기 전날 밤에 마지막으로 연인에게 편지를 쓰는 대목이었다. 초췌한 몰골의 그는 한국어와 일본어를 번갈아 사용하며 연서인지 유서인지 모를 내용을 한참 동안 써내려갔다. 펜을 놓고 창밖에 내리는 소나기를 바라보다가 이 편지는 자신에게 먹빛과 빗소리, 희미한 물비린내, 그리고 눅눅한 습기와 사랑으로 영원히 기억되리라 노래했다. 그런 다음 밀봉한 편지를 쇠창살 밖으로 내밀어 쏟아지는 빗줄기에 흘려보냈다.

"별건 아니었는데 그 장면이 묘하게 좋았어요, 저는."

그러면서 내가 비를 가늠하려 허공에 손을 뻗자 류 선배는 다행이네, 하고 부드럽게 미소 지었다. 내 손 옆으로 자신의 손을 나란히 들어올리며 말했다.

"나도 그 장면 좋았거든."

"정말로 좋았어요?"

"응, 좋았어."

그러고 나서도 우리는 한동안 먹빛과 빗소리, 희미한 물비린내, 그리고 눅눅한 습기 속에 함께 있었다. 손바닥 위로 흘러내리는 빗방울을 가만히 바라보면서. 물살에 떠내려간 편지는 결국 누구에게 닿았을까 하는 이야기를 나누면서.

그렇지만 나와 류 선배가 모든 면에서 잘 통하기만 했던 것은 아니다. 한파주의보까지 내렸던 그해 12월, 마지막 신춘문예 공모를 이틀 앞두었을 때였다.

"아프다는 사람이 여태 이러고 있었어요?"

몸살 기운에도 밤새 노트북 앞에 앉아 있던 류 선배를 나무란 적이 있었다. 그러자 당장에라도 모니터에 들어갈 것처럼 상체를 구부정하게 숙이고 있던 그가 몸을 천천히 일으켜 앉으며 말했다.

"어쩌겠어. 마감이 코앞인데."

부스스한 머리칼 아래로 보이던 그의 안색은 파리했고, 며칠째 갈아입지 못한 스웨터의 목둘레는 후줄근했다. 걱정스러운 마음에 나는 류 선배의 어깨에 담요를 덮어주려다가 책상 한편에 뜯지도 않고 내버려둔 해열제 봉투를 발견했다.

"어제 사다준 약도 안 먹었어요?"

"응, 먹으면 졸리니까."

순간 나도 모르게 언성을 좀 높이고 말았다.

"아니, 무슨 공모가 이거 하나만 있는 것도 아니고, 다음 기회도 있잖아요. 몸 상하면 어쩌려고…… 왜 미련을 떨어요."

"야."

류 선배는 손바닥으로 책상을 탁 짚으며 말했다.

"그런 마음가짐으로 뭘 하냐. 이번이 마지막이다, 최후의 투고다, 이런 각오로 해도 될까 말깐데."

"뭐가 마지막이에요. 이번이 아니면 죽기라도 해요?"

"그렇지. 어떤 의미로는 죽는 거지."

"하, 진짜."

나는 책상 위에 놓인 그의 손등을 가볍게 쳤다.

"무슨 그런 소릴 해요. 하여간 선배는 너무 극단적이야. 글이야 꼭 지금이 아니더라도 나중에 얼마든지 쓸 수 있잖아요."

"뭐? 얼마든지?"

그는 눈을 가늘게 뜨더니 한번 더 말했다.

"얼마든지?"

그러더니 고개를 설레설레 저으며 등받이에 몸을 기댔다.

"안 돼. 그렇게 알량한 태도로 쓰다가 쫓겨나서 잘된 인간을 본 역사가 없다."

류 선배는 작가로 데뷔하지 못한 채 졸업한 동기와 선배들에 관해 말할 때면 '쫓겨난 사람들'이라는 표현을 쓰곤 했다. 패소한 이혼자라고도 했고 퇴출당한 연습생이라고도 했다. 그럴 때면 언제나 자조적인 뉘앙스로 한탄하듯 읊조렸기에 나는 그저 웃고 말았는데, 한편으로는 매사에 너그럽고 유머러스한 류 선배가 그 부분에 얼마나 칼을 갈고 있는지를 즉감할 수 있었다. 그것이 류 선배의 역린이구나, 버튼이구나, 하는 생각이 절로 들었고 그의 열의에 잠시나마 경외를 느끼기도 했다. 그렇지만 뭐랄까, 지나친 엄격함이랄지 과단성이 어느 시점에는 독으로 작용하지 않을까, 저렇게 몰아붙이다가 한순간에 툭 꺾여버리지 않을까 하는 우려가 드는 것 또한 어쩔 수 없었다.

"그럼 너는 뭘 위해서 대학원까지 온 거니? 우리가 여기서 책을 읽고 글을 쓰는 이유가 뭐야? 데뷔 말고는 없어. 그 선을 넘어가지 못하면 지금까지 우리가 보낸 시간은 아무것도 아닌 거야. 우리는 아무것도 아닌 게 되는 거라고."

"그렇지만 이 과정에서 데뷔와 상관없이 얻게 되는 것들도 있잖아요. 그런 게 인생에서 더 중요할지도 모른다고…… 선생님들도 그렇게 말씀하셨고요."

그날 우리는 처음으로 의견을 좁히지 못한 채 대화를 마무리지을 수밖에 없었다. 사실 나는 그의 말마따나 데뷔의 중요성이랄까 필요성에 어느 정도 공감하는 편이었지만 류 선배가 지금의 우리는 아무것도 아닌 거라고 말했을 때에는, 아무것도 아닌 게 될 거라고 예견했을 때에는 어떤 식으로든지 어깃장을 놓을 수밖에 없었다. 그 말은 마치 내가 이곳에서 류 선배를 만나 조금씩 다시 찾게 된 안정, 즐거움 같은 단어들을 단숨에 뭉개버리는 듯했으니까. 류 선배가 나와의 시간을—관계를—무가치하게 여기고 있을지도 모른다는 생각에, 처음으로 그에게서 두려움 비슷한 감정을 느끼며 몸을 떨었던 순간이기도 했으니까. 하지만 그런 나의 마음을 알아챈 류 선배가 말을 멈추고 다가왔을 때, 내 손에 자신의 손을 살며시 포개놓았을 때, 천천히 안아주었을 때, 나는 거센 물결처럼 일렁이던 마음이 서서히 잠잠해지는 것을 느낄 수 있었다. 그의 품 안에서 뭉근한 온기를 느끼며 아직은 류 선배가 내 곁에 있다는 사실에 안도했던 기억이 난다.

그렇게 다시 찾아온 봄. 따스한 기운이 돌아오는가 싶더니 꽃샘추위가 몇 주째 기승을 부렸다. 맑은 하늘에 난데없이 소낙비가 쏟아져내리기도 했다. 이학년이 된 나는 개강을 앞두고 불안 증세가 꽤 나아졌다는 사실을 알게 되었다. 처음에는 협동 과제를 수행하게 된 동기 둘과 더듬더듬 대화를 나누는 정도였다. 그러다가 하루는 수업을 마치고 그들과 카페에 들르면서, 자리를 잡고 앉아 사소한 근황을 나누면서, 저녁식사까지 함께하면서 그동안 나를 가로막고 있던 벽 같은 것이 오래전에 허물어졌음을 알게 되었다. 그러한 깨달음이 내 안에 따스한 물처럼 차오르는 듯한 감각에, 그 밤 나는 동기들을 배웅하고 집으로 돌아오는 길목에서 혼자 펄쩍펄쩍 뛰기도 했다.

그렇지만 사람들과 다시 어울리며 지내게 된 일이 마냥 유쾌하기만 했던 것은 아니다. 망각하고 있었던 인간관계의 피로함이랄지 곤란 또한 감내해야 했으니까. 한번은 동기들이 류 선배에 관해 별 뜻 없이 늘어놓는 말을 듣기도 했다.

"삼 년 넘게 취업전략실에 있었다며. 그럼 『지하로부터의 수기』 같은 걸 썼으려나."

"생긴 건 멀쩡하던데, 좀 이상한 사람인가."

"민성씨는 그분이랑 친하지 않아요? 얘기 좀 해봐요."

당시에 나는 그런 이야기들이 나와 전혀 무관한 일인 양 굴었다. 어색해지는 표정을 들키고 싶지 않아서 글쎄, 요즘은 잘 안 만나서요, 모르겠는데, 하며 흘려버렸지. 비로소 동기들과 적당히 어울려 지내게 되었는데 공연히 류 선배와 엮여 나까지 '이상한 사람'으로 몰리고 싶지는 않았으니까. 내가 그런 식으로 류 선배를 외면한다고 해서 류 선배가 그 사실을 알게 될 리는 없을 테니까.

하지만 돌이켜보면 그러한 순간들이 쌓이고 쌓여 류 선배와 나 사이에 조금씩 균열을 일으켰으리라는 생각이 든다. 어느 순간에는 우리를 완전히 갈라놓았으리라고. 무엇보다 그러한 변화를 나보다 그가 먼저 감지했으리라는 생각이 이제 와서야 든다. 내가 동기들과 노는 데만 정신이 팔려 있었던 그 여름에도 류 선배는 혼자 취업전략실에서 글을 쓰고 있었으니까. 키보드를 두드리는 소리만 낮게 울려퍼지던 지하방에서 그는 이따금 기지개를 켜며 주위를 둘러보았을 것이다. 그때마다 나는 그곳에 없었을 것이다. 다음날도, 그다음날도 마찬가지였겠지. 그러다가 불쑥 문을 열고 들어와 한두 시간쯤 앉아 있다 갔을 것이다. 그런 나를 바라보며 류 선배는 무슨 생각을 했을까. 어떤 기분이 들었을까. 시간이 한참 흐른 지금에서야 나는 추측해볼 뿐이다. 류 선배는 다른 사람들과 웬만큼 지내게 된 내가 대견했을까. 아니면 자신과 소원해진 만큼 섭섭하고 못마땅한 감정을, 배은망덕함을 느꼈을까. 아마 둘 다였겠지. 그러면서 내 간헐적인 방문과 어딘가 낯설어진 분위기에 조금씩 거부감을 느꼈을 것이다. 자신을 찾아오는 일이 동정이나 적선이 아닐까 하는 의구심을 품게 되었을지도 모르지. 그렇게 생각하고 싶지 않아도 점차 마음이 그쪽으로 기울었을 것이고…… 어쩌면 그런 자신을 더욱 견디기 어려웠을지도 모른다.

물론 아닐 수도 있지. 모든 것이 내 짐작에 불과하니까. 분명한 것은 내가 이 일에 대한 답을 결코 얻을 수 없으리라는 것뿐이다.

그리고 마침내 쌀쌀한 바람이 불던 늦가을이었다. 동기들이 너나 할 것 없이 졸업 작품 준비에 열을 올리던 때로 기억한다. 다들 유예생이 될 생각은 없다면서 다른 학교로 박사과정 진학을 고민하거나 취업 준비에 한창이었지. 그즈음 나는 동기들 모르게 조교 누나를 찾아갔다. 유예를 결정한 것은 아니었으나 그에 필요한 서류는 없는지, 따로 대금을 치르더라도 도서관을 이용할 수 있는 방법은 없는지 묻기 위해서였다. 그런데 그날 나는 예기치 못한 소식을 접하고 말았다. 류 선배가 이름만 대면 누구나 알 만한 광고회사에 취직했으며, 이번에 졸업 작품을 제출하고 학교를 떠날 예정이라는 것이었다.

"몰랐어? 둘이 맨날 붙어다니길래, 너는 당연히 아는 줄 알았지."

그길로 학교를 나와 집으로 향하는 버스 안에서 나는 배신감에 어찌할 바를 몰랐다. 그동안 내가 류 선배에게 소홀했던 것은 생각지도 않은 채 이 상황을 어떻게 따져 물어야 할지만을 고민했다. 그는 언제부터 취업을 준비했던 것일까. 어째서 나한테는 그런 내색을 조금도 비치지 않았던 것일까. 나는 류 선배가 그토록 열성이던 글쓰기를 포기했다는 소식도 놀라웠지만 이런 결정을 나한테 숨겨왔다는 사실에 훨씬 큰 당혹감을 느꼈다. 그래서 버스가 서너 정거장을 지나치는 내내 허리를 꼿꼿이 세우고 앉아 창밖만 노려보았지. 선배, 이것으로 됐다, 끝났다, 싶은 기분이랄까 홀가분함이 느껴질 때 떠나겠다더니…… 이제 홀가분해요? 됐다 싶어요? 나는 목전까지 밀려들었다가 빠르게 멀어지는 풍경들을 향해 묻고 또 물었다. 가고 싶은 데가 없다더니 어느 틈에 생긴 거예요? 정말로 거기 가고 싶어요? 거기가 맞아요? 선배, 왜 나한테는 한마디도 안 했어요? 내가 뭘 그렇게 잘못했어요? 말 좀 해봐요. 선배한테 글쓰기는 뭐였어요? 취업전략실은 뭐였고, 그동안 선배한테 나는…… 뭐였어요?

그리고 졸업식 날이었다. 겨울의 끝자락이었음에도 간밤에 내린 비로 기온이 영하 18도까지 내려갔던 날, 나는 그해 졸업생 중 한 명이었음에도 오후 두시 대강당에서 치러진 학위수여식에 불참했다. 동기들이 은빛 수술이 달린 학사모에 검은색 가운 차림으로 강의실을 돌아다니며 교수님과 후배들에게 인사하는 세리머니에도 동행하지 않았다. 대신에 나는 뒤풀이가 열린 호프집에 밤 열시가 넘어서야 찾아갔다. 회색 트레이닝복에 두꺼운 패딩 점퍼를 걸치고 붉은색 털목도리를 칭칭 동여맨 차림으로. 그 밤 나는 가게 문을 열고 들어가 흥겹게 웃고 떠드는 사람들 사이를 씩씩거리며 헤집고 다녔다. 우리 학과뿐 아니라 영화학과, 무대미술과 졸업생들까지 함께하는 자리였기에 호프집은 발 디딜 틈 없이 북적였다. 나는 아는 얼굴들과 마주칠 때마다 인사를 나누는 둥 마는 둥 하며 류 선배를 찾아다녔다. 그러다가 삼층 창가 자리에서 다른 과 학생들과 함께인 그를 발견했을 때 맞은편 자리에 털썩 주저앉았다.

"선배, 축하해요."

환하게 웃는 얼굴로 그의 잔에 맥주를 가득 따라주었다. 처음에 류 선배는 당황한 기색이더니 이내 평소와 다름없는 투로 말했다.

"고맙다. 그러지 않아도 기다렸는데 보이지를 않아서, 안 오는 줄 알았어."

"에이, 와야죠. 선배도 나도 졸업인데, 당연히 와야죠."

우리는 주거니 받거니 술잔을 기울였다. 마치 아무 일도 없었다는 듯이. 실제로도 그랬다. 류 선배의 취직 소식을 들은 후로 나는 한 번도 취업전략실을 방문하지 않았고 그에게 연락을 취하지도 않았다. 류 선배 역시 내게 문자메시지 한 통 보내오지 않았지. 그러므로 우리에게는 아무 일도 없을 수 있었다. 적어도 그 순간까지는.

그 밤의 대화는 우리가 거의 석 달 만에 마주앉아 나누는 것이었다. 어쩌면 마지막 대화일지도 몰랐다. 그러니 나는 덤덤한 얼굴로 '고맙다' '축하한다' 같은 말이나 하는 류 선배를 보면서, 주홍빛 할로겐 조명에 평소보다 잘생겨 보이는 그를 바라보면서 점점 부아가 치밀었고 아, 안 되겠다, 이대로는 목적한 바를 이룰 수 없겠다, 싶어 예정보다 빠른 속도로 술잔을 비우기 시작했다. 옆좌석의 남자가 콜라와 소주와 맥주를 섞은 폭탄주—이른바 고진감래주—를 제조했을 때 그것을 받아 마시기까지 했지.

"야, 류희재."

그렇게 취기가 서서히 오를 때였다. 익숙한 목소리에 돌아보니 조교 누나가 실실 웃으며 다가오는 모습이 보였다. 그녀는 사람들을 밀쳐가며 굳이 내 옆자리에 앉더니 빈 잔에 소주를 가득 따라 마셨다.

"희재야, 졸업과 취업을 진심으로 축하한다. 그런데 너 말이야, 호박씨 대박이다."

주변 사람들이 뭐지, 하는 얼굴로 힐끔거리는데도 조교 누나는 아랑곳하지 않고 말을 이었다.

"그래, 먹고살려면 취직은 해야지. 소설 쓴다고 무슨 돈을 버는 것도 아니고. 그래도 그렇지. 나는 문학에 누구보다 진심이었던 희재가 이럴 줄은 몰랐네? 취업전략실에서 정말로 취업 전략을 짜고 있었을 줄이야. 안 그러니?"

나는 사람들의 눈길이 일제히 류 선배에게 향하는 것을 느낄 수 있었다. 그가 딱딱하게 굳어버린 얼굴로 어떤 감정을 삼키고 있을지도. 그때였다.

"어이, 이민성. 너도 말 좀 해봐."

조교 누나가 내 어깨를 툭 치며 물었다.

"너는 희재가 취업 준비하는 거 알았어, 몰랐어. 전혀 몰랐지? 그러니까 내가 말했을 때 창백하게 질려서는…… 어우, 말도 마. 우리 민성이만 불쌍하지. 얘가 얼마나 희재를 좋아하고 따랐는데. 희재는 원래부터 싹이 노랬어. 순 저만 알고 다른 사람은 생각도 안 하고…… 민성이 너만 당한 거 아니야. 괜찮니? 야, 야, 나 좀 봐봐."

그러면서 조교 누나는 양손을 뻗어 내 얼굴을 세게 붙들었다. 그녀의 입에서 진한 알코올냄새가 훅 끼쳤다. 프라이드치킨을 먹다가 왔는지 엄지와 집게손가락에는 기름기가 번들거렸다.

"왜 이래요."

나는 애써 웃는 얼굴로 그녀의 두 손을 떨쳐냈다.

"주책이셔, 진짜."

농담처럼 뱉고는 아주 짧게 테이블을 한 바퀴 둘러보았다. 그러다가 나는 맞은편에 앉은 류 선배의 얼굴을 보고 말았다. 양쪽 입꼬리는 올라가 있으나 미간은 잔뜩 찌푸려진, 웃는 것도 우는 것도 아닌 얼굴을. 사람들이 묻는 듯이 보내는 시선에 시종일관 어색하게 지어 보이던 그 일그러진 미소를. 일순 나는 그 표정이 뜻하는 바를 알 것 같았고, 더는 그를 마주할 자신이 없어 상체를 비스듬히 틀어 앉았다. 조교 누나의 주정을 받아주는 척하며 술잔만 연달아 비웠지. 그러다가 어느 정도 시간이 흘렀을 때, 사람들이 다른 화젯거리를 입에 올리며 떠들어대기 시작했을 때 슬그머니 그 자리를 빠져나왔다.

가게 문을 열자 캄캄한 하늘에서 함박눈이 쏟아져내리고 있었다. 왜 하필 지금. 나는 점퍼의 후드를 뒤집어쓴 채 지하철역을 향해 걸음을 옮겼다. 왜 하필 지금. 복잡하게 엉킨 골목을 지나 비탈을 오르자 가로등이 늘어선 대로변이 보였다. 왜 하필 지금…… 조교 누나는 내 계획을 망쳐놓는 것일까. 나는 발목까지 푹푹 빠지는 눈길을 걸으며 숨을 몰아쉬었다. 오늘의 미친 자는 나여야 했는데. 오늘 류 선배를 조롱하고 욕보일 사람은 나여야 했는데. 그럴 자격이 있는 사람은 나뿐인데.

교차로 신호등 앞에 다다랐을 즈음에는 점퍼 주머니에 넣어둔 휴대전화의 진동을 느꼈다. 꺼내보니 화면에 류 선배의 이름이 떠올라 있었다. 나는 가로등 불빛 아래에서 잠시 동안 그것을 내려다보았다. 얼어붙은 손가락으로 통화 버튼을 눌렀다.

"민성아, 그렇게 가버리면 어떻게 해."

"어디쯤 갔니. 얼마나 갔어."

나는 아무 말도 하지 못했다. 어째서인지 한마디도 꺼내놓을 수가 없었지. 신호등에 녹색 불이 켜지고 곁에 서 있던 여자가 눈을 맞으며 횡단보도를 건너는 모습을 보면서도, 다시 적색 불이 켜지고 진창이 된 도로 위를 자동차들이 어지럽게 오가는 걸 보면서도 나는 잠자코 있기만 했다.

"왜 대답을 안 해. 지금 어디 있느냐고."

"야, 이민성."

류 선배는 그런 식으로 몇 번인가 나를 다그치더니 입을 꾹 다물었다. 수화기 너머에서 불규칙한 소음과 거친 숨소리만 연거푸 들려왔다.

"민성아, 그래, 대답하기 싫으면 하지 마. 듣기만이라도 해."

"정확히는 모르겠는데…… 내가 너한테 잘못한 것 같다."

"듣고 있니? 이렇게 돼서 미안하다, 정말."

순간 나는 목 안쪽에서 뜨거운 기운이 치밀어오르는 것을 느꼈다.

"선배."

한참 만에 떨리는 목소리로 입을 열었다.

"선배."

내 음성이 뚝뚝 끊어진다는 것은 뒤늦게 알았다.

"어, 그래. 민성아, 말해. 지금 어디에 있어?"

"선배, 내가 많이…… 좋아하는 거 알죠?"

"어, 알지. 그런데 너 지금 지하철역 근처야?"

"나 선배 좋아해요. 정말로…… 좋아한다고요. 알고 있지 않아요?"

그때 수화기 너머로 짧게 흐르던 정적.

"일단 만나서 이야기하자."

"선배도 나 좋아요?"

"……"

나는 한동안 대답을 기다렸다. 더는 기다릴 수 없을 때까지 기다렸고 통화 종료 버튼을 눌렀다. 휴대전화를 꼭 움켜쥔 채 밤하늘을 올려다보았다. 뱉어낸 입김 너머로 하얗고 굵은 눈송이들이 시야에 가득 들어왔다. 어둠보다 흰빛이 도처에 만연했다. 눈송이들은 내 이마와 볼 위로 떨어져내렸고 순식간에 녹아 미끄러졌다. 나는 부옇게 물들어가는 풍경 속에서 차가운 눈물이 흘러내리는 감촉을 느꼈다.

이윽고 휴대전화 화면에 다시금 류 선배의 이름이 떠올랐을 때, 나는 그 전화를 받지 않았다. 소매로 턱을 문질러 닦으며 그것을 내려다보기만 했지. 그러다가 휴대전화의 진동이 멎었을 때, 화면이 어두컴컴해지면서 그의 이름이 눈앞에서 사라졌을 때, 다시는 떠오르지 않았을 때, 나는 고개를 돌려 내가 걸어온 길을 보았다. 입김을 뿜으며 가로등이 비추는 눈길 위의 발자국들을 멀거니

응시했다. 아마도 호프집 입구에서부터 내가 서 있는 자리까지 죽 이어져 있을 흔적을. 머지않아 흰 눈으로 뒤덮여 사라질, 다만 한 사람의 궤적이었던 시간을.

*

플랫폼을 빠져나와 출구 계단 끝에 오르자 거짓말처럼 비가 멎어 있었다. 암운 사이로 연푸른색 하늘이 드러나 보였고 실낱같은 햇살이 따스하게 내리비쳤다. 나는 우산을 접어든 채 청첩장에 그려진 약도를 따라 걸었다. 어디선가 불어온 바람에 젖은 풀냄새가 코끝을 스치며 지나갔다. 네 블록쯤 걷자 웃자란 화단 너머로 웨딩홀 건물이 눈에 들어왔다. 널찍한 주차장을 가득 메운 차량과 적갈색 정복 차림의 주차관리원들도 보였다.

나는 건물 입구에 서서 빗물제거기에 우산을 문질렀다. 그러면서 아직은 돌아갈 수 있다고, 돌아갈까, 도망갈까 궁리했다. 대체 나는 무슨 꼴을 보려고 여기까지 온 것일까. 애써 마음을 추스르곤 로비에 들어가 벽에 걸린 안내판을 읽었다. 한자로 쓰인 호칭과 낯선 이름들 사이에서 류 선배를 발견했고 그 옆에 적힌 문구를 확인했다. 오후 한시, 이층, 그랜드볼룸홀, 신랑 류희재. 나는 그중에서 한 대목을 무심코 되뇌었다. 신랑 류희재, 신랑 류희재, 신랑 류희재.

그때 한복을 곱게 차려입은 중년 여성들이 치맛단을 움켜쥔 채 내 곁을 지나갔다. 복도 끝에서 꽃바구니를 든 아이들이 소란하게 웃음을 터뜨렸다. 시계를 보니 예식이 거행되기 십 분 전이었다. 그래서 나는 로비 한쪽에 마련된 테이블로 다가가 플라스틱 함에 꽂힌 축의 봉투를 집어들었다. 펜을 쥔 채 뒷면 하단에 내 이름 석 자를 꾹꾹 눌러적었다. 그런데 글씨가 영 마음에 들지 않아서 새로운 봉투를 꺼내 쓰고, 다시 쓰기를 몇 번이나 반복했다. 괜찮다 싶은 필적이 나왔을 때에는 여기에 얼마를 넣어야 할까, 얼마를 넣어야 나를 잊지 못할까 생각했다. 헛웃음이 나왔고, 나는 집을 나서기 직전에 따로 챙겨두었던, 재킷 안주머니에 넣어두었던 편지지 한 장을 꺼내들었다. 간밤에 류 선배를 만나면 하고 싶은 말을 미리 적어보려 했는데, 도무지 뭐라고 써야 할지 알 수가 없어서 텅 비워둔 채 가져오게 된 그것을.

나는 편지지를 반듯하게 펼쳐놓은 뒤 아무것도 적히지 않은 공백을 물끄러미 들여다보았다. 이제는 정말 시간이 얼마 남지 않았으니까. 그를 만나면 마지막으로 묻고 싶었던 질문이랄지, 책망이랄지, 축복의 인사랄지, 뭐든 한마디라도 써보려고 노력했다.

그렇게 얼마나 시간이 지났을까.

천장에 달린 스피커에서 류 선배의 이름과 함께 예식 안내 방송이 흘러나왔을 때 나는 쥐고 있던 펜을 내려놓았다. 아무도 거닐지 않은 새하얀 눈길 같은 지면을 바라보다가 조심스레 그것을 반으로 접었다. 한번 더 접은 뒤 내 이름이 적힌 축의 봉투에 고이 집어넣었다.

햇빛 기다리기

신년을 맞아 해돋이를 보러 가자. 나는 그렇게 이해했다. 네가 12월 31일 오후에 서울을 떠나 부산에서 이틀을 묵고 돌아오자 제안했을 때, 내 머릿속에 가장 먼저 떠오른 이미지가 일출이었으니까. 저멀리 수평선 위로 진홍색 불덩이처럼 떠오르는 해, 잿빛 구름 사이로 어지러이 활공하는 갈매기들, 일정한 간격으로 귓가에 밀려들고 부서지는 해조음, 소금기를 머금은 바람, 추위에 발을 동동 구르던 사람들이 일제히 눈을 감고 올리는 기도, 새 인생, 새 출발, 뭐 그런 것들.

그러나 아니었지.

늘어선 고층 건물들 사이로 해운대의 밤바다가 한아름쯤 내다보이는 호텔 디럭스룸에서였다. 자정을 십 초인가 남겨두고 텔레

비전 속 연예인들이 일제히 카운트다운을 외친 직후였지. 해피 뉴이어! 그 밤 우리는 샤워가운 차림으로 서로를 부둥켜안았고 쪽 소리가 나도록 입을 맞추었다. 베이커리 옵스에서 사온 조각 케이크를 나누어 먹으며 새해의 건강과 평안을 기원했지. 그런 다음에는 테이블을 정리하고 각자 화장실로 향하거나 물을 마셨다. 나는 창가에서 야경을 좀 구경하다가 네온사인의 휘황한 빛이 들어오지 못하도록 커튼을 쳤어. 침대에 누웠고 머리맡의 다이얼을 돌려 방안의 조도를 높였다가 낮추기를 반복했다. 순전히 별 뜻 없이. 그러다가 네가 종종걸음치며 이불 속으로 들어왔을 때 나는 휴대전화 알람을 설정하며 말했다.

일출이 일곱시 삼십육분이라니까, 일곱시에는 일어나자.

너는 영문을 모르겠다는 얼굴로 나를 바라보았다. 해뜨는 거 보려고?

응.

아, 그런 계획이 있었어? 너는 손바닥으로 베개를 꾹꾹 누르며 말했다. 그 위로 쓰러지듯 눕더니 한 손을 뻗어 전체 소등 버튼을 탁 하고 눌렀지. 일순 사위가 캄캄해졌다. 알았어, 일곱시에 일어날게.

귀찮으면 안 봐도 돼. 그제야 나는 눈치채고 말했다. 시선을 돌려보니 네 옆얼굴이나 어깨의 윤곽조차 구분할 수 없을 만큼 방안이 어두웠다.

그런 건 아닌데. 어쩐지 네 목소리는 먼 곳에서 들려오는 듯했다. 해돋이를 보려고 일찍 일어난 적이 없어서 그래.

지금껏 새해 일출을 본 적이 없어? 나는 그럴 수 있다고 생각하면서도 짐짓 놀라는 투로 물었다.

응, 태어나서 한 번도 없어.

그렇구나. 나는 망설이다가 덧붙였다. 오해하지 말고 들어. 싫으면 정말 안 봐도 돼.

싫은 건 아니고. 너는 헛웃음을 지었다. 괜찮아. 내가 맞춰주면 되는 거니까.

뭘 맞춰줘. 순간 나는 뾰족한 기분이 들었으나 더이상 입을 열지 않았다. 도톰한 이불을 턱밑까지 끌어올려 덮었고 한숨처럼 들리지 않도록 숨을 아주 천천히 들이쉰 뒤 내뱉었다. 들이쉬고 내뱉고 들이쉬고 내뱉고…… 그래, 뭐 이런 상황이 처음은 아니었으니까.

우리가 사귄 지도 어느덧 팔백 일이 넘어가고 있었다. 달콤한 애정에 눈이 멀어 서로의 새치나 뾰루지마저 어여쁘게 여기던 시기를 지나 이제는 만날 때마다 뇌리를 스치는 의구심이랄까 의아함을—얘는 왜 이러는 거지?—순순히 인정하고 받아들여야 하는 단계에 이른 것이다. 가령 내게는 지극히 당연하기만 한 일이—새해에 바다까지 와서 해돋이를 안 봐?—네게는 전혀 생각지도 못한 경우—해뜨는 걸 뭐하러 봐?—일 수 있다는 것. 그럴 때마다 우리는 당황하여 말문이 막혀도 가능한 한 그것을 서로에게 내색하지 않으려 애썼다. 알면 알수록 너와 내가 '다른 사람'이라는 사실이 마치 둘 사이에서 쉬쉬해야 할 터부인 것처럼 굴었지. 그러므로 내가 일출이라는 단어를 꺼냈을 때 아마도 너는 자신이 무엇을 원하는지보다 어떻게 하면 우리의 관계를 원만하게 지속할 수 있을지, 내 기분을 상하지 않게 할 수 있을지를 먼저 고려했을 것이다. 그러려면 군소리 말고 해뜨는 걸 보러 가야겠네, 귀찮지만 일찍 일어나야겠구나, 하고 무던히 체념하면서도 부지불식중 솟는 자존심이랄까 반감을 완전히 꺾어버리지는 못해 '맞춰주겠다'는 식의 다소 거슬리는 어휘를 사용하고 말았겠지. 그러니 나 역시 그 정도의 빈정거림은 너그러이 받아넘기는 것으로 이 상황이 괜한 말다툼으로 번지지 않게끔 노력해야 하고……

어쩌다 이렇게 됐을까.

그렇지만 내가 진정으로 바라는 것은 새해랍시고 아침 댓바람부터 너를 끌고 나가 해돋이를 보는 일 따위가 아니었다. 전혀 아니었지. 나는 그저 네가 원하는 일을 했으면 했다. 원하지 않는 일을 원하지 않는다고 내게 말해주었으면 했다. 우리가 서로에게 솔직했으면 했다. 그것이 진정한 의미에서 연인일 테니까. 그렇지만 네가 일출 따위 눈곱만큼도 관심 없다고, 귀찮으니 형이나 보러 가라고 내게 가감 없이 털어놓았을 때 과연 내 마음이 상하지 않을 수 있느냐를 묻는다면…… 그건 또 자신 없었다. 틀림없이 실망하겠지. 어떻게 사랑이 변하니, 사람도 변했니, 하면서 주접을 떨게 될지도. 하, 그럼 이제 나는 뭘 어떻게 하면 좋을까.

가만 보면 내가 어찌해볼 수 없는 일은 너와의 연애만이 아니었다. 시간이 흐르고 나이가 들수록 나는 점점 더 무능해지고 있었으니까. 무감해지고 무기력에 젖어들고 있었으니까. 내가 이토록 광범위한 영역에서 열없고 회의적인 태도를 견지하게 된 건 구 개월 전 난생처음으로 신경정신과를 방문하면서였다.

그즈음 나는 몇시에 잠자리에 들든 세 시간쯤 후에는 반드시 깨어나 동틀 무렵까지 불면에 시달리는 증세를 앓고 있었다. 눈이 떠지면 다시금 잠을 청해도 십오 분에서 이십 분 간격으로 재차 깨어나기 일쑤였고, 심할 적에는 뜬눈으로 밤을 지새우다시피 했다. 그러면서 나는 짤막한 분량의 비연속적 꿈인지 망상인지 모를 것에 사로잡히곤 했는데, 그 속에서 나—실제의 '나'라기보다 내가 바라볼 수 있는 대상으로서의 '나'—는 언제나 사력을 다해 도망다니고 있었다. 잭나이프를 든 연쇄살인범이, 검은 후드를 뒤집어쓴 해골 악마가, 좀비떼가 나를 죽이겠다고 뒤쫓아오는 상황에서 혼비백산하여 줄행랑을 쳤지. 그렇게 한 달 남짓 밤마다 도망다니는 시기를 보내자 수면 부족으로 구내염과 두드러기가 올라왔다. 누적된 피로와 집중력 저하로 회사에서는 자잘한 업무 실수가 이어졌지. 출판계약서를 엉뚱한 사람에게 발송한다거나 저자와의 미팅을 잊어버려 뒤늦게 허겁지겁 뛰쳐나가곤 했다. 쥐고 있던 펜이나 물컵을 놓쳐 떨어뜨리는 일도 잦았고…… 출퇴근길에 지하철역 계단을 내려가면서는 구를까, 여기서 확 굴러버릴까, 하는 충동을 억눌러야 했다. 그러다가 오후 네시쯤 참을 수 없이 졸음이 쏟아질 때면 잠깐 편의점에 다녀오겠다며 사무실을 이탈했다. 산업스파이처럼 주위를 두리번거리면서 다른 층 화장실로 뛰어들어갔고 변기 뚜껑을 내린 뒤 그 위에 걸터앉아 콘크리트 벽에 머리를 찧어가며 토막잠을 잤다. 지옥이 따로 없었지.

선생님, 저는 그래요. 자다가 새벽에 눈이 스르륵 떠지면 올 것이 왔구나, 하는 마음으로 몸을 일으켜요. 그리고 화장실부터 다녀와요. 심기일전의 자세로 다시 잠을 청하기 위해서요. 침대에 눕기 전에는 길게 심호흡을 해요. 그런 다음 태아가 엄마의 뱃속으로 되돌아가는 것 같은 느낌으로, 마치 그런 기분으로 이불 속에 들어가 모로 눕죠. 알아요. 좀 특이한 표현이라는 거. 하지만 느껴지시죠? 제 절박함이요…… 물론 그러고 있어도 잠은 오지 않죠. 자세를 바꾸기로 해요. 천장을 향해 반듯한 자세로 누웠다가 인터넷에서 본 라마즈 호흡법을 따라 하다가 혹시 내가 두 팔과 다리를 지나치게 벌리고 있나, 오른쪽 어깨가 좀 비뚤어져 있나, 하면서 아주 미세하게 몸을 이리저리 움직여요. 꿈틀꿈틀. 마치 수면을 위한 최적의 자세라는 것이 존재하고 내 육신의 모양을 그것에 얼결에라도 맞추면, 퍼즐조각을 끼워넣듯이 딱 들이맞추면 기절하듯 잠들 수 있을 것처럼요. 하지만 움직일수록 내 발등에 닿는 이불의 촉감이랄지 손목과 대퇴부의 존재 자체가 참을 수 없이 거슬리기 시작하면서 팔다리가 아주 없어졌으면 하는 기분까지 들어요. 정말 이상해. 왜 이렇게 몸의 밸런스가 맞지 않는 것 같지? 어째서 좌우가 딱, 반듯하게, 평형을 이루고 있지 않은 것 같지? 매트리스를 바꿔야 하나? 템퍼에서 파는 삼백만원짜리 같은 걸로? 그러다가 반쯤 체념한 상태로 벽을 향해 돌아누워요. 어스름 속에서 눈꺼풀을 들어 한동안 벽지의 패턴을 응시하죠. 무한히 반복되는 그것은 비산하는 나비떼처럼 보이기도, 애꿎은 발길질에 쓰러진 눈사람들처럼 보이기도 해요. 가끔은 손을 뻗어 그 벽을 밀쳐보기도 합니다. 그렇지만 늘 밀려나는 건 나고…… 망했네, 하면서 몸을 일으켜 손가락으로 휴대전화 화면을 톡 치면 언제나 세시 오십일분이거나 네시 이십칠분이거나 하는 식이죠. 혹시 제가 말을 너무 빨리 했나요?

상담 첫날, 내가 이런 이야기를 두서없이 늘어놓자 신경정신과 의사는 오백오십 개인가 그보다 많은 질문이 담긴 검사지 한 뭉치를 내밀었다. 답을 작성한 뒤 분석 결과가 나오면 마저 이야기하자고 했다. 나는 복도 끝 쪽방에 갇혀 한 시간이 넘도록 테스트에 응했다. 그중에서 빈 괄호를 채워넣어야 하는 주관식 문항은 대개 이런 식이었다.

내가 어렸을 때는 (   )

정말 행복해지려면 (   )

남녀가 함께 있는 것을 볼 때 (   )

내가 저지른 가장 큰 잘못은 (   )

평생 하고 싶은 일은 (   )

언젠가 나는 (   )

그런데 주관식 문항에 이르렀을 즈음 나는 객관식 오지선다형을 오백 개 넘게 체크한 뒤여서 거의 탈진 상태였다. 목이 말랐고, 신경정신과에 발을 들여놓기 전까지 품었던 긴장감이 사뭇 느슨해진 상태였기에 대체 이 빌어먹을 테스트가 무슨 소용이람? 그냥 수면제를 주면 되잖아? 이러니까 부자들이 프로포폴을 맞으러 다녔지, 하면서 살짝 울화가 치밀었던 것 같다. 그래서였을까. 나는 이렇다 할 궁리 없이 빈 괄호를 채워나갔다. 가급적 고민하지 말고 속도감 있게 답을 작성해달라던 의사의 당부도 한몫했다.

내가 어렸을 때는 (꽤 발랄했던 것 같은데)

정말 행복해지려면 (뭘 어떻게 할까요)

남녀가 함께 있는 것을 볼 때 (그런가보다 한다)

내가 저지른 가장 큰 잘못은 (살아 있다는 것일지도)

평생 하고 싶은 일은 (그런 게 어딨어)

언젠가 나는 (죽겠지)

일주일 후 병원을 다시 찾았을 때, 의사는 내게 기분부전장애인 것 같다고 소견을 밝혔다. 일종의 만성적 우울증인데, 따로 항우울제를 복용하지는 않아도 될 것 같다고.

제가 우울해서 잠을 못 자는 거예요?

의사는 온화한 목소리로 그런 것 같다고 답했다. 내면에 뭔가 해소되지 않는 불안 같은 게 있으신 것 같아요. 그게 좀 오래된 것 같고요.

그런 건 누구나 있지 않아요?

의사는 결과지에 적힌 숫자들을 가리키며 내가 평균치보다 높은 비관적 성향을 갖고 있다고 말했다. 검은색 막대그래프를 차례로 짚으면서는 천성이 예민하고 독립적이며 성마른 까닭도 있는 것 같다고 덧붙였다. 서류에 나타난 객관적 수치 외에는 자신의 모든 견해를 '같다'라는 말 뒤에 숨어서 밝혔다. 그것이 참으로 약오르면서도 현명한 태도로 느껴졌다.

처방받은 수면유지제—명세핀정 3mg—를 복용하기 시작하자 새벽에 두어 번 깨어나긴 해도 어렵지 않게 도로 잠들 수 있었다. 수면의 질과 양이 향상되면서 컨디션도 점차 회복되었다. 대신에 거의 멍청이가 되었다. 단순한 업무 처리에는 지장이 없었으나 약간이라도 창의성이랄지 통찰력이 요구되는 일—도서 홍보 문안을 작성하거나 보도자료를 쓰는 일 따위—앞에서는 머리를 싸매고 한참을 끙끙거려야 했다. 그래도 편집자로서 작성해야 하는 글은 대부분 형식과 방향이 정해져 있어 기존 문안들을 참고하고 적당히 변용하는 식으로 어떻게든 맡은 바를 수행할 수 있었다. 그렇지만 내 개인적인 작업은, 소설쓰기는 불가능하다시피 했다.

그 무렵 나는 퇴근 후나 주말에 시간을 내어 뭔가를 조금씩 쓰기는 했으나 진심으로 마음에 드는 문장이라곤 단 한 줄도 쓰지 못했다. 열흘이 넘는 동안 가까스로 반 페이지를 채워놓고는 이튿날 저녁에 미쳤나봐, 하면서 파일째 삭제해버리기를 몇 차례나 반복했다. 약을 끊어야 할까. 그렇지만 잠을 제대로 이루지 못할 때도 마찬가지로 소설쓰기는 불가능했다. 사면초가. 번민 끝에 나는 삼 개월 후로 예정되어 있던 앤솔러지 소설집 마감을 미리 펑크내기로 했다. 이런 상태가 지속된다면 분명 얼토당토않은 글을 시한에 쫓겨 쓰고는 울며 겨자 먹기로 발표하게 될 것이 뻔했기 때문이다.

장문의 사과 메일은 어째서인지 순식간에 쓸 수 있었다. 소설가로서는 처음 쓰는 것이었지만 편집자로서는 수십 번을—송구하고 저어되나 모쪼록 너른 혜량을 구합니다 등등—써본 덕이었겠지. 그런데 메일을 발송하고 일주일이 지나도, 보름이 지나도 답장은 오지 않았다. 수소문해보니 원래 그곳이 일을 좀 그런 식으로 처리하더라는 말을 듣고 안심했는데…… 한 달을 훌쩍 넘겨 난데없이 담당 편집자의 메일이 도착했다. 내용은 대략 이러했다.

작가님, 힘드신 줄은 알겠습니다만 저 역시 못지않게 힘겨운 상황 속에 놓여 있습니다. (편집자로도 근무하고 계시니 잘 아시리라 믿습니다.) 한때 저는 아내의 출산이 임박했다는 소식에도 회사에 출근하여 단행본을 마감했고, 훗날 이혼 소송에 휘말렸을 때도 조정 과정에 참여하는 대신 자정이 넘도록 문예지 지원사업 신청서와 작가 인터뷰 촬영안을 작성했습니다. 하나뿐인 딸의 생일을 잊어버려 아빠 같은 사람은 정말이지 쓰잘데기없다는 소리를 들었을 때도, 조직 개편에 선후배들이 항거의 의미로 회사를 떠났을 때도 홀로 야근을 거듭하다 쓰러져 응급실에 실려간 적도 있습니다. 지난한 세월이었지요. 그런데 돌이켜보니 그 모든 역경이 저를 성장시켰다는 생각이 듭니다. 저를 강하게 만들어주었다고요. 그러니 작가님께서도 포기하지 마시고 소설을 써주시길 바랍니다. 마음을 돌리지 않으시면 필시 후회할 일이 생길 겁니다. 실망시키지 말아주세요. 소설로 꼭 응답해주세요. 그럼 기다리고 있겠습니다.

나는 그 메일을 읽고 또 읽었다. 어찌해야 할지 몰라 주변 사람들에게 의견을 구하기도 했다. 그러던 중 무엇인가 잘못되었다는 느낌을 받았다. 나는 노트북을 열어 한번 더 메일을 작성해 보냈다.

나중에 후회할 일이 생긴다면…… 그것은 제가 어찌해볼 수 없는 흐름의 결과가 아닐지 싶습니다. 뭐가 됐든 감당해야 할 몫이라 생각하고요. 좋은 기회를 주셨는데 심려를 끼쳐드려 죄송합니다. 그렇지만 저는 지금 소설을 쓸 수 있는 상태가 아닙니다. 이런 비유가 적절할지는 모르겠습니다만, 저는 창작에 한하여 이미 응급실에 실려가 있는 상태와 마찬가지입니다. 의식이 명료하지 못한 채 깨어나고 쓰러지길 반복하는 환자를 떠올리시면 됩니다. 당분간 그럴 것 같습니다. 죄송합니다. 그리고 좀더 솔직히 말씀드리자면, 제가 작가로 데뷔한 이래 가장 후회하는 일은 어떠한 글을 쓰지 않았던 것이 아니라 쓰지 말아야 할 글을 썼던 것입니다. 급기야 그 글을 발표했던 것입니다. 밥을 먹어야 할 때는 밥을 먹고, 잠을 자야 할 때는 잠을 자고, 쓰지 말아야 할 때는 쓰지 않는 것. 이것이 기어코 써버리는 일보다 어려운 일이라는 것을 저는 뒤늦게 알았습니다. 그뿐입니다. 부디 이런 저를 용서해주십시오.

답장은 오지 않았다.

보름에 한 번씩, 약을 처방받기 위해 병원을 방문하게 되면서 나는 그사이 무슨 일이 있었는지를 의사에게 미주알고주알 털어놓게 되었다. 정해진 상담 시간은 십오 분 정도였는데, 매번 나는 병원으로 향하는 길목에서 흡사 셰에라자드와 같은 태도로 오늘은 무슨 이야기를 할까, 어떻게 십오 분을 채우지, 하며 걱정해놓곤 막상 자리에 앉아서는 별의별 이야기를 다 꺼내놓았다. 진료라기보다 네이트판에 익명으로 올리는 사연이랄까 고해성사 같다는 느낌이 들었지만 부끄럽지는 않았다. 가끔은 주야장천 우울한 인간들만 상대하고 있을 의사가 걱정되어—대체 왜?—부러 우스꽝스러운 이야기를 꾸며내기도 했다. 그러다가 한번은 의사가 웃음을 터뜨리는 모습을 보게 되었다. 그는 중저음의 목소리로 껄껄 웃더니—왼뺨에 보조개가 있는 줄 그때 알았다—넥타이를 매만지며 이내 헛기침을 했다. 수줍은 소년의 얼굴이 되었다가 언제 그랬냐는 듯 평소와 같은 어조로 상담을 이어나갔다. 그날 이후 나는 병원으로 향하는 길에 불현듯 이런 욕망을 느끼곤 했다. 어떻게 하면 의사 선생님을 또 웃게 할 수 있을까. 어떻게 하면 나와 함께하는 십오 분을 즐기도록 만들 수 있을까. 어떻게 하면 그를 만족시킬 수 있을까. 다른 환자보다 나를 손꼽아 기다리게 만들 수 있을까……

딱 한 번, 의사를 웃게 만든 그 이야기는 첫 소설집을 출간한 뒤 소회를 쓴 에세이로 발표되기도 했다. 처음에는 청탁서에 기재된 내용을 따라 소설 집필 과정과 후기에 해당하는 글을 쓰려 했는데 도무지 그 과정에서 겪었던 일이나 감정이 선명하게 기억나지 않아 상담 시간에 그럴듯하게 꾸며냈던 사연을 대신 쓴 것이다. 써놓고 보니 오히려 이게 맞지 않나 싶기도 했고…… 그중 일부를 옮기자면 이렇다.

놀랍게도 형은 내 책이 출간됐다는 소식을 듣자마자 스무 권을 구매했다고 메시지를 보내왔다.

—스무 권이나 샀다고?

—어

—뭐하러?

—그냥. 회사 사람들한테 나눠주려고

그렇구나…… 나는 형이 내 책을 구매했다는 소식보다 그것을 별로 친하지도 않은 직장 동료들에게 나누어주었다는 소식이—이것 좀 보세요. 제 동생이 소설을 썼다네요—당황스러웠다. 그 책이 어떤 책인 줄 알고. 내가 뭐라고 써놓은 줄 알고 그걸 회사 사람들한테……

—어디서 샀는데?

그 와중에도 나는 알라딘에서 다섯 권, 예스24에서 다섯 권, 교보문고에서 열 권이길 바랐다. 주요 서점들의 판매지수가 고르게 상승하길 바라는 마음에서.

—쿠팡에서 샀는데

—쿠팡? 쿠팡에서 책도 팔아?

—어

그렇구나…… 나는 쿠팡에서 내 소설집을 검색해보았다. 연관 추천 상품으로 엉겅퀴 전초 삼백 그램과 환경친화 성분 페인트 같은 것이 왜 뜨는 걸까 한참을 들여다보았다.

그런 일이 있고 한 주가 지났을 때였다. 밤 열한시 즈음 형이 또 메시지를 보내왔다. 여기서 하나 일러두어야 할 점. 평소 우리는 메시지든 뭐든 일절 연락을 주고받는 사이가 아니었다. 혹여 전하고 싶은 말이 있더라도 엄마를 통해서 했다. 내 기억에 우리는 태어나서 단 한 순간도—정녕 한 순간도—친밀한 사이였던 적이 없다. 보통 형제라는 게 그렇지 않나? 그러므로 나는 형이 또 책이라도 샀나 하는 기대감에 휴대전화를 들여다보았다. 그런데 메시지와 함께 이미지 파일이 하나 도착해 있었다. 클릭해보니 내 소설집 말미에 수록된 '작가의 말' 일부를 찍은 것이었다.

—야, 너 어디야. 이게 무슨 소리야

나는 올 것이 왔다는 생각에 잠시 호흡을 골랐다.

—어디긴 집이지. 그리고 뭐긴 뭐야. 쓰여 있는 대로지

내 메시지에 달린 숫자 1이 사라지고 칠 분 후에야 형의 새로운 메시지가 도착했다.

—설마 이 상황을 엄마도 아시는 건가?

나는 이불 속에서 조용히 빠져나와 카디건을 걸쳤다. 한 손에 휴대전화를 쥔 채 엄마가 잠들어 있을 안방 문 앞을 지나 현관을 나섰다. 까치발로 층계를 디디며 빌라 옥상으로 향했다. 녹슨 철문을 열어젖히자 부드러운 바람이 뺨을 스치며 지나갔다. 초여름의 밤공기가 맑고 시원했다. 철제 난간 너머로 반짝이는 도시의 야경이 눈에 들어왔다. 나는 숨을 크게 들이쉰 뒤 통화 버튼을 눌렀다. 통화 연결음을 듣는 동안 내가 형과 마주보고 서서 언성을 높여가며 싸우는 모습을 상상했다. 마치 우리가 어렸을 때 걸핏하면 그랬던 것처럼. 기어이 내가 형에게 따귀를 얻어맞고 방으로

뛰어들어가 정신없이 가방을 꾸리는 모습도 상상했다. 자식들을 말리기는커녕 거실 소파에 우두커니 앉아만 있을 엄마의 모습도. 그렇게 나는 태어나서 처음으로 가출을 하게 된다. 커다란 백팩을 멘 채 낯선 밤거리를 정처 없이 헤매게 된다. 어디로 가야 하지? 뭐부터 하지? 통화 연결음이 흐르는 그 짧은 시간 동안 나는 가족에게 의절당한 삼십오 세 호모섹슈얼의 미래를 가늠해봐야 했다. 당장에 융통 가능한 현금과 며칠간 신세를 질 수 있을 만한 지인들을 머릿속으로 떠올려보기도 했다. 이제껏 막연하게 예감만 했을 뿐 육박해오는 미래에 어찌할 바를 몰랐다.

어, 그래. 형은 평소처럼 말끝을 늘어뜨리며 전화를 받았다. 이게 무슨 일이야.

벌써 책을 다 읽었어? 나는 부러 다른 화제를 꺼냈다.

다 본 건 아니고…… 앞에 좀 읽다가 작가의 말부터 봤지. 그런데 이거 진짜야? '사랑하는 남자친구에게 고맙다'가 정말 그 남자친구한테 하는 말이야?

그럼 다른 남자친구도 있어?

아니, 그냥 남자인 친구한테…… 도움받은 게 고마워서…… 그럴 수도 있으니까.

나는 형이 다짜고짜 화를 내기보다 당혹하여 얼버무리고 있음에 다소 마음이 놓였다. 그 성질머리에 곧바로 차를 몰고 집까지 쳐들어온 게 아니라는 사실도 나를 안심시켰다. 형, 그거 진짜 남자친구야.

진짜 남자친구야?

그렇지만 형이 믿을 수 없다는 듯 재차 물었을 때는 아무런 대답도 하지 않았다. 아니, 하지 못했다. 내가 아는 형은 예기치 못한 순간에 돌변하는 사람이었으니까. 넉살 좋게 허허 웃다가도 느닷없이 상을 뒤집어엎으며 고함을 질러대는 사람이었으니까. 죽은 아버지와 꼭 닮은 사람이었으니까.

내가 대답하지 않고 버티자 형이 먼저 입을 열었다. 그렇구나. 의외로 차분한 어조였다. 이제 어떻게 하려고 그래. 언제부터 그런 거야?

나는 형이 쏟아내는 질문들에 성심성의껏 답했다. 그중에는 내가 처음으로 게이임을 깨달았던 순간에 대한 이야기도 있었다. 나는 형의 물음에 가급적 사실대로 대답했으나 그것에 대해서만큼은 거짓말을 할 수밖에 없었다. 아마도 형은 기억조차 못할 테니까. 어느 명절날 밤, 통영 고모가 선물해준 어린이 내복을 똑같이 입고선 나와 형과 사촌형—몇 해 전에 캐나다로 이민을 떠난—이 골방에서 뭣도 모르고 저지른 손장난 같은 걸 기억할 리 없을 테니까. 아니, 솔직히 말해서 나는 형이 그날 밤의 일을 조금도 기억하지 못하기를 바랐다. 머릿속에서 말끔하게 지워버렸기를. 그래서 일말의 혼란이나 자책감 없이 살아갈 수 있기를.

여하튼 나는 지난 수년간 지인들에게 했던 커밍아웃 레퍼토리를 거의 그대로 반복하는 셈이어서 대화를 이어갈수록 긴장이 누그러졌는데, 형은 내가 꺼내놓는 이야기 하나하나에 적잖이 충격을 받는 듯했다. 그렇구나. 넋 나간 사람처럼 같은 말만 되풀이했다. 그렇구나.

다를 건 없어. 수화기 너머로 심란해하는 기색이 느껴져 나는 대수롭지 않은 투로 말했다. 그냥 내가 남자랑 사귀는 것뿐이야. 그게 다야.

혹시 나중에 외국 나가서 살 거야?

뭐래. 나는 웃음을 터뜨렸다. 코로나 때문에 어디 나가지도 못하잖아. 그럴 형편도 안 되고.

그렇구나. 형은 우물거리더니 말했다. 뭐…… 너만 잘살면 됐지.

나만 잘살면 돼?

그래, 이게 다 뭐라고. 한결 가라앉은 음성으로 덧붙였다. 알아서 잘해.

우리는 엄마에 관한 이야기를 조금 나눈 뒤—알고는 계셔, 들은 적도 없다는 듯이 굴지만—통화를 마쳤다. 그런데 전화를 끊기 직전에 나는 형에게 꼭 한마디를 전해야겠다는 기분이 들었다. 지금 말하지 않으면 나중에 후회할 것 같았다.

형.

가까스로 입을 열었다.

고마워.

태어나 처음으로 하는 말 같았다.

의사에게 들려준 이야기는 좀더 긴 버전이었다.

그러고 나서 일 년쯤 지났을 거예요. 회사에서 일하는데 형이 대뜸 저한테 메시지로 묻더라고요. 주민등록번호가 어떻게 되느냐고요. 저는 망설이다가—뭐야, 피싱인가—무슨 일이냐고 되물었죠. 그랬더니 자기가 근무하는 회사에 저를 가족으로 등록해놓고 싶다는 거예요. 그러면 제가 결혼할 때 축의금이 나올 거라면서요.

처음에 저는 그 말이 동성혼 합법화를 지지하는 형의 조크 같은 것일까, 하고 생각했어요. 그러다가 서른여섯 해를 사는 동안 형이 저한테 그런 식으로 농담을, 그러니까 농담 비슷한 거라도 걸어온 적이 없다는 사실을 깨달았죠. 형은 어릴 적부터 유머감각이라곤 없었어요. 무뚝뚝하고 고지식한 남자. 그러니 저는 형의 메시지를 있는 그대로 이해해야 했죠. 그 인간은 제가 머지않아 결혼할지도 모른다고 본 거예요. 동성혼은커녕 생활동반자법도 없는 이 나라에서 제가 가족관계등록부에 배우자를 등록할지도 모른다고요(혹시 형의 말을 끝끝내 긍정적으로 해석하는 사람도 있을까요? 혹시 제가 평균치보다 높은 비관적 성향을 지녀서 형을 오해하고 있는 걸까요? 차라리 그랬으면 좋겠네요……).

그날 저는 채팅 창에 질문이랄까, 형의 감정을 상하지 않게 할 만한 선에서 거절의 멘트를 써보려고 몇 번이나 노력했어요. 그러려면 어떤 말부터 꺼내야 하나. 아니, 어째서 이 짓을 또 하고 있나. 끝난 일 아니었나. 연말정산도 아니고 무슨 커밍아웃을 해마다 새로 하나. 일 년에 한 번이면 그나마 다행인가. 별것도 아닌 일로 형과 심하게 다투던 어린 시절 같았으면 지랄하고 자빠졌네, 하면서 길길이 날뛰었을지도 모르겠어요. 하지만 그즈음의 저는 채팅 창에 이런저런 문장을 써보던 끝에 기운이 쑥 빠져나가는 걸 느꼈죠. 마치 육체에서 영혼이 쑥 빠져나가는 듯한…… 맞아요. 한창 불면에 시달리던 때였으니까. 그런 식으로 사람들과 하나하나 겨루는 일에 지쳐버렸던 거죠. 넌덜머리가 났고, 도무지 무엇을 위해 이런 실랑이를 되풀이해야 하는지 그 의미조차 알고 싶지 않은 지경이 되었던 거예요.

그래서 그냥…… 주민등록번호를 알려줬어요.

그 와중에도 녹다운된 권투선수에게 인정사정없이 주먹을 내리꽂는 듯한 뉴스는 들려왔다.

—한국갤럽조사연구소 리서치 결과, 대통령 당선 확률 34.8퍼센트를 얻은 후보 A, "차별금지법, 일방통행식 처리 바람직하지 않아"

—대통령 당선 확률 38.9퍼센트를 얻은 후보 B, "차별금지법, 신중히 검토해야…… 평등만 강조하면 안 돼"

—대통령 당선 확률 1.7퍼센트를 얻은 후보 C, "동성혼은 축복 받을 일, 차별금지법 후퇴 비겁해"

—저 인간은 왜 자꾸 기어나오는 걸까 싶은 후보 D, "동성애, 찬반 사안은 아니지만 결혼은 반대"

그러고 보니 결혼에 관한 이야기를 너와 나눈 적 있었다. 대통령 선거를 석 달쯤 앞두었을 무렵으로 기억한다. 소나기가 내린 직후여서 한낮이었음에도 서늘하고 어둑한 날이었다. 우리는 혜화역 근처에서 재개봉한 영화 〈원더풀 라이프〉를 관람한 후 카페이자 서점인 '어쩌다 산책'을 찾아갔다. 대체로 소란한 대학로 분위기와 다르게 차분하고 고즈넉한 장소라는 평을 들어서였다. 그런데 주말이어서인지 카페 쪽에 빈자리가 없을 만큼 붐볐다. 대개 남녀 커플이었고 한두 테이블만 여자 친구들 모임처럼 보였다. 주말에 게이들은 다 어디에서 놀고 있을까. 종로3가 송해길이나 해방촌에 모여 있나. 그런 생각을 하는데 곁에 서 있던 네가 내 어깨를 살며시 붙들었다.

어떻게 하고 싶어?

나는 좀 기다려볼 심산으로 매장 왼편의 서가를 돌아보자 제안했다. 의외로 금세 자리가 날 수도 있잖아? 희미한 우디향을 따라 유리벽 안으로 들어서자 원목 책장으로 에워싸인 장방형 공간이 나타났다. 언뜻 보기에도 문화예술에 조예가 깊은 이의 큐레이션이라는 인상을 주는 서가였다. 그곳을 나란히 살피던 중 네가 한 쪽 매대를 가리켰을 때—저기 좀 봐, 형네 회사 책이야—나는 부러 못 본 척하며 그 앞을 지나갔다. 그래야 네가 웃음을 터뜨린다는 걸 알았으니까.

서가를 한 바퀴 둘러보는 동안에도 빈자리는 나지 않았다. 그러자 나는 오기가 발동했고, 순전히 시간을 더 끌어볼 요량으로 너에게 이사 계획에 대해 물었다. 그 주제가 언제나 너를 단숨에 집중시킨다는 걸 알았으니까. 그런데 내년에 정말 집을 살 생각이야?

너는 들여다보던 문고본을 덮어 선반에 올려두며 말했다. 응, 그럴까 하네. 나와 눈을 맞추더니 옅게 웃었다. 아마도 서울 외곽에 있는 오래된 빌라를 사야지 싶어. 서울에 올라와 산 지도 벌써 십 년이야. 일이 년마다 이사갈 집을 알아보는 일에 완전히 지쳐버렸어.

집을 사기에 괜찮은 시기인가, 지금이?

글쎄. 너는 눈을 굴리더니 말했다. 나도 이래저래 걱정이 많았는데, 더이상 그런 거 따지다간 죽도 밥도 안 될 것 같아서.

죽도 밥도. 나는 그 말을 가만히 곱씹어보았다. 그럼 나는 죽인가 밥인가. 서른여섯 살에 엄마 집에 얹혀사는 중이고 주택청약예금은커녕 이렇다 할 적금도 없이 독립 계획조차 없이 죽도 밥도 아닌 쌀알의 형태로 용케 살아왔다는 생각이 들었다. 일순 부끄러운 마음이 들었고, 이를 들키고 싶지 않아 다른 질문을 던졌다. 그래도 빌라보다는 아파트를 사는 게 낫지 않아?

음, 그렇기야 한데…… 알아보니까 아파트는 대출이 칠십 퍼센트까지 나오고 빌라는 건물 상태에 따라 육십 퍼센트 정도인 것 같더라고. 그런데 아파트는 칠십 퍼센트를 전부 대출받아도 내가 나머지를 채울 수가 없어. 삼십 퍼센트가 최소 이삼억이니까.

그렇구나. 나는 목을 긁적였다. 당장 일억도 없는데.

나도 없어.

그럼 빌라는 살 수 있어?

이것저것 끌어모아 보태고, 삼십 년 상환 조건으로 겨우 살 수 있을 듯.

삼십 년이라. 나는 그 세월의 너비를 헤아려보았다. 그러니까 올해 서른 살인 네가 태어나서 살아온 세월만큼을, 딱 그만큼을 한번 더 살아가는 내내 빚쟁이 신세로 지내야만 그 빌라가 오롯이 네 소유가 된단 말이지. 그런데 현시점에서도 '오래된' 빌라가 향후 삼십 년간 무탈히 제구실을 다할 수 있을까. 그곳에서 네가 중병을 앓거나 직장을 잃지 않고 무사히 빚을 갚으며 살아갈 수 있을까. 순간 내 머릿속에 다 쓰러져가는 초가삼간에 홀로 앉은 네 모습—육십 세의 네 모습—이 스쳐지나갔다. 진즉에 절연하였으므로 찾아오는 부모나 형제도 없이, 자식도 없이, 심지어 나도 없이 혼자서 콜록콜록 밭은기침을 쏟아내고 있는 네 모습이. 별안간 그런 이미지가 오류를 알리는 팝업 메시지처럼 수십 개씩 겹쳐 떠오르는 바람에 눈앞이 캄캄해졌다. 나는 막막한 상황에 처하면 늘 그러듯 엉뚱한 방향으로 대화를 틀었다.

뭐 어쨌든, 나중에 내가 엄마한테서 쫓겨나면 네 집에 들어가 살 수도 있으니까, 최소한 투룸으로 알아봐주길 부탁해.

형, 어차피 방이 하나뿐인 빌라는 없어…… 그런 건 원룸이라 부르지.

이왕에 집을 살 거면 내부는 북유럽식 인테리어로 꾸미면 어떨지 싶네. 거실에는 정원이 훤히 내다보이는 통창이 있었으면 좋겠고. 안방 침대는 퀸사이즈로. 주방은 스칸디나비아식으로 시원시원하게. 앤티크한 분위기의 서재도 있었으면 좋겠어. 네가 좋아하는 골든레트리버랑 내가 좋아하는 치즈태비 고양이도 한 마리씩 기르는 거야. 어때?

너는 또 시작이다, 하는 눈빛으로 선선히 고개를 끄덕였다. 그래, 나도 그랬으면 좋겠다. 이젠 그랬으면 좋겠네. 그러더니 〈나는 가수다〉에서 박정현이 불렀던 버전으로 〈이젠 그랬으면 좋겠네〉의 하이라이트를 흥얼거렸다.

레나 박, 너무 좋아.

내가 감탄하자 너는 의외라는 듯 나를 쳐다보았다. 형, 박정현 게이였구나.

나는 정정해주었다. 아니야, 정확히 하자면…… 이소라게이야.

그렇게 싱거운 이야기를 나누고 또 나누어도 빈자리는 날 기미가 보이지 않았다. 하는 수 없이 우리는 그곳을 빠져나와 동숭동 골목을 헤매고 다닌 끝에 커피빈 지하층에 안착했다. 유독 쓴맛이 강한 콜드브루를 홀짝이며 어째서 커피빈은 음료값이 비싼가에 대해 토론하다가 얼마 남지 않은 대통령 선거에 관한 이야기도 주고받았다. 이번 선거에서도 우리는 질 거라고, 언제나 그랬듯 패배할 거라고, 여태껏 승리한 역사가 없으니 앞으로도 이길 가능성은 희박하리라는 예측을 심상하게 나누었다. 그러다가 결혼 이야기도 잠깐 했지.

동성혼만 가능하면 이번 기회에 합치는 건데.

너는 놀란 듯 한쪽 눈썹을 치켜올렸다. 지금 이거 프러포즈야?

사실 나는 이혼도 한번 해보고 싶거든.

아이고, 말을 마세요.

장난처럼 유야무야 덮긴 했지만 사실 그즈음 나는 너의 보금자리 마련에 이렇다 할 도움을 주지 못하는 스스로에게 가책을 느끼고 있었다. 아무래도 우리가 법적으로 묶이지 않은 상태에서 내가 너에게 주택 마련을 위한 현금을 증여하거나 함께 빚을 갚아나가기로 약조하는 일에 대한 두려움이 좀…… 사랑을 압도하는 지점이 있었으니까. 그렇다고 돈을 빌려주면서 차용증을 요구하기도 뭣하고…… 어째서 나는 이렇게도 속물일까. 사랑한다면, 진정으로 사랑한다면 연인에게 그냥 전 재산을 내어줄 수도 있어야 하는 것 아닐까. 기꺼이 목숨을 바칠 수도 있어야 하는 것 아닐까. 혹시 나는 너를 진정으로 사랑하지 못해서 이렇게 속으로 계산기를 두드려대는 것일까. 내 안위를 가늠하고, 파국을 넘겨짚고, 골치 아픈 문제들을 외면하고자 우스갯소리만 늘어놓는 것일까.

돌이켜보면 나는 이러한 속내를 네게 한 번도 털어놓은 적이 없었다.

그 와중에도 녹다운된 권투선수에게 야유를 보내는 듯한 뉴스는 들려왔다.

—법원 "혼인은 남녀 간 결합" 동성 부부 건강보험 피부양자 자격 소송 패소. 그동안 국민건강보험공단은 혼인신고를 하지 않은 사실혼 관계의 배우자에 대해서도 직장가입자의 피부양자 자격을 인정해왔다. 그렇지만 2019년 지인들을 초대해 동성 결혼식을 올린 ○씨에게는 피부양자 자격을 불허, 보험료 부과 처분을 내렸다.

생각해보니 네게 말하지 못한 이야기가 또 있다. 이것은 몇 달 전에 회사에서 벌어졌던 일. 당시에 나는 차마 말할 수 없는 정황들을 거쳐 징계를 받게 되었다. 왜 말할 수 없는가. 사과문과 시말서를 작성해 제출하고 돌아온 밤, 나는 수면유지제로도 유지할 수 없는 잠에서 몇 번이고 깨어나며 생각했다. 새벽 두시에 책상 스탠드를 켜고 노트북 앞에 앉아서도 생각했다. 끝내 뭔가를 쓰지 않을 수 없었고 창밖으로 먼동이 밝아올 무렵까지 원고지 삼십일 매 분량을 가득 채웠다. 그리고 전부 삭제했다.

편집자에게 가장 중요한 덕목이 무엇이라 생각하시나요, 라는 질문을 첫 회사 면접 때 받았던 기억이 난다. 그때 다른 면접자들은 성실함, 출판을 향한 열정, 책이라는 물성을 향한 탐구 같은 답변을 꺼내놓았다. 실로 진심이 느껴지는 말들이었다. 맨 끝에 앉아 있었던 나는 그들과 차별화될 만한 답변을 궁리한 끝에 입을 열었다. 아무래도 인내심이겠죠. 일하면서 어떤 상황을 겪더라도 참고 버텨낼 수 있어야 할 테니까요. 딱히 진심은 아니었다. 그렇지만 나는 취업에 성공했다.

칠 년 남짓 근무하다가 돌연 퇴사하고 이 년 만에 재입사했던 선배 S가 떠오른다. 그가 영국 유학을 핑계로 두번째 사직서를 제출하기 전, 무슨 연유에선지 근무시간에 벌떡 일어나 소리친 적 있었다. 한국문학 편집자, 진짜 극한 직업이다! 그 말에 팀원들 모두 웃음을 터뜨렸던 기억. 그리고 침묵.

그 와중에도 녹다운된 권투선수에게 큰 소리로 카운트다운을 외치는 듯한 뉴스는 들려왔다.

—후보 B, 전국 득표율 47.8퍼센트…… 제2×대 대통령 당선

—대선 이후 강남 아파트 평균 4억씩 뛰었다 "규제 완화 기대감 작용"

—인수위 "여성가족부 폐지, 탈원전 백지화" 그다음은?
—퀴어축제조직위 법인 신청 불허한 서울시 "성소수자 권리, 헌법에 어긋나"

수전 손택은 『타인의 고통』에서 뉴스란 "뭔가 알아야 할 가치가 있다고 여겨지는 것들도 매우 짧고 굵게만 방송되는 것이 고작"이라고 했다. "저멀리 어딘가에서 벌어진 전쟁들 중에서도 고작 몇 개만이 추려내질 뿐"이라고.

지겨워.

그렇게 마음이 밑바닥까지 가라앉을 때면 나도 모르게 떠올리는 풍경이 하나 있다. 회차 지역에서 도통 출발할 생각을 않는 지선버스를 기다리며 정류장 벤치에 앉아 있던 날이었다. 영하의 날씨였으나 바람 한 점 불지 않아 그리 춥지는 않았던 것으로 기억한다. 그날 고개를 들어 늦은 오후의 하늘을 올려다보는데 겨우내 이파리를 모두 떨군 가로수 위로 부산스레 날아다니는 새들이 보였다. 종달새인가. 녀석들은 앙상한 나뭇가지를 옮겨다니며 검붉게 퇴색한, 새끼손톱만한 열매를 일용할 양식으로 삼고 있었다. 그러면서 신이 난 듯 목청껏 지저귀었고 쉼없이 파들거리며 날갯짓을 했다. 역광으로 내리비치는 햇살은 마치 그 풍경을 진한 먹물로 옮겨놓은 수묵화처럼 보이게 만들었다.

불현듯 나는 저 새들처럼 살아갈 수 있을까 생각했다.

무심히 돋아난 자리에 한철이 지나도록 남아 있는, 그렇게 아무도 원하지 않게 된 것들만을 긍휼히 얻고 삼키며 살아갈 수 있을까 하고. 감히하는 마음으로…… 그러다가 한순간 날개를 파닥거리며 높이 치솟아올라 이 땅으로부터 멀리, 아주 멀리 떠나버릴 수 있을까 하고.

그날 버스가 도착하기는 했던가.

내 앞에 문을 열어주기는 했던가.

그런 의문인지 회한인지가 잔물결처럼 어른거리다가 스러졌을 때, 나는 눈꺼풀을 천천히 들어올렸다. 목뒤로 푹신한 베개의 감촉을 느끼며 고개를 돌렸다. 창가 쪽 커튼 사이로 어슴푸레 비쳐드는 서광이 보였다. 실낱같이 가느다랗고 푸르스름한 빛이었다. 그 한줄기 빛을 얼마간 바라보고 있으니 방안의 모든 것이 차츰 분명한 윤곽으로 나타났다. 너르게 막을 드리우고 있던 밤이 서서히 물러나는 광경을 목도할 수 있었다.

몇시쯤 되었을까. 머리맡을 더듬어 휴대전화를 찾아 쥐었다. 여섯시 오십육분. 나는 곤히 잠든 너의 숨소리를 들으며 조심스레 몸을 일으켰다. 벌거벗은 그대로 창가에 다가섰다. 양손으로 커튼을 쥔 채 벌어진 틈새로 머리만 쏙 집어넣었다. 갑작스러운 빛에 눈을 질끈 감았다가 떴다.

그늘진 건물들 사이로 연보랏빛 수평선과 진홍색 너울이 한 폭의 그림처럼 보였다. 바다에는 희부연 운무가 자욱했고 이따금 갈매기떼의 실루엣이 나타나고 사라졌다. 넘실거리는 파도에 장난감처럼 떠다니는 고깃배와 연안 끝에 우뚝 선 등대도 눈에 들어왔다.

해는 어디쯤에서 떠오를까. 나가서 찾아봐야 할 텐데…… 혼자서라도 가볼까.

나는 결정을 내리지 못한 채 갈팡질팡했다. 그런데 나는 왜 이토록 일출을 보려 했던 것일까. 아마도 소원을 빌고 싶었던 거겠지. 무슨 소원? 어쩌면 우리가 평생을 함께할 수 있게 해달라는 소원. 어쩌면 네가 양지바른 동네의 빌라를 매입하고 내가 그 빚을 함께 갚아나갈 수 있게 해달라는 소원. 어쩌면 내가 약을 끊고 소설을 쓸 수 있게 해달라는 소원. 마음에 드는 첫 문장을 쓰고, 그다음 문장도 쓰고, 결코 삭제하지 않을 문장들을 쓰고 또 쓰면서, 그렇게 한 단락씩, 한 페이지씩 서서히 내 몸과 영혼이 개방되는 감각 속에서 마침내 무엇인가 왈칵 쏟아낼 수 있게 해달라는 소원.

그러다가 무심코 시선을 내려뜨렸을 때, 나는 골목과 대로변에서 일제히 한 방향으로 뛰다시피 걷는 사람들을 보았다. 한둘이 아니었다. 그들이 나아가는 쪽으로 눈길을 던지니 그제야 바닷가에 자리를 잡고 서 있는 사람들이 검은 점처럼 보였다. 해변 곳곳이 점투성이였다.

이윽고 휴대전화 알람이 울리기 시작했다. 놀란 마음에 나는 침대맡으로 다가가 종료 버튼을 눌렀다. 이불 속에 파묻혀 있던 너는 꾸물꾸물 기어나왔다. 미처 두 눈을 뜨지 못한 채 고개만 내밀었다.

잘 잤어?

너는 갈라지는 목소리로 응, 잘 잤어, 라고 대꾸했다. 형은?

나는 거짓말을 하기 싫어서 그럭저럭, 이라고 둘러댔다. 우리는 잠시 그대로 있었다.

그냥 더 잘래?

내 물음에 너는 대꾸 없이 두 손으로 마른세수를 했다. 짧게 하품을 깨물었고, 그런 상황에 처하면 늘 그랬듯 내게 어떻게 하고 싶으냐고 되물었다. 뭘 또 나보고 정하래, 싫으면 싫다고 하든가, 도대체 얘는…… 하고 속이 끓었으나 나는 애써 담담한 투로 답했다. 모르겠어. 뭘 어찌해야 좋을지. 그러면서 네 옆자리에 에라, 하며 드러누웠다. 커튼 사이로 들어온 빛이 어느새 천장까지 번져 물결처럼 일렁이는 모습을 바라보았다.

어젯밤 불을 끄기 직전에만 해도 당연히 일출을 보러 가야지, 일곱시에는 일어나야지, 했는데 막상 깨어나 해안가에 모여든 인파를 보니 저게 다 뭐하는 짓일까 싶었다. 이대로 잠을 더 자두는 편이 남은 여행 일정을 소화하기에 더 바람직하지 않을까. 우리 관계에 더 도움이 되지 않을까. 그날 말은 안 했는데 형이 억지로 끌고 나가서 짜증났어. 배려심이라곤 쥐꼬리만큼도 없는 사람이구나 싶었지. 맨날 자기 하고 싶은 대로 다 하고. 그때 헤어지기로 결심했어. 같은 사태를 미연에 방지할 수도 있고……

관두자.

비로소 마음먹었을 때였다.

난 말이야. 네가 나직이 입을 열었다. 뭐가 됐든 형이 내키는 대로 했으면 좋겠어. 내가 정말로 바라는 건 그뿐이니까.

나는 고개를 돌려 네 쪽을 건너다보았다. 마냥 떠넘기는구나, 뒷짐지고 물러서는구나, 연하는 원래 다 이런가, 싶었는데 실은 무엇이든 함께해줄 심산이었구나. 내가 원하는 것을 너는 기꺼이 원할 준비가 되어 있었구나.

그날 나는 팔을 뻗어 말없이 너를 끌어안았다. 두 눈을 감은 채 네 품속으로 파고들었다. 왜 이래, 간지럽게. 너는 핀잔을 주다가 이내 나를 꼭 안아주었다. 네 체온은 내 살갗 위로 뭉근히 번져왔다. 불덩이처럼 뜨거운 너의 몸. 그렇게 네 가슴에 한쪽 귀를 얹고 있으니 심장박동 소리가 고스란히 들려왔다. 쿵쿵. 쿵쿵. 얼마나 그러고 있었을까. 나른한 감각이 엷은 베일처럼 우리 몸 위로 살며시 내려앉는 듯했다. 그대로 가라앉히는 듯했다. 나는 설핏한 잠결 속에서 아주 잠깐이지만 내가 사라지는 듯한 기분을 느꼈다. 네 심장박동에 맞추어 내가 완전히 사라지고, 나타나고, 다시 사라지는 듯한 기분을…… 마치 명멸하는 빛처럼.

나는 눈을 떴다.

찰나였으나 일출을 본 것만 같았다.

이 세상의 것

한때 인생이 시트콤 같다고 생각한 적 있어. 스스로 떠올린 생각은 아니고 내가 겪었던 일을 하소연하듯 몇 차례 들려주었더니 친구가 네 인생은 꼭 시트콤 같네, 라고 말했던 것이다. 네가 경험했다는 일들, 웃으면 안 될 것 같은 경우도 더러 있는데 솔직히 좀 재밌고 기막혀. 전반적으로 기구한 느낌? 그리고 왠지 끝맛이 씁쓸해. 뭔가를 영영 잃어버리거나 망한 것 같은 엔딩이라서.

내가 한 이야기들이 그렇다고?

응, 그리고 듣다보니 네가 상황을 그렇게 만드는 것 같기도 해. 상황을 그렇게 들려주는 것 같기도 하고.

나는 그때만 해도 친구가 내 이야기를, 그러니까 내가 겪은 불운이랄지 사고를 꽤 낙관적으로 해석하는구나 싶었다. 시트콤이라니. 남의 일이라고 속 편한 소리 하네 싶었는데 곱씹을수록 그게 영 싫지 않았어. 현실의 비극이 이야기로 옮겨지는 과정에서 점차 희극적 양상을 띤다는 것이, 그래서 누군가에게 씁쓸하나마 웃음을 자아낸다는 것이 어찌된 영문인지 내가 겪은 시련들을 그럭저럭 견딜 만한 에피소드로 바꿔주는 듯했으니까. 심지어 긍정할 만한 사례로 간주하도록 이끌기도 했지.

이후로 나는 억울하거나 원통한 처지에 놓일 때마다 집으로 돌아오는 길목에서 친구에게 전화를 걸었다. 다짜고짜 우는소리를 하며 이야기보따리를 풀어놓았어. 그러면 친구는 킥킥 웃거나 아이고, 어쩜 좋니, 하는 탄식을 번갈아 내뱉으며 귀기울여주었다. 순전히 듣기만 한 것은 아니고 세탁기에서 빨래를 꺼내 널거나 쪼그려앉아 발톱을 깎거나 어쨌든 자기 할일을 하면서 맞장구를 쳐주었어. 기나긴 넋두리 끝에 내가 시무룩하게 가라앉으면 나지막한 목소리로 이제 좀 후련해? 하고 물었고 내가 그런 것 같다고 대답하면 그래, 다 지나갈 거야, 그런 게 인생이야, 하고 말했다.

그런 게 인생이야?

그런 게 인생이야.

그렇게 말해주던 친구는 이제 내 곁에 없다. 서울이 아닌 이국의 도시로 멀리 떠났다거나 세상을 등진 것은 아니고 어느 날부터인가 내 전화는 물론이고 메시지에도 일절 응답을 하지 않았지.

처음에 나는 친구에게 무슨 변고라도 생긴 줄 알고 걱정했어.

회사에서 업무를 처리하는 중에 틈틈이 통화를 시도했고 열흘 넘게 하루도 빠짐없이 안부를 묻는 메시지를 남겼다. 별일 없지? 많이 바쁜 거야? 어디 아프거나 다친 건 아니지? 편할 때 답장 좀. 친구는 메시지를 확인조차 하지 않았어. 그러다가 보름이 지날 무렵 채팅방을 열어보았는데 그동안 내가 보낸 메시지들에 달린 1이 전부 사라져 있었다. 뭐야. 왜 읽고도 답을 안 해. 손가락이 부러진 게 아니면 용서 못해. 가만 안 둬. 그렇게 농담 반 진담 반의 뉘앙스로 으름장을 놓은 메시지들에 달린 1은 서너 시간 후에 사라졌어. 답장은 없었다.

야, 이럴 거야?

답장은 없었다.

뭐하는 거야, 진짜.

답장은 없었다.

사흘간 숙고한 끝에 나는 다시 채팅방에 들어갔다. 알았어. 나도 그만할게. 거기까지 쓰고는 얼마간 망설였어. 잘살아. 그러고 나서 휴대전화 화면을 계속 터치하며 들여다보았지. 오 분도 지나지 않아 1은 모두 사라졌다. 정말이지 어처구니가 없었어. 친구는 마지막 순간까지 내게 한마디도 하지 않았다. 냉담하게 벌주려는 사람처럼 메시지를 읽기만 했어. 어쩌면 읽지도 않고 채팅방 목록에서 '읽음' 처리 버튼만 눌렀는지도 몰랐다.

너무하잖아.

나는 머리끝까지 화가 치밀어 최후의 메시지를 보냈어. 너 그렇게 살지 마라. 벌받는다. 그 메시지들에 달린 1이 사라질 때까지 지켜보지도 않고 채팅방을 나왔다. 메신저 앱은 물론이고 전화번호 목록에서도 친구를 삭제했어. 다시는 연락하지 않을 것이고 혹여 기별이 오더라도 똑같이 응수해주리라 다짐했다. 그리고 몇 달 후, 나는 주말이어서 늦잠을 자다가 깨어나자마자 울음을 터뜨렸어. 눈을 뜨기 직전까지 꾸었던 꿈 탓이었는데 내용은 조금도 기억나지 않았지만 나는 그것이 친구 때문이라는 걸 알았다. 울음을 삼키기 위해 이불을 뒤집어쓰고 모로 눕자 뜨거운 눈물이 줄줄 흘러내렸어. 베갯잇을 적셨다. 이럴 일인가 싶어 입술을 꾹 깨문 채 흐느낌을 멈추려 했으나 소용없었지. 나는 코가 막혀서 몇 번이나 숨을 킁킁 몰아쉬어야 했어. 왜. 눈물이 잦아들 즈음 생각했다. 왜 그러는데. 내가 뭘 잘못했는데. 만약 친구를 눈앞에 앉혀놓고 따져 물을 수만 있다면 그리하고 싶었다. 그러면 친구는 나를 가만히 바라보다가 이렇게 되물을 것 같았어. 이제 좀 후련해? 그럴 리가 없잖아, 라고 대꾸하면 어깨만 으쓱할 것 같았다. 그런 게 인생이야.

*

수형은 거기까지 말한 뒤 참았던 숨을 내쉬었다. 상체를 틀어 카페 창 너머를 건너다보았다. "비가 오려나봐." 어느새 전면 유리에 빗방울이 하나둘 맺혀 있었다. 테이블과 의자가 놓인 테라스 풍경이 서서히 잿빛으로 물들어갔다. "소나기인가."

"그러네." 나는 짐짓 심상한 투로 말했다. "우산 없는데." 머그잔을 들어 얼마 남지 않은 바닐라라테를 한 모금 삼켰다. 삼 년 만에 연락이 와서 무슨 일인가 했더니 이런 이야기를 듣게 될 줄이야. 따뜻하고 그윽한 향이 입안을 천천히 맴돌다가 사라졌다. 나는 머그잔을 내려놓으며 가볍게 웃어 보였다. 그러자 수형도 어색하게 입꼬리를 올렸다.

"괜한 이야기를 했나봐."

나는 아니라고, 말해줘서 고맙다고 했다. 고마울 것까지 있나, 하는 생각이 뒤미쳤으나 기왕 말하고 나니 좀 고마운 것 같기도 했다. 그제야 친구가 내 연락만 무시했던 것이 아님을 알게 됐으니까. 하지만 나는 이 사실을 수형에게 이야기하지 않았다. 어쩌다보니 그랬다.

"둘 사이에 그런 일이 있었는 줄 몰랐어."

수형은 아래턱을 문지르더니 말했다. "그럴 수 있지."

"그럼 내 연락은 왜 피한 거야?"

삼 년 전 나는 수형과 친구에게 거의 동시에 절교를 당했다고 생각했다. 나도 모르는 사이에 두 사람이 아주 가까워졌고, 내게 거리를 두기로 어떤 협약 같은 걸 맺었으리라 여겼다. 망할 놈들.

어떻게 나한테 이래? 그래서 수형이 자다가 깨서 울음을 터뜨렸다는 일화를 들려주었을 때, 나는 오래전에 버스 맨 뒷자리에서 혼자 소리 죽여 흐느꼈던 일을 떠올렸다. 헤드폰으로 아이돌 댄스곡을 듣던 중 별안간 눈물을 쏟기 시작했는데 목적지에 도착해서도 한참을 훌쩍거렸던……

"원래 그럴 생각은 없었는데." 수형은 볼을 긁적이며 말했다. "너희 둘이 더 친하니까. 훨씬 오래된 사이고. 나한테 나쁜 감정이 생겼다면 당연히 둘이 공유하고 있을 줄 알았어. 그래서 네 연락에 응할 엄두가 안 났지."

"아닌데." 나는 티스푼으로 머그잔 바닥에 남은 우유 거품을 휘휘 저으며 말했다. "그 정도로 친한 사이 아니었는데."

"그래도." 수형은 아랫입술을 핥더니 덧붙였다. "그래도 좀 그랬어."

"이제는 괜찮고?" 나는 수형을 똑바로 쳐다보았다. "오늘 이 이야기 하려고 나 부른 거야?"

수형은 잠시간 뜸을 들이다가 말했다. "모르겠어. 그냥 잘 지내는지 안부 인사나 하고 싶었는데." 집게손가락으로 테이블을 톡톡 두드렸다. "미안, 이상한 소리만 늘어놔서."

"괜찮아. 재밌었어."

"재밌었어?"

나는 고개만 끄덕였다. "이제 좀 후련해?"

수형은 멈칫하더니 맥없이 웃었다. "그럴 리가." 괜히 손목을 매만지며 창 쪽으로 시선을 옮겼다. 빗줄기가 점점 굵어지고 있었다. 카페 직원이 어디선가 철제 우산꽂이를 가져와 현관에 내려놓는 모습이 보였다.

이제 어쩌지.

나는 말없이 생각에 잠겼다. 이윽고 전면 유리 너머에서 쏴아 하는 빗소리가 들려왔다. 희미한 물비린내 같은 것이 풍겼다. 그러고 있으니 한동안 잊고 지냈던 장면들이 안개처럼 슬며시 피어오르는 듯했다.

수형을 처음 만난 것은 오 년 전 겨울, 모 출판사의 송년회 자리에서였다. 당시에 나는 해당 출판사에서 발행하는 문예지에 단편소설을 발표하며 작품활동을 시작한 초짜였다. 대학 신입생 때 이후로 그만큼 많은 사람이 모인 술자리는 처음이어서 호프집의 왁자한 분위기에 좀체 적응하지 못했던 기억이 난다. 수형은 그런 나와 비슷한 처지의 동갑내기 시인이었다. 그해 신춘문예로 데뷔하여 운좋게 출판사와 단행본 계약까지 맺었으나 그 자리에 아는 문인이라곤 한 명도 없는, 그래서 나와 구석진 자리에 앉아 모두의 무관심 속에서 돼지고기를 구워먹게 된 남자.

그 밤 의지할 데라곤 서로밖에 없었으므로 우리는 술잔을 기울이며 이런저런 이야기를 나누었다. 누가 보면 송년회가 아니라 소개팅에 나온 거냐고 놀릴 수도 있을 만큼 딱 붙어 앉아서 집은 어디인지, 전공은 무엇인지, 글을 쓰게 된 계기며 좋아하는 작가는 누구인지 따위를 묻고 또 물었다. 그러지 않으면 불판 위에서 익어가는 고기만 멍하니 바라보다 삼겹살은 딱 한 번만 뒤집어야 한다느니 목살은 주물럭이 맛있다느니 마늘은 구우면 알리신이란 항암 성분이 파괴된다느니 같은 객쩍은 소리만 늘어놓게 되었으니까. 우리는 서로에 대한 문답이 끊겨 어색해지는 상황을 감내하느니 약간 도를 넘어선 질문—부모님과 사이는 괜찮은 편인지, 돈은 얼마나 모아두었고 사귀는 사람은 있는지 같은—도 서슴지 않았다. 그렇게 두어 시간 서로를 취조하다시피 알아가는 과정에서 나는 자연스레 수형이 나와 데뷔 연도뿐 아니라 성 정체성까지 같다는 사실을 눈치챌 수 있었다. 마치 사람들로 북적이는 번화가 한복판에서 불현듯 아는 얼굴을 발견할 때처럼. 수형 역시 그러했는지 어느 순간부터는 경계심이랄 것을 아주 내버린 사람처럼—좀 취한 듯했다—별의별 이야기를 다 꺼내놓았다.

아까는 솔직하게 말하지 못했는데요—저도 마찬가지예요—사실 저는 작가 중에서 미시마 유키오를 제일 좋아해요—네? 그 사람은 할복 자살 했잖아요—E. M. 포스터도 좋아하고요—그 사람은 비운의 클로짓이었죠—티아라랑 카라가 최고예요. 〈넘버 나인〉이랑 〈숙녀가 못 돼〉를 무슨 수로 이겨요?—그걸 왜 이겨야 하는데요—손담비의 〈미쳤어〉 클럽 힙합 리믹스 버전은 아세요?—나

말고 그걸 듣는 사람이 있다니—역시, 우리는 통하는 구석이 많네요. 기분이 너무 좋아서 채연처럼 흔들려요……

그후로도 우리는 종종 연락을 주고받으며 지냈다. 서점 행사나 시상식 뒤풀이 자리에서 마주치면 든든한 아군이라도 얻은 듯 서로의 옆자리에 앉아 큰 소리로 떠들었고, 계절이 바뀔 즈음 광화문이나 을지로에서 만나 저녁식사를 한 뒤 청계천변을 걸었다. 긴 산책로를 돌며 우리는 속절없이 흐르는 시간과 창작에 관한 고민을 나누곤 했다. 대화중에는 서로의 팔을 쥐고 흔들거나 옆구리를 찌르며 장난을 치기도 했지. 한번은 삼일교 근처 바위에 나란히 앉아 쉴 때였다. 그날 내가 반년 넘게 붙들고 있던 장편소설을 아무래도 포기해야겠다며 울먹이자 수형은 내 어깨를 감싸안고 등을 토닥여주었다. 뒷머리를 부드럽게 쓰다듬기도, 그 속으로 손가락을 넣어 문지르기도 했지. 그렇게 밤이 깊어가는 줄도 모르고 둘이서 일렁이는 물결만 바라다보던 날들. 그러다가 나는 이따금 수형이 친구라고 언급하는 이가 내 고등학교 동창이기도 하다는 사실을 알게 되었다.

와, 세상 좁네. 둘은 어떻게 아는 사이야?

수형은 대학을 졸업할 무렵 부모와 형제에게 처음으로 커밍아웃을 했다. 나가라는 한마디에 독립생활을 시작했고, 한국게이인권운동단체인 '친구사이'에도 발을 들여놓았다. 성소수자에 대한 부정적 인식과 불합리한 제도에 맞서 자신이 무엇을 할 수 있을지 알아보고 싶었다고. 그러던 중 교육팀이 주관하는 독서 모임에 참석했다가 친구와 연을 맺게 되었다고 했다.

우리랑 비슷해. 말이 잘 통하니까 나중에 따로 만나서 놀기도 하고, 속 이야기도 털어놓고, 그렇게 가까워진 거지.

뭐가 비슷해. 두 사람은 서로 식 돼서 만난 거 아냐?

거의 농담으로, 떠보듯이 던진 질문이었는데 그날 수형은 아니라고 세 번이나 말했다. 같은 대답을 세 번이나 반복하면 거짓말처럼 들린다고 내가 지적하자 양쪽 귀가 빨개져서는 진짜 아니라고 한번 더 말했다. 그러니 눈치챌 수밖에 없었지. 넌지시 운을 떼어보니 친구 역시 수형에게 마음이 없는 것은 아닌 듯했다. 맞아, 그렇게 알게 됐지. 당시에 나는 두 사람 사이에서 둘의 감정을 누구보다 빠르게 알아챌 수 있었다. 그래서 누구보다 빠르게 내 마음을 숨길 수 있었다.

언제 날 잡아서 셋이 보자. 재밌을 것 같아.

좋아.

하지만 셋이 같이 만난 적은 한 번도 없었다. 마치 누구도 그러한 상황을 진심으로 바라지는 않았던 것처럼.

그리고 일 년 남짓한 시간이 흐른 뒤였다. 거리의 수목이 나날이 무성해지던 초여름, 나는 언제부터인가 두 사람이 서로에 대한 이야기를 전혀 꺼내지 않는다는 사실을 알게 되었다. 여러 정황으로 미루어 다투었으려니 짐작했고 딱히 중재를 나서지는 않았다.

어쩌면 기회라고 여겼는지도. 그러다가 친구와 수형에게 연락 두절이라는 방식으로 절교를 당했는데…… 그때 나는 두 사람이 싸우기는커녕 정식으로 사귀게 되어 나를 따돌리는 거라고 생각할 수밖에 없었다. 친구가 수형에 대한 내 마음을 어느 정도 알아차린 후였으니까.

그런 상태로 삼 년이나 흐른 지금, 둘에게 실제로 벌어진 일을 들었을 때 나는 내심 당황했다. 대체 친구는 무슨 생각으로 우리를 끊어냈던 것일까. 곰곰이 되짚어봐도 떠오르는 것은 없었다. 수형에게도 말했다시피 친구와 나의 우정은 알고 지낸 세월에 비해 그리 깊은 편이 아니었으므로. 우리는 고등학생 시절 내내 같은 무리에 속해 있었으나—거의 성소수자 동아리 같은 모임이었다—가장 교류가 적은 축에 속했다. 내게 친구는 언제나 친한 친구의 친구일 뿐이었고 친구에게 나 역시도 그랬다. 그런데 무리 중에서 서울 내 대학으로 진학한 사람이 우리 둘뿐인데다 예술을 공부한다는 공통분모까지 생겨—나는 문예창작학과, 친구는 영화학과—적당히 안부를 주고받는 사이, 딱 그 정도로 발전한 것이지.

돌이켜보면 나는 친구가 전화도 받지 않고 메시지에도 응답하지 않았을 때 그냥 올 것이 왔나보다 생각했다. 친구가 그런 식으로 잠수를 탄 것이 처음도 아니었으니까. 두세 해에 한 번씩 그랬던 것 같다. 나중에 연락이 닿아 물어보면 그저 기분이 좋지 않아서, 손가락 하나 까딱하기 싫어서, 영화과 친구들과 단편영화를 찍느라 경황이 없었다고 했다. 한번은 신경정신과에서 안정제를 처방받고 집에 가만히 누워만 있었다는 이야기를 듣기도 했는데…… 그리 심각한 일이라 여기지는 않았다. 나 역시 그런 적이 있었으니까. 한국에서 동성애자로 살면서 깊은 우울감에 허덕여보지 않은 이가 과연 몇이나 될까. 신경증이나 불안장애에 조금이라도 시달려보지 않은 이가 있을까. 그런 게 아니더라도 살다보면 누구와도 연락하고 싶지 않을 때가 생기기 마련이다. 그러니 괜찮아지면 소식이 오겠지, 늘 그랬던 것처럼, 기다려보자, 하고 나는 마음 편하게 생각했던 것이다. 그렇지만 수형마저 나를 피한다는 사실을 알게 되었을 때에는 두 놈이 붙어먹느라 나를 내팽개쳤으리란 생각에 이루 말할 수 없을 만큼 분노를 느꼈다. 친구보다는 수형을 향한 원망에 사무쳤고, 한동안 아무것도 할 수 없을 만큼 상실감에 빠져 지냈다.

그런데 둘이 작당한 것이 아니었다니.

내가 그동안 두 사람을 향해—거의 수형에게—응어리처럼 품어온 감정이 그저 오해에서 비롯된 것이었다니. 혼자만의 망상이었다니. 이토록 한심한 경우가 있나. 그런데 이런 깨달음을 주기 위해 수형은 나를 찾아온 것인가. 말이야 뭐 안부 인사나 하러 왔다지만…… 그럴 리가. 수형은 여전히 친구를 그리워하는 것이다. 여전히 친구를 만나고 싶은 것이다. 딱 보면 알 수 있지. 의식적이든 무의식적이든 수형은 그렇게 당하고도 친구와의 재회를 염원하는 것이다. 그러니 내가 둘 사이에서 화해의 메신저랄지 오작교 같은 역할을 해줬으면 하는지도 모르지.

그렇지만 수형이 모르는 사실이 한 가지 있었다. 아, 이걸 어떻게 이야기하면 좋을까. 친구는 재작년 여름에 프랑스에서 불의의 사고로 세상을 떠났다. 스크립터 겸 조감독으로 참여한 영화 촬영 현장에서였다. 폭우가 쏟아지던 밤, 친구는 스태프들의 만류에도 불구하고 산책을 나갔다가 발을 헛디뎌 에트르타의 절벽 아래로 굴러떨어졌다. 날이 갠 뒤 해양경찰대가 몇날 며칠을 수색했으나 시신을 찾을 수 없었다고. 빈 관의 덮개를 어루만지며 친구의 어머니는 눈물조차 흘리지 못했다고 한다. 가까운 친인척들만 참석한 장례식은 조촐하게 치러졌다고. 나는 이런 소식을 장례가 끝나고 반년이 지나서야 듣게 되었다.

이걸 말해야 할까.

왠지 모르게 망설여졌다. 나만 입을 다물면 수형이 친구의 죽음에 대해 알 수 있는 방법은 거의 없었으니까. 오래전에 절연한 이의 죽음을 굳이 내가 전해야 할 필요가 있을까. 더구나 이 년 남짓 지났을 뿐이지만 나는 이제 친구에 대해 거의 떠올리지 않게 되었다. 수형이 만나자고 연락해오기 전까지는 아예 잊고 살다시피 했지. 죽음의 무서운 점이 바로 이런 망각의 가속화 아닐까. 우리는 누군가를 다시 만날 수 있다고 여길 때보다 다시는 만날 수 없다고 여길 때 훨씬 잘 잊는다. 그러니 재회의 가능성이 제로로 확정

된 상태보다 실낱같은 희망이라도, 길에서 우연히 마주칠 수 있다는 여지만이라도 손에 쥔 채 살아가는 편이 낫지 않을까. 내가 사실을 말하지 않는다면 수형은 언젠가 친구를 만날 수 있으리라 여기며 살 것이다. 어쩌다 닮은 사람과 스치기라도 하면 친구를 봤다고 믿을 것이다. 잘 지내고 있구나. 여전하네. 그 편이 친구에게도 흡족한 일 아닐까. 자신을 죽은 사람이 아닌 산 사람으로 기억해주는 이가 세상에 한 명쯤 있다면 그 나름 흐뭇할 듯한데…… 아니, 모든 것을 떠나 사실 나는 그냥 말해주기 싫었던 것 같다. 둘이 작정하고 나를 배척한 것이 아님을 알게 되었다고 해서 그동안 가슴에 맺힌 응어리가 한순간에 풀어지는 것은 아니었으니까. 오히려 나는 수형이 더욱 원망스러워졌다. 왜 갑자기 찾아와서 이런 이야기를 하는 거야? 나보고 뭘 어쩌라고? 차라리 모르고 사는 편이 나았어. 친구가 죽었다는 소식도, 둘이 사귄 게 아니라는 사실도 전부 다. 이제는 마음껏 미워할 수도 없게 되었잖아. 내게는 여전히 너희를 향한 애증이 드글드글 남아 있는데 이제는 이걸 너희한테 쏟아부을 수도 없게 되었잖아. 전부 내가 삭여야 할 몫이 되었잖아. 그러니까 더 밉다. 더 원망스러워. 이래서 모르는 게 약이라고 하는 걸까. 정말로 그런 것 같다, 수형아. 모르는 게 약이야…… 그러니까 나는 너한테 약을 줄게.

"금방 안 그칠 것 같네."

수형의 말에 나는 고개를 들었다. 습기 때문에 에어컨을 켰는지 서늘한 바람이 불어와 살갗을 스쳤다. 창 너머로 장대비가 한바탕 쏟아지고 있었다. 오후 세시가 조금 넘은 시각이었는데 바깥이 초저녁처럼 어둑어둑했다.

"그래도 지나가는 비 같아." 나는 한쪽 팔을 쓸어내리며 말했다. "좀 기다려보자." 그러면서 전면 유리 밖으로 시선을 돌렸다.

입구 쪽 붉은색 차양 아래로 사람들이 줄지어 서 있는 모습이 보였다. 비를 피하러 온 그들은 젖은 머리를 털며 간혹 카페 안쪽을 힐끗거리고 있었다. 그중에서 한쪽 어깨가 검게 젖은, 푸른색 셔츠 차림의 남자와 눈이 마주쳤다. 뭐지? 남자는 좀처럼 내게서 시선을 떼지 않았다. 모르는 사람이 분명했는데, 무례하다 싶을 정도로 나를 뚫어져라 응시했다.

"왜 저래." 나는 약간 오싹해져서 고개를 숙였다.

"뭐가."

"저 사람, 아까부터 나를 쳐다보고 있어."

수형은 내가 가리킨 쪽으로 눈길을 돌렸다. 남자와 나를 번갈아 보더니 픽 웃었다. "아니야."

"뭐가 아니야."

"모르는구나." 수형은 왼손을 펼치더니 오른손 검지로 그걸 찌르는 시늉을 했다. "저 유리, 코팅되어 있어. 밖에서는 안쪽이 안 보여."

그런 게 있어? 나는 시선을 들어 다시금 남자와 눈을 맞추었다. 그는 여전히 나를 똑바로 쳐다보고 있었다. 이렇게나 분명한데. 오싹한데. 하지만 내가 상체를 비스듬히 기울이자 그는 내 어깨 너머를, 벽의 한 점을 응시하는 것처럼 보였다. 수형은 남자가 자기 자신을 보고 있을 거라고 했다. 코팅된 바깥 면은 거울처럼 빛을 반사한다고.

"그건 너무……"

내가 좀처럼 말을 잇지 못하는 사이 남자는 뒤돌아서 우산을 들고 온 여자를 맞이했다. 환하게 웃는 얼굴로 대화를 나누다가 그녀와 함께 빗속으로 사라졌다. 애초에 나 같은 건 안중에도 없었다는 듯이.

"너희는 지금도 연락하지?"

수형의 질문에 나는 얼결에 대꾸했다.

"응, 가끔."

그렇게 말하고 나서야 하나의 사실을 감추기 위해서는 그의 몇 배 혹은 몇십 배가 되는 거짓을 꾸며내야 한다는 걸 떠올렸다. 일단 거짓말을 시작하면 언제 멈춰야 할지를 가늠하기보다 그럴듯하게 지어내는 일에 훨씬 열중하게 된다는 것도.

"그애는 잘 지내?"

"음." 나는 잠깐 생각하는 척했다. "그 정도면 잘 지내는 편이지."

"아픈 데는 없고?"

"내가 알기로는 없어. 건강해."

"다행이네." 수형은 머뭇거리더니 또 물었다. "요즘 무슨 일 하는데?"

그래, 네가 나한테 궁금한 것은 친구의 근황뿐이겠지. 일순 나는 수형의 태도에—친구의 소식을 물을 때만 묘하게 생기를 띠는 그의 얼굴에—괘씸하다는 생각이 들었고, 이런 심정이라면 암만 거짓말을 늘어놓아도 죄책감이 쌓이기는커녕 오히려 속이 시원해지리라는 예감이 들었다.

"프랑스에 가 있을걸. 촬영 때문에."

나는 그렇게 답하며 친구가 에트르타 절벽 근처에서 산책하는 모습을 머릿속으로 그려보았다. 전해들었던 이야기와는 사뭇 다르게. 맑고 푸른 하늘 아래에서 부드러운 바닷바람을 맞으며 한가로이 초원 위를 거니는 친구의 모습을. 그러다가 허리를 숙여 깎아지른 듯한 벼랑 아래로 찬란하게 부서지는 파도를 내려다보는 모습을. 카메라를 들어 눈앞의 장면들을 하나하나 신중하게 촬영하는 모습도.

"아, 드디어 그 영화 팀에 합류한 건가."

나는 대답 대신 고개만 끄덕여 보였다. 마치 친구가 그 팀에 들어가고 싶어했다는 것을 나 역시 알고 있었다는 듯이.

"프랑스 하니까 생각난다. 나중에 거기 가면 카뮈의 묘소를 꼭 둘러보고 싶다고 했었는데. 갔으려나."

"알베르 카뮈? 왜?"

순간 검은색 묘비 앞에 홀로 서 있는 친구의 모습이 뇌리를 스쳤다.

"예전에 독서 모임에서 그애가 그런 말을 했었거든…… 굉장했는데 그때."

수형은 미소를 띤 채 얼마간 상념에 잠겼다. 그러더니 자신이 독서 모임에 참여했다가 친구를 처음 만나게 된 이야기를 들려주었다. 카뮈의 『시지프 신화』를 읽고 와서 다같이 담화를 나누는 시간이었다. 그날 네모난 테이블의 모서리 자리에 앉았던 친구는 사람들의 대동소이한 감상이랄지 해석을 듣는 내내 뚱한 표정을 짓고 있었다고 한다. 어떤 대목에서는—이 책에 따르면 우리는 공허하고 부조리한 세계에서 반항하듯 최대한의 삶을 살아가야 합니다—웃음을 참듯이 입술을 실룩이거나 미간을 살짝 찌푸리기도 했다고. 그래서 자꾸만 수형의 시선을 끌었다고. 저 사람은 왜 저러지? 어디 불편한가? 그러다가 친구는 자신의 발언 차례가 되었을 때 카뮈가 실은 자살 옹호자일 거라고 말했다.

그렇잖아요. 책으로 출판할 건데, 소설도 아니고 에세이인데, 자신을 아는 많은 사람이—낳아주신 어머니는 물론이고 형제와 친척, 친구들, 정겨운 이웃들도—모두 읽게 될 텐데, 거기다 대고 고통스러운 삶에 구태여 온 힘을 다해 맞설 필요는 없다, 당신이 끝내고 싶을 때 끝내라, 자기 생에 대한 권리는 자신에게 있다, 라고 대체 누가 솔직하게 쓸 수 있겠어요. 작가로서 타협할 수밖에 없는 선이란 게 있었겠죠. 그리고 자살에 대해 이토록 깊이 생각한 사람이 내린 결론이 고작 '자살에 반대한다'인 것도 좀 웃겨요. 누가 자살에 찬성한 적이나 있어요? 진지하게 그걸 부추긴 사람이 있기나 했냐고요. 제가 식견이 좁기는 하지만, 카뮈는 제가 아는 그 누구보다 '자살'이라는 개념을 애용한 사람이에요. 이걸로 책 한 권을 썼을 정도니까…… 아무리 봐도 디나이얼 자살 옹호자가 아닐 수 없달까. 카뮈가 그토록 열성적으로 언급한 반항이란 개념도 실은 자살의 실천에 더 어울려요. 나 같으면 산 밑의 바위를 정상으로 밀어올리는 형벌 속에서 영원토록 사느니 바위를 도랑에 처박아버리고 벼랑에 몸을 던지겠어요. 참담함을 삭이며 구질구질하게 연명하는 것이 대체 무슨 반항이라는 거예요? 생각할수록 자살방지윤리위원회 같은 데서 청탁받아 쓴 글 같네. 자살의 반대말은 '살자'라는 우스개가 죽음 충동을 느끼는 이들에게 한결 인상적이고 도움이 될 것 같아요. 뭐야, 저만 이렇게 생각하는 거예요?

그날 독서 모임 사람들은 점잖게 웃으며 카뮈가 그런 식으로 기울어지기 쉬운 사유를 바로잡기 위해 이 책을 썼을 거라고 말했다. 책을 끝까지 정독했으면 알겠지만—아주 잠깐이지만 친구가 책을 완독하지 않은 것은 아닌지 의심하는 듯한 분위기가 돌았다―자살은 삶을 직시하지 않고 도망치듯 회피하는 처사일 뿐이라고 거듭 설명했다. 명료한 의식으로 생의 괴로움을 있는 그대로 수용해야 한다는 카뮈의 믿음은 이후의 저작인 『페스트』에서도 확인할 수 있다고.

친구는 잠자코 듣기만 하다가 고개를 끄덕였다.

그렇죠. 하지만 그런 건 누구나 할 수 있는 말 아닌가요. 누구나 할 수 있고 누구에게든 해도 좋은 말. 그래서 아무도 책임지지 않는 말. 삶에 맞서라. 고통을 받아들여라. 끝까지 살아남아라. 그런데 조금 딴소리지만 저희 아버지가 지난겨울 췌장암으로 돌아가셨거든요. 애초에 생존율이 십삼 퍼센트라고 했어요. 복부 통증에 구역질이 너무 심해서 입원해 계신 내내 뭘 씹어삼키지를 못하셨죠. 황달 증세로 오른쪽 눈동자까지 노랗게 변했고요. 절제 수술이 불가능하다고 해서 항암 치료를 위한 케모포트 삽입술만 받으셨어요. 그후로 체중이 급격하게 줄어 뼈만 앙상하게 남은 몸으로 병상에 누워만 계셨죠. 진통제 없이는 삼십 분도 못 버티셨어요. 사람들이 그런 모습을 구경하러 왔죠. 정말 많이도 왔어요. 저는 깜짝 놀랐어요. 사람들이 의식을 잃은 아버지를 향해서 한껏 웃는 얼굴로 힘내시라고, 언젠가는 다시 일어날 수 있다고, 기적을 믿으라고, 끊임없이 속삭이는 거예요. 저한테도 포기하지 말라고, 아버지에게 힘을 북돋워드리라고, 새로운 치료법이 곧 나올 수도 있다고, 마지막까지 희망을 놓지 말라고 했죠. 그러곤 모두 집으로 돌아갔어요. 아버지는 새벽마다 복통을 견디지 못해 발작하듯 깨어나셨어요. 그때마다 침대 난간을 쥐고 흔들며 새된 소리로 울부짖으셨죠. 뭐라고 하시는지 한마디도 알아들을 수가 없었어요. 그게 너무 무서웠어요. 아버지가 더는 사람이 아닌 것처럼 느껴졌으니까요. 진통제가 들어가면 천천히 가라앉으셨어요. 바람 빠진 풍선처럼 스르르 누워 잠드셨죠. 임종하시기 직전에는 제가 손을 잡아드렸는데요. 아버지가 막바지에 이르러 제 손을 한 번 꽉 쥐셨던 것이 지금도 선명하게 기억나요. 꽉, 이라고는 했지만 정말이지 갓난아기가 반사적으로 제 손가락을 움켜쥐는 정도였답니다. 그 감촉. 저는 그때 제 안의 무언가가 바스러지는 듯한 기분이 들었어요. 그게 무엇인지는 아직도 모르겠어요. 정말 모르겠어서, 그것을 다시는 이어붙이거나 원래대로 복원할 수 없으리라는 생각이 들어요. 그런 게 인생이라는, 한낱 인간의 삶이라는 생각도요. 아, 죄송합니다. 별 상관도 없는 이야기를 구구절절 늘어놨네요. 정말 죄송합니다.

그렇지만 수형의 눈에 친구는 일말의 송구함도 없는 사람처럼 보였다고 한다. 자기가 늘어놓은 이야기를 통해 누군가의 이해나 위로를 구하려는 것처럼 보이지도 않았다고. 완고한 표정에 눈빛만 유독 형형했는데, 그 모습이 어쩐지 애잔하고 이상하게 마음을 사로잡아서 수형은 그날 모임을 마치자마자 친구를 쫓아가 말을 붙였다. 친구는 놀란 기색이었지만 이내 대수롭지 않아했고……

둘은 인근의 카페로 자리를 옮겨 대화를 나누었다.

그 사람들이 했던 말, 신경쓰지 마세요.

신경 안 쓰는데요.

그러시구나…… 그런데 카뮈가 정말 자살 옹호자라고 생각하세요?

수형의 물음에 친구는 재밌다는 듯 웃으며 말했다. 아니요.

그럼 왜……

친구는 어깨만 으쓱해 보였다. 그냥요. 테이블에 머그잔을 내려놓더니 차분하게 말을 이었다. 책 한 권을 읽고 와서 다들 비슷한 이야기만 늘어놓으니까 재미가 하나도 없잖아요. 물론 카뮈가 그런 의도로 글을 쓴 건 맞겠지만 정말 그 의도대로만 읽고 이해하고 느낄 거라면 대체 독서 모임이라는 걸 왜 하나 싶더라고요. 뭔가 다른 관점이나 예기치 못한 해석도 듣고 싶어서 모이는 것 아닌가요. 종이에 글자로 적힌 것 말고 차마 적히지 못한 부분에 대해서도 생각해보고요. 그런데 책이 무슨 수학 문제도 아니고 다 같이 모여서 답안지를 확인하는 것 같은 분위기가 싫었어요. 내내 싫었는데…… 오늘은 정말이지 참기 어렵더라고요. 그래서 그냥 깽판을 치고 싶었던 것 같아요.

깽판을……

네, 깽판이요.

그러면서 친구는 훗날 프랑스에 가게 되면 카뮈의 묘소를 둘러보고 싶다고 말했다.

왜요?

그렇게 삶에 맞서니 뭐니 하던 사람도 결국에는 땅에 묻혔구나, 그걸 보고 싶어서요.

두 사람은 책 외에도 흥미롭게 본 영화와 드라마, 당시 사람들의 입에 오르내리던 전시회에 관해 이야기를 나누었다. 주제가 문화 예술에서 사회로, 정치 영역으로 물 흐르듯 넘어갔을 즈음에는 서로가 같은 부류의 인간이라는 확신을—수형의 생각이다—갖게 되었다. 자리를 파하며 수형은 친구가 더이상 모임에 나올 의향이 없음을 알게 되었고 그 순간 자신도 더는 모임에 나갈 필요를 느끼지 못했다고 한다. 그렇게 독서 모임과는 끝이 났지만 친구와의 인연은 새로이 시작되었다고.

또 시작이네.

나는 자세를 고쳐 앉으며 생각했다. 눈을 반짝이며 친구에 대한 이야기를 줄줄 늘어놓는 수형을 바라보며 조그맣게 한숨을 내쉬었다. 수형은 예전부터 자신이 친구를 얼마나 좋아하는지를 내게 이런 식으로 털어놓곤 했다. 열렬히 고백하다시피 했지. 누가 물어보기나 했어? 그동안 잊고 지냈는데 너도 참 한결같구나…… 그러면서 나는 수형에게 친구의 죽음을 털어놓기가 이제 좀 어렵겠다는 생각이 들었다. 애당초 말해줄 작정도 아니었지만 그것이 자의가 아니라 타의의 영역으로 넘어갔다는 기분에 목덜미가 뻐

근해졌다. 친구에 대한 수형의 애정이 변함없다는 것을—혹은 더 깊어졌는지도 모른다는 것을—알게 된 지금, 내가 친구의 죽음을 이야기하는 건 그저 수형을 난데없이 상처입히는 일, 충격과 비탄에 빠뜨리는 일, 울부짖게 만드는 일, 그 외에 어떤 의미도 아닌 듯했으니까.

내가 그것을 바라는가. 수형의 눈물을 원해?

아무리 생각해도 그런 건 아니었다. 나는 수형이 내 마음을 몰라줘서 밉기는 해도—진짜 미웠다—그가 진심으로 괴로워하거나 비통해하기를 바라지는 않았으니까. 무엇보다 수형은 이미 친구를 잃고서 울지 않았던가. 애도하지 않았던가. 그 과정을 기어코 한번 더, 극렬하게 한번 더 겪어야 할 필요가 있을까 싶었다.

모르는 게 약이야, 수형아.

속뜻은 달라졌지만 나는 친구의 죽음을 함구하기로 다시 한번 마음먹었다. 그러면서 수형이 들려준 이야기 중 친구가 시지프에 관해 한 말을 떠올렸다. '형벌 속에서 영원토록 사느니 벼랑에 몸을 던지겠다'는 말. 폭우 속에서 에트르타의 절벽을 향해 뚜벅뚜벅 걸음을 옮기는 친구의 모습이 절로 연상되는 대목이었다. 혹시 사고가 아닐 수도 있단 말인가. 그렇지만 친구가 자살을 할 만한 결정적 이유를 나는 알지 못했다. 친구의 아버지가 그리 고통스레 돌아가신 줄도 몰랐으니까. 하지만 수형이라면 짚이는 바가 있지 않을까. 내가 모르는 둘만의 일화 속에 어떤 힌트가 잠재되어 있을지도. 그러려면 친구에 관한 이야기를—수형의 애정 고백을—좀더 들어봐야 할 텐데 솔직히 나는 그렇게까지 인내심을 발휘하고 싶지는 않았다. 그렇다고 친구가 자살할 만한 이유를 단도직입적으로 물어볼 수도 없었고……

대신에 이런 걸 물어볼 수는 있겠지.

"둘이 그렇게 처음 만난 거구나." 나는 어깨를 쭉 펴고 앉으며 입을 열었다. "그애답긴 하네. 깽판이라니."

"그렇지?"

"그런데 그 깽판……" 나는 주저하는 척하다가 덧붙였다. "너한테도 친 거잖아."

수형은 무슨 뜻이냐는 듯 나를 쳐다보았다.

"너는 그애가 왜 갑자기 연락을 끊었다고 생각해?"

나는 오랫동안 내가 궁금해하며 들여다보았으나 그 어떤 실마리조차 건져올릴 수 없었던 심연 같은 질문을 수형에게 내밀었다. 너는 이것에 대해 나만큼, 아니 나보다 훨씬 많은 생각을 하며 시간을 보냈겠지. 견뎠겠지. 그리하여 뭔가를 어렴풋이나마 가늠하게 되었을지도. 그것을 말해줘. 내가 모르는 것을 너는 말해줘.

"글쎄." 수형은 의외로 담담한 얼굴이었다. "나는 네가 알고 있을 거라 생각했는데…… 하긴 우리가 이렇게 된 줄도 너는 몰랐으니까." 수형은 시선을 늘어뜨리더니 잠시간 미동조차 하지 않았다. "이런저런 추측을 하긴 했어. 오만 가지 경우를 떠올려봤던 것 같아. 내가 뭘 잘못했나. 우는소리를 너무 많이 했나. 그래서 질려버렸나. 괜한 자책도 했고. 그러던 중에 그애가 했던 말이 떠올랐어. 아까 한 이야기에도 있는데, 책을 읽을 때 다른 관점이나 예기치 못한 해석도 듣고 싶다고 한 거 말이야. 차마 적히지 못한 부분에 대해서도 생각해봐야 한다는…… 그애가 나한테 그런 걸 준 게 아닐까 싶었어. 나한테 한마디도 적어서 보내질 않았잖아. 이를테면 공란을 준 거지. 내 안에 결코 채워지지 않을 빈칸 같은 걸 남기려고…… 그냥 그런 게 아닐까 싶었어."

나는 수형의 얼굴을 빤히 바라보다가 물었다. "그게 무슨 소리야."

"그러게, 무슨 소리지." 수형은 멋쩍게 웃었다. 귀 뒤를 긁적이며 고개를 젖히더니 어, 하고 말했다. "이제 그치려나봐."

나는 수형을 따라 빗발이 점차 여리게 변해가는 것을 지켜보았다. 어느 틈엔가 짙은 먹구름 사이로 한 줄기 햇살이 내리비치고 있었다. 거리를 지나던 사람들이 우산 밖으로 손을 내밀거나 하늘을 올려다보았다. 나는 서서히 밝아지는 정경 속에서 문득 오래전에 읽은 기사 하나를 떠올렸다. 웹서핑을 하다가 본 것으로, 507살 조개가 발견되었다는 해외 뉴스였다. 영국의 한 연구팀이 기후 변화를 조사하기 위해 아이슬란드의 해저를 탐사하던 중 바로 이 조개를 찾아냈다고 한다. 발견 당시 조개는 살아 있는 상태였고, 겉껍데기의 생장선을 통해 405살 정도로 추정되었다. 그것만으로도 놀라운 일이었는데 연구팀은 정확한 분석을 위해 조개의 입을 열기로 결정했고, 예상보다 100년을 더 오래 산 507살임을 밝혀낼 수 있었다. 그렇지만 연구팀이 입을 열자마자 조개는 죽은 것으로 알려졌다. 뭐, 그런 내용. 기사 하단에는 참으로 웃픈 일이 아닐 수 없다는 둥 조개는 숯불에 구워야 제맛이라는 둥 정확한 분석이고 나발이고 조개를 내버려두었어야 한다는 둥 다양한 댓글이 적혀 있었다. 그러게. 연구팀이 나서서 입을 열지만 않았어도 조개는 지금까지 살아 있었을 텐데. 어쩌면 600살, 아니 700살까지 살아남았을지도. 그러자 수형이 바라는 게 그런 것이 아닐까 하는 생각이 들었다. 그러한 방식으로 친구를 오래오래 간직하고 싶은 게 아닐까 하는……

하지만 나는 아닌데.

"수형아."

마지막으로 한 가지만 더 물어보기로 했다.

"네가 오늘 나 보자고 한 거, 정말 인사나 하고 싶어서야?"

너는 내가 잘 지내는지, 어디 아픈 데는 없는지, 무슨 일을 하며 사는지 여태 묻지도 않았잖아. 솔직히 나한테 별 관심도 없잖아. 늘 그랬듯 친구 이야기만 잔뜩 늘어놓았잖아, 이 나쁜 놈아.

일순 내 표정을 읽었는지 수형은 입을 떼려다가 멈칫했다. 나와 눈을 맞춘 채 얼마 동안 우물거리더니 말을 이었다. 수형은 친구에게 마지막으로 보낸 메시지가 줄곧 마음에 걸렸다고 했다. 그렇게 살지 말라느니, 벌받는다느니…… 자기도 모르게 친구에게 저주 같은 걸 내린 기분이었는데, 그걸 친구가 읽었든 아니든 이미 쏘아버린 화살이요 엎질러진 물이어서 마냥 후회하고 걱정하는 것 외에 달리 도리가 없었다고. 그러다가 어느 순간 내 생각이 났다고 했다—빨리도 났구나—나와는 아직 제대로 끝을 맺지 않았다는 것. 그래서 자신은 친구와 다르게 끝내고 싶었다고 했다. 나와의 마지막은 환하게 웃는 얼굴로 잘살라는 축복의 인사를 직접 건네고 싶었다고.

"……진심이야?"

나는 눈을 가늘게 뜬 채 수형을 노려보았다. 아무리 봐도 방금 지어낸 것 같다는 의구심이 들었지만 그게 영 싫지만은 않았고, 이 지경에 이르러서도 수형이 싫지 않다는 게 정말이지 너무 싫으면서도 별수없이 입꼬리가 슬슬 올라가는 것을 느꼈다.

"응, 좀 이상해?"

"아니……" 나는 어이가 없어서 눈만 깜박거리다가 되물었다. "너는 그게 안 이상해?"

"이상하긴 해."

"완전 이상해."

내 말에 수형은 쿡 하고 웃기 시작했다. 그런 수형을 보고 있자니 나 역시 억누르고 있던 웃음이 터져나왔다. 우리는 서로를 바라보며 크큭거렸다. 그러다가 콧등이 시큰해지면서 눈시울마저 뜨거워지는 바람에 나는 티슈를 꺼내 눈가를 닦아냈다.

창을 투과한 빛이 테이블의 한 귀퉁이에 머물러 있었다. 횡단보도 앞에 선 사람들이 우산을 접어 바닥에 탁탁 털어내는 모습이 눈에 들어왔다. 해가 구름 밖으로 나오자 물에 젖은 사물들이 한층 선명한 색감으로 떠올랐다. 오래지 않아 수형과 나는 자리에서 일어났다. 카페를 나와서는 지하철역까지 함께 걸었다. 괜찮다고 했는데 수형이 한사코 바래다주겠다고 한 것이다. 최후의 에스코트인가 싶어서 나는 마음대로 하라고 했다.

그날 우리는 비가 갠 뒤의 깨끗한 풍경 속을, 뭉근한 햇살 속을 천천히 가로질렀다. 도처에서 빗물이 말라가는 냄새가 났고 나무 위의 새들이 지저귀며 날아올랐다. 우리는 물웅덩이를 피해 이리저리 걷다가 넘어질 뻔한 서로를 붙들어주기도 했다. 역 근처에 다다랐을 때 수형은 담배 한 개비만 태우고 싶다며 도로변에 내려섰다. 처음 보는 모습이었고 허공에 피어오르는 한줄기 연기와 멘톨향이 오래 남으리라, 나는 생각했다.

지하철역 계단을 내려가면서는 한 번도 뒤를 돌아보지 않았다. 앞만 보며 걸었고 수형도 그리했으리라 여겼다. 헤어지기 직전에 우리는 손을 흔들면서 잘 가라고, 건강하라고, 행복하길 바란다고, 그런 말만 했다.

*

끝내 친구의 죽음을 비밀에 부친 탓이었을까.

그날 이후로 나는 친구에 대한 생각을 하루도 거를 수 없게 되었다. 짧게는 십 초, 길게는 이 분에서 팔 분 남짓을 매일같이 떠올렸다.

왜 이러는 거지? 무슨 벌이라도 받는 사람처럼.

물론 그 시간 동안 친구 생각만 한 것은 아니고 그리 복잡하지 않은 회사 업무를 처리한다든지 마트에서 장을 본다든지 샤워를 한다든지 어쨌든 내 할일을 하면서 떠올렸다.

그래서였을까.

날이 지날수록 친구는 점점 더 선명한 형상을 갖추었고 생생한 기운을 띤 존재로 변해갔다. 해가 바뀔 즈음에는 더이상 내 머릿속에서만 소환되고 감응하는 대상이 아니라 제 나름의 방식으로 현실에 출현하고 활동하는 존재로 거듭났다. 거의 유령처럼. 혹은 천사처럼.

그리하여 나는 이따금 친구에게 말을 건네게 되었다.

처음에는 무심코 중얼거리는 이야기를 친구가 곁에서 듣고 있기에 상황을 이해하기 쉽게 부연하느라 그랬다. 그러다가 출퇴근길에 심심풀이로 또는 내가 아쉬워서 말을 붙이는 횟수가 차츰 늘어났고, 나중에는 아예 날을 잡아서 하소연을 늘어놓는 지경에 이르렀다. 주로 공원을 걷다가 인적 드문 곳의 벤치에 앉아 그랬지.

나는 바로 옆의 빈자리를—친구를—흘끗거리며 어디 가서 함부로 꺼내놓지 못할 이야기들을 숨김없이 말했다. 누구에게도 발설한 적 없는 어릴 적 치부뿐 아니라 근래 내 안에 강렬하게 일었던 음습한 욕망까지 모조리 털어놓았지. 그러면 친구는 손가락으로 무릎을 긁적이거나 턱을 괸 채 수풀을 응시하며 내 이야기를 들어주었다. 전부 듣고 나서는 후련하냐고 묻거나 그런 게 인생이니 뭐니 같은 충고는 하지 않았고, 대체로 입가에 옅은 미소를 띤 채 나를 바라보기만 했다. 그럴 때 친구의 미소는 꼭 이 세상 것이 아닌 듯했는데 그래, 이 세상 것은 아니지, 아니고말고, 하면서 나는 고개를 끄덕이다가도 내가 이렇게 보고 있는데, 느낄 수 있는데, 나를 위로하는데, 어찌하여 이 세상 것이 아닌가, 이 세상 것이지, 하게 되었다. 갈수록 그리 믿게 되었다. 그러자 수형에게도 친구는 이와 비슷한 존재일 거라는 생각이 들었고, 그러한 존재가 비단 우리에게만 주어진 은총은 아닐 거라는 생각도 들었다.

해설 | 박상수(시인·문학평론가)

웃고 사랑하고 일상을 살고

1. 일상과 사랑의 아름다움

박선우의 소설을 읽다보면 일상의 소소한 장면들이 갑자기 환하게 아름다워지는 일을 자주 체험하게 된다. 인상적인 것은 모든 것이 금방 스러지고 말리라는 짙은 슬픔과 함께 이 아름다움이 더욱 간절하게 소중해진다는 점이다. 가슴 한쪽이 아리면서 서글퍼지는 이상한 아름다움이라고 할까. 미래가 보이지 않는 세상에서 어떻게 이런 순간이 나에게 찾아와 방해받지 않는 평화로운 일상 속에 존재할 수 있을까, 하는 마음이 느껴진다고 말해도 좋으리라. 중요한 것은 이 순간을 함께할 수 있는 사람이 바로 옆에, 같이, 있다는 점이다.

소중한 일상은 그렇게 완성된다. "너는 가벼운 미소와 함께 고개를 끄덕였고, 커피를 한 모금 삼킨 뒤 테이블에 내려놓았던 책을 집어 다시 읽기 시작했다. 마치 아무 일도 없었다는 듯이. 그런 너를 바라보면서 나는 문득 외로움과 따스함을 동시에 느꼈는데, 언젠가 우리가 헤어지게 되더라도, (……) 나는 지금 이 순간을 잊지 못할 것 같다고, 너와 함께한 나날을 잃지 못할 것 같다고"(「남아 있는 마음」, 39~40쪽)와 같은 문장을 읽을 때, 나는 누군가에게는 심상할 수 있는 일상이 이토록 간절하고 애틋한 광휘에 휩싸일 수 있다는 사실에 그만 아픈 마음이 되고 만다.

외롭고도 따스한 지금 이 순간을 결코 잊을 수 없고, 잃고 싶지도 않다고 말하는 저 목소리에는 상실에 대한 두려움이 담겨 있는 것처럼 보인다. 박선우 소설에서 미래로 이어지는 시간의 연속성은 자주 차단되어 있고 바로 그 이유 때문에 눈앞의 사랑과 사랑을 둘러싼 슬픔의 밀도는 동시에 높아진다. 중력장에서 이탈한 듯 감정의 밀도가 한없이 높아지는 박선우 소설의 이런 순간들을 나는 명백하게 사랑한다. 아니, 실은 중력장의 끊임없는 간섭으로 인해 박선우 소설이 보여주는 일상과 사랑은 더욱더 치열하고 간절해질 수밖에 없다고 말해야 정확할지도 모르겠다. 햇빛 속에서 밀도 높은 빛의 방울들이 피어오르는 것 같다. 반사된 무지개가 부드럽게 휘어진다. 한없이 흔들리며, 나는 더욱 명백하게 애틋한 마음으로, 박선우가 보여주는 '사랑의 미래'를 같이 꿈꾼다.

2. 타인의 시선

박선우의 소설이 인물의 '관계'에 집중한다는 것은 첫 소설집 『우리는 같은 곳에서』를 통해 이미 확인된 바 있다. 해설을 쓴 신샛별에 따르면, 박선우의 어떤 작품들은 "동성애자로서의 자기-정체화self-identification와 결부돼" 있다. 이 과정에서 박선우는 "'비규범적' 주체가 통과해내야 하는 내적 불안과 분열, 대립과 갈등, 화해와 통합의 극적이면서도 지난한 여정을 촘촘히 서사화"하는 특징을 선보이는데 특히나 신샛별이 이를 "박탈감과 불능감"의 관점에서 접근하고 있음에 주목해볼 필요가 있다. 이런 경향이 이번 소설집에서 더욱 두드러지게 드러나기 때문이다. 첫 소설집에서 박선우가 여성과 남성, 이성애자와 동성애자들을 다양한 초점화자로 등장시켜 입체적인 관계의 서사를 꾸렸다면 이번에 그는 성소수자의 목소리를 가장 중심에 놓고 이야기를 전개시킨다(자신의 가장 중요한 테마가 무엇인지 깨달은 작가의 자연스러운 집중력이 드러나는 대목이다).

사실 '박탈감'과 '불능감'은 개인적 차원에서 이 감정에 주목하도록 유도한다. 하지만 매우 사적인 것처럼 보이는 감정조차도 사회적 관계 속에서 형성된다고 보는 '감정 사회학'의 관점에서라면 아마도 이 단어는 '혐오(모욕)'와 '수치심'이라는 정동으로 번역될 것이다. '자기-정체화' 과정은 개인을 둘러싼 공동체, 혹은 사회와의 필연적인 대면과 상호작용을 전제로 한다. "어떤 것도 순전히 심리적인 것은 없다. 성적 규범들은 은밀하지만 효율적으로 작동하며 그 규범들이 통할하는 위계질서가 존재하는데, 이것들이 매일매일의 정신 작용과 주체성을 만드는 것"*임을 기억하자. 이번 소설집에서 박선우는 특히나 수치심을 불러일으키는 주요한 원인이 바로 '타인(공동체, 사회)'의 '혐오적 시선'에 있음을 주목한다.

먼저 「사랑의 미래」를 보자. 일주년을 기념하기 위해 동대문 JW메리어트 호텔에서 함께 일박을 계획하는 연인이 있다. '나'는 '그'와 사귀는 동안 한 번도 같이 밤을 보낸 적이 없다는 사실을 깨닫고는 "뭐라고 규정할 수는 없으나 분명하게 이루어질 관계의 진전"(47쪽)을 원하는 마음으로 이러한 선택을 한다. 이성 연인 사이에서라면 아무런 문제가 있을 리 없는 이 과정에서 '나'는 조용하면서도 은밀한 일상적 모욕을 경험한다. 택시를 타고 이동하는 순간에도 두 사람은 서로 손을 잡거나 눈을 맞추는 대신 떨어져 앉아 마치 감시당하는 것처럼 적당한 간격을 두고 서로 반대쪽 차창을 보며 이동한다. 누가 시킨 것은 아니지만 "그것은 누군가 우리의 몸짓과 대화를 보고 들을 수 있을 때, 그래서 우리가 친구나 선후배 사이가 아니라 그 이상이라는 사실이 노출될 수 있을

---

* 디디에 에리봉, 『랭스로 되돌아가다』, 이상길 옮김, 문학과지성사, 2021, 234쪽.

때, 공연히 불쾌한—혹은 위태로운—상황이 벌어질 수 있으니 가급적 언행을 삼가는 것이 우리에게 자연스러운 일이었기 때문이다. 하물며 행선지가 숙박업소일 경우에는 더더욱. (……) 하지만 그런 식의 경계와 단속이 누구를 위한 일도 아니었다는 걸—오히려 우리를 조금씩 상하게 만들었다는 걸—나는 한참 후에야 알게 되었다"(49쪽)는 말은 이들 연인 사이에 이미 '사회적 검열의 시선'이 체화된 습속의 방식으로 작동하고 있음을 보여준다. 이것은 사생활 보호의 안전담론 형식을 띠고 스스로를 설득하는 내면적 목소리로 모습을 드러내지만 실은 정상성 이데올로기의 규범화 권력이 개인을 규율해내는 장치로서 작동한 결과라고 보는 편이 옳다. 공동체와 사회가 개인에게 가하는 혐오(모욕)가 더욱 분명하게 드러나는 것은 호텔 로비에서 한 가족과 맞닥뜨리는 다음과 같은 장면에서다.

나는 호텔의 웅장한 규모나 화려함보다는 현실과 유리되는 듯한 감각에 마음을 빼앗겼다.

물론 이런 착각은 그리 오래 가지 않았다.

복도 모퉁이에서 부모가 돌아오자 남자아이가 눈썹만 실룩여 어떤 신호를 보내는 모습이—혹시 착각이었을까—내 눈에 들어왔기 때문이다. 그러자 어머니로 보이는 여자가 우리 쪽을 건너다보며 입술을 오물거렸다. 끌어안는 척하며 한 손으로 아이의 얼굴을 가렸다. 아버지로 보이는 남자는 앞으로 나섰고, 데스크에 한쪽 팔을 올린 채 우리에게 등을 보이는 자세를 취했다. (……) 나는 너의 등뒤로 한 걸음 물러섰고, 한 걸음 다음에는 두 걸음, 세 걸음을 더 물러나서 마치 체크인 과정이 지루하여 주변을 좀 둘러보려는 사람처럼 벽을 따라 천천히 걷기 시작했다. (……) 그렇게 내가 로비를 한 바퀴 돌고 왔을 때 아이와 부모는 자리를 떠나고 없었다. 대학생 커플도 없었고, 직원도 어디론가 사라지고 없었다. 데스크 앞에는 너뿐이었다.

그 모습.

그날 너는 소리내어 나를 부르지도 않고 그 자리에 우뚝 서 있기만 했다. (……) 미간을 일그러뜨린 채 서글픈 웃음을 짓고 있기도 하다. (51~53쪽)

택시에서의 불편한 경험은 호텔 안으로 들어서는 순간 산뜻하게 중화된다. 정당한 비용을 지불한 고객이라면 "우호적인 이해와 포용의 뉘앙스"(51쪽) 안에서 받아들여지고 "현실과 유리되는 듯한 감각" 안에 놓일 수 있기 때문이다. 하지만 그것도 잠시, 소위 '정상가족'의 구성원이라고 할 수 있는 한 어린아이가 남자 둘이 체크인하는 과정을 호기심어린 눈으로 지켜볼 때, 아이의 부모는 아이의 얼굴을 가리거나 자신의 등을 돌려 아이의 시선을 차단하는 방식으로 이 커플의 존재가 사회적으로 결코 수용될 수 없다는 혐오의 정동을 드러낸다. 이때 '나'는 자기도 모르게 애인으로부터 물러선 채로 '나는 당신들이 생각하는 그런 사람이 아니다'라는 정보를 전달하려고 애쓴다. 마침내 로비 한 바퀴를 돌고 다시 돌아왔을 때 '너'는 아무 소리도 없이 그 자리에 우뚝 서 있었을 뿐이지만 "미간을 일그러뜨린 채 서글픈 웃음을 짓고 있"는 '너'의 모습은 '나'에게 쉽게 지울 수 없는 쓰라린 상처로 남게 된다.

성소수자의 일상은 이와 같이 촘촘하게 규율되고 수치심은 신체에 깊숙이 새겨진다. '수치심'에 대한 정의는 다양하지만 기본적으로 수치심이란 다른 사람과의 상호작용에서 느끼는 감정으로, 상대에게 내가 어떻게 보이는지가 중요한 판단 기준이 된다. 다시 말하자면 수치심은 '소속감'과 연결되어 있고, "가치 있다고 여겨지는 집단 또는 공동체에 '소속되지 않았다'거나 거절당했다는 기분과 관련"*되며, 그때 우리는 자기 자신을 결함이 있고 불결한 존재로 인식하게 되는데 바로 이러한 감정을 수치심이라고 할 수 있다는 것이다.** 그러니까 위의 로비 장면에서 '나'는 타인의 시선을 의식한 순간 자신들의 존재가 공동체에서 '거절'당했음을 확인하고는 순간적으로 스스로를 결함 있고 불결한 존재로 자각하게 되었다고 말할 수 있다. 이때의 깊은 좌절감이 수치심일 텐

---

* 애나 로카, 「소속되지 못한 자의 수치심」, 『여성의 수치심』, 손희정 옮김, 글항아리, 2022, 480쪽 재인용.

** 같은 책, 30~31쪽, 479~480쪽 참조.

데 이 고통스러운 감정을 잠시라도 모면하기 위해 '나'는 그 자리를 이탈하였던 것이고 나중에 그 사실을 발견한 '너'에게 그 모습을 들킴으로써 그에게 상처를 줌과 동시에 나약한 자기 존재에 관한 자책과 실망감을 경험하게 된다. 성소수자는 타인의 시선이 강제하는 수치심과 자기가 자기를 평가하는 차원에서의 수치심에 이중으로 노출된다.

「우리 시대의 사랑」에서도 상황은 다르지 않다. '나'의 연인은 HIV감염인이다. "고혈압이나 당뇨처럼 지속적인 관리로 통제할 수 있는 질환"(118쪽)이 되었음에도 불구하고 HIV감염인은 감염되었다는 사실만으로도 차별과 혐오의 대상이 되어 "그거 밥만 같이 먹어도 옮는 병 아니야?"라든지 "내 주변에는 그런 사람 없어. 혹시라도 있으면 근처에 얼씬도 못하게 할 거야"(118쪽)라는 말을 듣는다. 그러나 이런 노골적인 혐오 표현보다 어쩌면 더 중요한 것은 '나'와 연인이 서울역 광장을 지날 때의 장면에서 확인할 수 있다. 역에 세워진 임시 안내소와 선별 진료소에서 코로나19 검사를 기다리던 사람들로 인해 불쾌감에 휩싸여 지나가는 행인들을 보며 "저런 반응은 꼭 HIV 검사 때 같네"(122쪽)라고 아무렇지 않게 내뱉는 연인의 모습을 보며 '나'가 무력감을 느낄 때, 이는 결국 결함 있고 불결한 존재라는 사회적 시선을 내면화하여 스스로를 그런 존재로 판결 짓고 살아가야 하는 성소수자의 비애를 강력하게 공감한 결과 도달하는 감정인 것이다. '타인의 시선'은

'자신의 판단'인 것처럼 위장되어 박선우 소설 속 인물들이 끊임없이 스스로를 열등하고 불결한 존재로 오인하게 하는 원천으로 작동한다. 이번 소설집에서 박선우는 바로 이 대목을 집중적으로 형상화함으로써 타인의 시선이 어떻게 성소수자를 차별하고 아프게 만드는지 미시적 관점에서 촘촘하게 재현해낸다.

3. 이토록 소중한 일상

"모욕은 소수자가 자신의 욕망과 행동과 존재 그 자체에 수치심을 갖게 만든다. 그런데 이 과정은 소수자가 세계 및 타자와 맺는 관계 지평을 형성하고, 상처받은 취약한 의식을 생산한다"*는 말 그대로 박선우 소설 속 인물들은 아무런 죄 없이 '존재 그 자체'만으로 집단에서 배제되며, 모욕을 경험하고 수치심에 휩싸여 '상처받은 취약한 의식'에 빠져든다. 따라서 이 '취약성'과 어떻게 싸우고, 또 그것을 수용하고 극복해야 하는지는 이번 박선우 소설의 중요한 과제가 될 수밖에 없다. 이처럼 일상의 모든 순간이 투쟁의 감각과 연결되어 있다면 같은 세계를 살아도 성소수자들은

* 이상길, 「소수자의 글쓰기와 자기 발명의 윤리」, 『랭스로 되돌아가다』 옮긴이 해제, 문학과지성사, 2021, 311쪽.

완전히 다른 감각으로 이 세계를 살아갈 수밖에 없다. 누군가에는 지극히 평범하고 당연한 일상이 누군가에게는 무수한 혐오의 시선, 내면화된 수치심과 자기 검열을 이겨내야 겨우 얻어낼 수 있는 소중한 것이 될 수도 있는 것이다. 이런 이유로 '일상을 평범하게 영위하는 일'은 박선우 소설에서 중요한 의미를 가진다.

예를 들어 「남아 있는 마음」은 어떤가. 폴리아모리(다자간 연애)를 지향하는 '연인'과 독점적인 연애를 꿈꾸는 '나'와의 관계를 다루고 있는 이 작품에서 "마지막 문제는 나였다. 모든 준비를 끝마치자 나는 문득 이 사진을 왜 업로드해야 하는지, 그것이 무엇을 위한 일인지 알 수가 없었다. 굳이 위험을—그 위험이 무엇인지 정확히 모르겠지만—감수하면서까지 이럴 필요가 있을까. 나는 사회적 몰이해와 정면으로 맞서 싸우고 싶은 것도, 만천하에 성 정체성을 공표하고 싶은 것도 아니었다. 그래, 그렇다면 내가 사진을 공개해 궁극적으로 얻고자 하는 것이 뭐지? 오래 생각할 것도 없었다. 내가 바란 것은 그저…… 하트였다. 사귀는 사람과 함께 찍은 사진을 SNS 계정에 올리고 지인들에게 '좋아요'를 받는 일. 그런 일에 무슨 명목씩이나 필요하단 말인가. 그러고 보니 내가 삼십 년간 빼앗겨온 것이 그런 식의 즐거움이 아닐까 싶었다. 아주 사소한 즐거움"(22쪽)과 같은 구절에서도 알 수 있듯이 박선우의 인물들은 거대한 무언가를 욕망하지 않는다. 그저 남들처럼 SNS에 사귀는 사람과 찍은 사진을 올려 '좋아요'를 받고 싶은 것이 전부인데 일상적인 행동을 하기 위해서는 불특정 다수에게 자신의 정체성이 공개될지도 모른다는 공포와 맞서 싸워야 한다.

그런 이유로 일상 속 '사소한 즐거움들'을 '실감'하는 일이야말로 박선우 소설의 인물들이 자기 존재의 안정감을 확인하는 가장 분명한 계기로 작동한다. "동성애자로 살면서 끊임없이 겪어야 했던 억압과 멸시, 언행의 조심스러움 따위는 어쩌면 이 소박한 즐거움들의 총합에 비하면 '사소한 아픔'일지 몰랐다. 대다수가 아무렇게나 누릴 수 있는 기쁨들을 평생에 걸쳐 수탈당해왔다는 사실에 별안간 나는 참을 수 없이 분노가 치밀었다"(22쪽)는 말을 통해 보여지듯. 대다수가 누릴 수 있는 기쁨들을 평생 수탈당했음을 자각하는 일은 어떤 의미에서 극적이고 스펙터클한 사건의 영향 관계를 진단하는 일보다 중요한 의미를 지닌다. 이런 이유로 "엄마가 망고를 내밀어서 나는 얼결에 그것을 한 손에 쥐어보았다. 제법 두툼하니 묵직했다. 따듯했고, 잘 익은 복숭아마냥 표면이 무를 줄 알았는데 참외처럼 단단했다. 단단해. 그제야 망고라는 것이 실감났고, 뭔가를 실감하는 일이 나를 살아 있게 만드는 것 같았다"(「겨울의 끝」, 75쪽)는 구절을 읽을 때, 우리는 저 목소리를 통해 엄마와 성소수자 아들 간의 반복되는 갈등을 알면서도 순간적이나마 일상에 윤기가 도는 것 같은 확실한 행복감을 느낀다.

마음이 부드럽게 풀리며 일상 속 아름다움을 감각하는 일은 이번 소설집 곳곳에서 발견된다. "식사를 마친 후에는 대극장 앞 벤치에 앉아 자판기에서 뽑아온 밀크커피를 홀짝이며 노을이 지는 풍경을 바라보았다. 진한 오렌지색에서 점점 붉은빛으로 물들어 가는, 핏빛으로, 멍투성이의 보랏빛으로, 윤이 나는 감청색으로, 그러다가 한순간에 까마득한 어둠에 잠식되고 마는 하늘을. 그 아름답고 덧없는 과정을"(「결혼식 가는 길」, 153쪽)과 같은 문장을 따라 읽을 때는 '선배'와 '내'가 공유하는 저 일상의 아무렇지도 않은 평범한 저녁이 섬세한 빛의 단계적 변모와 함께 얼마나 풍요로워질 수 있는지 경험하게 된다. 우리는 이런 풍경들 앞에서 덧없이 안타까운 마음과 함께 스르르 눈을 감게 된다. 곧 시련과 고통의 시간이 닥쳐올 듯한 예감에 두렵지만 그럴수록 더더욱 둘의 시간이 잠시 정지해 있는 것 같은 저 짧은 순간이 잊을 수 없는 밀도로 조밀해지며 우리의 마음을 흔든다.

또 "지선버스를 기다리며 정류장 벤치에 앉아 있던 날이었다. 영하의 날씨였으나 바람 한 점 불지 않아 그리 춥지는 않았던 것으로 기억한다. 그날 고개를 들어 늦은 오후의 하늘을 올려다보는데 겨우내 이파리를 모두 떨군 가로수 위로 부산스레 날아다니는 새들이 보였다. 종달새인가. 녀석들은 앙상한 나뭇가지를 옮겨 다니며 검붉게 퇴색한, 새끼손톱만한 열매를 일용할 양식으로 삼고 있었다. 그러면서 신이 난 듯 목청껏 지저귀었고 쉼없이 파들거리며 날갯짓을 했다. 역광으로 내리비치는 햇살은 마치 그 풍경을 진한 먹물로 옮겨놓은 수묵화처럼 보이게 만들었다"(「햇빛 기다리기」, 204~205쪽)는 대목을 읽으면서 우리는 편집자이자 소설가인 '나'가 풀리지 않는 막막한 삶의 한순간 겨울의 정류장에서 저 풍경을 가만히 들여다보고 있을 때, 그래도 이 지상 위에 우리의 불행을 잊게 해줄 수묵화와 같은 풍경이 존재하고 있음을 알게 되면서 큰 위로를 받는다. 신이 난 듯 지저귀는 새떼들의 날갯짓은 얼마나 든든한 힘이 되는가. 그리고 쏟아지는 햇살. 역광으로 부신 저 빛. 결국 "나약함, 결함, 그리고 불결함의 감각이 사람으로 하여금 사랑받지 못한다고 느끼게 할 뿐만 아니라 사랑받을 자격이 없으며 사회에서 자리를 차지할 만한 가치를 느끼지 못하게 한"*다는 점을 기억한다면, 박선우의 인물들은 자기 존재의 강요된 결함에 아파하다가도 일상에서 길어올린 저 아름다운 실감의 순간 때문에 그래도 이 땅 위에 발을 딛고 더 살아봐야겠다는 의지를 겨우 확인하는 것 같다. 존재의 이유는 그렇게 겨우, 그러나 끝내 마련된다. "햇빛으로 반짝이는 시멘트 바닥에 진라면 박스가 하나 덩그러니 놓여 있었다. 그 안에 흰색과 연갈색 털이 묘한 무늬로 어우러진 고양이 한 마리가 모로 누워 잠든 모습이 눈에 들어왔다. (……) 잠결에 꼬리를 상자 밖으로 내밀기도, 양쪽 귀

* 에리카 L. 존슨, 퍼트리샤 모런 엮음, 「서문」, 『여성의 수치심』, 손희정 옮김, 글항아리, 2022, 30쪽.

를 쫑긋거리기도 했다. 그 모습이 엄마 같다고 생각했다. 무슨 이유인지 알 수는 없었으나 총체적으로 엄마 같다는 인상을 받았다. 웃음이 나왔고, 엄마도 이렇게 웃으면서 나를 내려다본 적 있으리라는 생각이 들었다"(「겨울의 끝」, 103쪽)와 같은 대목을 읽으면서 어떻게 함께 웃지 않을 수 있을까. 박선우의 소설은 이 글을 읽는 당신의 일상도 이처럼 소중하고, 그 소중한 일상을 묵묵히 견디며 살아가고 있는 당신은 더욱 소중한 사람이라고 말해주는 것 같다. 저 풍경과 감각 속에서라면 희망을 버릴 수는 없지 않느냐고 말을 건네오는 것 같아서 잠시 웃으며 깊은 위로를 경험하게 되는 것이다.

4. '맨박스'에 갇히지 않은 남자들

조금 다른 이야기지만 내가 박선우의 소설을 좋아하는 또다른 이유는 그의 소설에 '섬세하고 부드러운 남자'들이 많이 나오기 때문이다. 서로 다른 두 사람의 갈등에서 출발하지만 끊임없이 관계를 반추하고 이해를 도모하는 박선우의 소설 속에서 남자들은 관계의 파탄을 향해 돌진하는 법이 없고 언제나 이 관계를 어떻게 수용하고 의미 있는 것으로 만들지를 고민하는 일에 상당한 노력을 쏟는다. 물론 그 노력이 매번 성공할 리는 없고 실패에 이를 때도 있지만 설사 실패하고야 만 관계에 대해서라도 반추의 형식으로 그때의 그 일을 가만가만 회고하는 과정은 그 사유의 과정 자체로 섬세하고 또 유연하며 아름답게 느껴진다. 현실에서도 이런 남자들을 많이 만날 수 있다면 얼마나 좋을까. 믿었던 사람의 예상치 못한 아웃팅의 상처로 영영 멀어진 관계를 되짚으며 자신의 연인이 가진 폴리아모리 성향의 의미를 이해하게 되는 남자(「남아 있는 마음」), 퀴어 세미나에서 만난 연인과 결국은 어떻게 헤어지게 되었는지를 돌아보며 성소수자의 일상에서 무엇이 자신의 감정과 선택에 부정적 영향을 끼쳤는지를 아픈 마음으로 되짚는 남자(「사랑의 미래」), 성소수자 아들의 정체성을 쉽게 수용하지 못하고 끊임없이 상처를 주는 엄마를 이해하기 위해 노력하다가 아픈 엄마가 보여주는 의외의 생명력에 감사하며 '이해할 수 없는 채로 받아들이는 방법'도 있음을 어렴풋이 알게 되는 남자(「겨울의 끝」), HIV감염인인 애인을 만나 그가 얼마나 외롭고 고통스러웠을지를 공감하게 되면서 뜨겁게 사랑하게 되는 남자(「우리 시대의 사랑」), 대학원에서 만난 선배와 가까워졌다가 끝내 멀어지는 과정을 그 선배의 결혼식에 가는 길에 회고하며, 함께 보낸 그 시간이 얼마나 아름답고 소중했는지를 돌아보는 남자(「결혼식 가는 길」), 절교를 선언한 것처럼 대답이 없는 친구 때문에 한밤중 자다가 일어나 울음을 터뜨리는 남자(「이 세상의 것」) 등 박선우 소설에는 '맨박스'에 갇히지 않은 다양한 남자들이 중요한 비중으로 등장한다.

사실 "남성들에게 맨박스는 '남자다움이란 여성들의 관점과 삶으로부터 가급적 멀찍이 떨어지는 것'이라고 가르친다. 맨박스는 어린 소년들에게 '여자아이들이 할 법한 행동을 하는 것은 안 좋은 것'이라고 가르친다. 맨박스는 '남자는 강하고 여자는 약하며 지나치게 감성적인 존재'라고 가르친다. 맨박스는 어떤 상황에서든 '남성이 책임자이자 상황을 지배하는 사람'이라고 말한다. 자라나는 소년들은 이를 보며 남자는 용감하고 고통을 두려워하지 않는, 정서적 고통 따위 느끼지 않는 존재라고 배운다. 남자는 남을 지켜주는 존재이기에 누군가에게 도움을 요청하는 일이란 없어야 한다고 배운다. 남에게 도움을 요청하는 건 영락없이 나약함을 인정하는 꼴이 된다. 여자는 남자의 소유물이자 관심의 대상, 그중에서도 특히 성적인 대상이라고 배운다. 혈기왕성한 나이의 남성들은 여성을 정복의 대상으로 볼 뿐 여성의 삶에는 특별히 관심을 두지 않아도 된다고 배웠다.

이런 맨박스에는 이성애 우월주의와 호모포비아가 깃들어 있다. 개인적으로는 호모포비아와 이성애 우월주의는 맨박스를 단단하게 고정하는 접착제 역할을 한다고 생각한다"*는 구절들은 그래서 박선우 소설을 읽어나가는 데에 의미 있는 참조점을 제공한

* 토니 포터, 『맨박스』, 김영진 옮김, 한빛비즈, 2019, 34쪽.

다. 박선우의 남성들은 '맨박스'가 강제하는 남성성과는 달리 남자도 연약하고 충분히 감성적일 수 있으며, 책임자나 지배자 등 강한 권력을 추구하는 모델과는 거리가 멀고, 고통을 두려워할 뿐만 아니라 깊은 슬픔 앞에서 어쩔 수 없이 흔들리기도 하고, 사랑을 갈구하는 목소리로 누군가에게 간절히 이해를 요청하기도 하며, 자기 안의 나약함을 발견하여 그것을 수줍게 드러내기도 하고, 그만큼 타인의 나약함을 수용하고 충분히 공감해줄 줄도 알며, 타인의 마음을 꼼꼼하게 잘 읽어내고, 여성은 남자의 소유물이거나 성적인 대상이 아니라 내면의 이야기를 가장 깊이 있게 나눌 수 있는 동등한 동료가 될 수 있고, 그런 이유로 여성인 어머니의 삶에 관심을 갖고 보통의 남성과는 달리 어머니와 더욱 친밀한 유대관계를 형성할 수도 있다. 박선우는 결국 바로 그러한 남성성을 그려냄으로써 맨박스에 갇힌 남성들이 과시적으로 드러내는 이성애 우월주의나 호모포비아가 얼마나 편협하고 우스꽝스러운 것인지를 우회적으로 부드럽게 납득시킨다. 물론 남성성과 여성성을 동시에 갖추고 있다는 점 때문에 때로는 "나는 이쪽 편도 될 수 없었고 저쪽 편도 될 수 없었다. 온전히 남자가 될 수도 없었고 당연히 여자가 될 수도 없었다. 나는 어디에도 속할 수 없었고, 그러한 상태로 살아왔으며, 살게 될 것이었다. 앞으로도 쭉"(「겨울의 끝」, 89쪽)과 같은 막다른 절망과 만나기도 하지만 대다수의 경우 남성 인물들이 자기 정체성을 둘러싼 고민과 갈등 속에서 자연스럽게 드러내는 진지하면서도 온화한 태도는 어떤 경우에도 파괴나 폭력과는 거리가 먼 섬세하고 부드러운 남성과 지금 같이 있다는 심리적 안정감을 제공한다. 뿐만 아니라 "그 모든 과정에서 우리는 한 번도 자신이 원하는 바를 상대에게 주장하거나 설명하는 일 없이 편안하고 친숙하게 일상을 공유해나갈 수 있었다"(「남아 있는 마음」, 13쪽)는 문장에서처럼 편안하고 친숙한 무드에서 새로운 남성성을 드러내는 인물들의 조화를 계속해서 만날 수 있다는 점에서 박선우의 소설은 너무나 태연하게 '여성혐오'가 만연한 현실, 새로운 시대의 남성은 어떤 모습이어야 할지에 대한 힌트를 주고 그걸 확인하는 데서 오는 안전한 기쁨을 준다.

5. 미래 없는 사랑, 그럼에도

이성애 중심주의의 미시 권력은 성소수자의 일상에 침투하여 집단과 사회에서 배제되고 거절당하는 경험을 끊임없이 생산함으로써 성소수자를 수치심에 시달리는 취약한 의식을 가진 존재로 규율해낸다는 것을 앞서 살펴보았다. 쉽게 흔들리는 취약한 의식이 생산되는 데에는 한 가지 더 고려해야 할 것이 있다. "우리는 서로를 가까운 친구나 직장 동료에게 소개해준 적이 없었고, 딱히 그러기를 바라지도 않았다. 그것은 우리 같은 사람들에게 지극히 자연스러운 일이었다. 거의 매너에 가까웠지. 그러므로 우리의 이별은 간단했다. 구질구질한 대화를 나눌 것도 없이 휴대전화만 꺼놓으면 그만이었다"(「겨울의 끝」, 99쪽)와 같은 대목에서 알 수 있듯이 성소수자의 연애는 특별한 경우를 제외하고 주변 사람들에게 공개되지 않는 경우가 많기 때문에 관계의 연대보증인이 적어 외부 중력장의 복잡한 영향을 덜 받는다고 할 수 있다. 그런 의미에서 이 관계는 둘 중 하나의 애정이 식어버리면 금방 깨어질 수도 있는 연약한 것이 맞을 것이다. 하지만 동시에 바로 그런 이유에서 둘의 신뢰 관계에 더 깊이 몰두하게 만드는 계기를 제공하기도 한다. "마치 사람들로 북적이는 번화가 한복판에서 불현듯 아는 얼굴을 발견할 때처럼"(「이 세상의 것」, 220쪽) 박선우의 인물들은 자신과 성정체성이 같은 사람을 발견하면 빠르게 가까워지고 상대에게 깊이 몰입한다.

타자의 시선에서 자유롭지 못하다는 감각과 외부 중력장으로 작동할 타자의 시선이 부재한다는 감각은 역설적으로 박선우 소설에 등장하는 사랑의 밀도를 최대한으로 끌어올린다. 박선우 소설이 꿈꾸는 지극한 사랑은 '타자의 시선'이 순간적으로 무화되는 체험과 연결되고 이때에 사랑에 대한 인물들의 집중력은 최고조를 향한다. 박선우 소설의 연인들이 공개된 장소로 나아가기보다는 은연중에 둘만 존재하는 제한된 공간을 찾아 이동하는 것은 이러한 점과 연관된 것으로 보인다. 「사랑의 미래」에서 일주년을 맞이한 연인은 JW메리어트호텔의 오층 더블룸에서 함께 시간을 보내며 깊은 충족감을 느낀다. "뭐라 설명할 수 없는 해방감에 온몸이 떨릴 지경이 되었는데, 그것은 창밖의 어둠이 짙어질수록 눈앞의 현실이 점점 사라져가고 있다는 감각 때문이었다. 우리를 볼 수 있는 사람들도 함께 사라져가고 있다는, 그로 인해 우리가 점점 분명해지고 있다는 감각 말이다"(58~59쪽)와 같은 구절은 이 해방감이 어디에서 오는지를 잘 알려준다. 끊임없이 일상을 간섭하는 시선이 순간적으로나마 무화된 공간, 온전히 둘에게만 집중하여 세상이 희미해질수록 자신들이 점점 더 선명해지고 분명해지는 감각. 이것이야말로 살아 있음을 확인할 수 있는 가장 확실한 감각이 아니고 무엇일까.

하지만 이 사랑에 '시간의 지평'이 개입되는 순간 '미래'의 불안이 찾아온다. 낭만성이 극대화되는 이러한 집중을 얼마나 지속할 수 있을까의 문제는 어느덧 '사랑의 미래'에 대한 불안으로 이어진다. 표제작인 「햇빛 기다리기」를 보자. 연인들은 새해를 맞이하여 부산으로 떠나 일출을 보기로 한다. 하지만 호텔 디럭스룸에서 새해맞이 카운트다운을 함께하고 잠에 들려고 할 때, '나'는 무언가 어긋나 있음을 발견한다. 일출을 보기 위해 알람을 맞추는 '나'의 행동에 '너'는 지금까지 한 번도 일출을 본 적이 없다며 불편한 기색을 숨기지 않는다. 사귄 지 팔백 일이 넘어가는 오래된 연인이 되었기 때문일까. 사실 소설가이자 편집자인 '나'는 불면증에 시달리고 소설쓰기에 실패하는 등 어느 것에도 충실하지 못한 상태이다. 여기에는 이유가 있다. '나'의 '형'은 '나'가 소설집 후기에 "사랑하는 남자친구에게 고맙다"라고 쓴 문장을 언급하며 그 의미를 묻는 연락을 해온다. '나'의 걱정과는 달리 이 과정에서 고성과 울음이 오가는, 흔히 생각하는 커밍아웃 레퍼토리는 펼쳐지지 않는다. 대신 '형'은 무던하게 동생을 수용하고 이해하는 태도를 보인다. 그러나 문제는 이런 것이다. 일 년 뒤 '형'은 '나'에게 메시지를 보내 자신의 회사에 '나'를 가족으로 등록해두면 결혼할 때 축의금이 나오니 주민등록번호를 알려달라고 말한다. 형은 동생이 언젠가 여성을 만나 결혼할 수도 있겠다고 생각하고 이와 같은 메시지를 보낸 것이다. '나'에게는 온 삶을 좌우하는 중요한 일이 가족이나 주변 사람들에게는 별 의미 없는 일로 치부될 수도 있음을 알게 된다는 것은 큰 상처이다. 앞으로도 이러한 일들은 무수히 반복될 것이다. 그 긴 시간을 어떤 마음으로 견뎌야 할까. 시간의 지평에 '미래'가 개입되는 순간 아득하고 막막한 감정은 벗어날 수 없는 우울한 족쇄가 된다. '나'는 그만 넌덜머리가 나고 만다. 결국 이런 식의 무수한 '일상의 축적된 상처'는 성소수자에게도 '미래'를 꿈꾸는 일이 가능한지에 대한 고민으로 이어진다. 바로 이 고민 때문에 '나'는 불면증에 시달리고 글쓰기에 자꾸 실패하는 것이다.

"순간 내 머릿속에 다 쓰러져가는 초가삼간에 홀로 앉은 네 모습—육십 세의 네 모습—이 스쳐지나갔다. 진즉에 절연하였으므로 찾아오는 부모나 형제도 없이, 자식도 없이, 심지어 나도 없이 혼자서 콜록콜록 밭은기침을 쏟아내고 있는 네 모습이"(「햇빛 기다리기」, 199쪽)와 같은 구절이 바로 이 사랑의 미래가 불가능할지도 모른다는 깊은 불안감을 여실히 보여준다. 그런 와중에 차별금지법에 대한 부정적인 발언을 쏟아내는 대선 후보들과 여성가족부를 폐지하겠다는 인수위발 보도, 퀴어축제조직위 법인 신청을 불허한 서울시에 대한 기사가 실시간으로 들려오는 현실이 펼쳐지고, 미래는, 아무리 생각해도 미래는 도무지 상상할 수 없는 아득한 것으로 느껴질 뿐이다. 그래서 지금 여기, 유일하게 기댈 수 있는 것은 '사랑의 확실한 감각'이다. 거기서부터 '미래'를 다시 꿈꾸어볼 수 있다. 불화를 겪던 상대와 어떤 순간을 계기로 서로를 이해하게 되면서 이제 남은 것은 우리 둘만의 사랑밖에 없음을 깨닫게 될 때, 빛의 전자들이 필라멘트 속을 고속으로 흐르고 무수하게 충돌하면서 강렬한 빛을 뿜어내는 것 같은 장면이 만들어진다.

> 난 말이야. 네가 나직이 입을 열었다. 뭐가 됐든 형이 내키는 대로 했으면 좋겠어. 내가 정말로 바라는 건 그뿐이니까.
>
> 나는 고개를 돌려 네 쪽을 건너다보았다. (……) 무엇이든 함께 해줄 심산이었구나. 내가 원하는 것을 너는 기꺼이 원할 준비가 되

어 있었구나.

그날 나는 팔을 뻗어 말없이 너를 끌어안았다. 두 눈을 감은 채 네 품속으로 파고들었다. 왜 이래, 간지럽게. 너는 핀잔을 주다가 이내 나를 꽉 안아주었다. 네 체온은 내 살갗 위로 뭉근히 번져왔다. 불덩이처럼 뜨거운 너의 몸. (……) 나는 설핏한 잠 속에서 아주 잠깐이지만 내가 사라지는 듯한 기분을 느꼈다. 네 심장박동에 맞추어 내가 완전히 사라지고, 나타나고, 다시 사라지는 듯한 기분을…… 마치 명멸하는 빛처럼.

나는 눈을 떴다.

찰나였으나 일출을 본 것만 같았다. (208~209쪽)

둘은 결국 일곱시에 일어나 새해 일출을 보러 나가지는 못한다. 하지만 어긋남으로 끝날 것만 같았던 애인이 불현듯 '나'의 마음을 오롯이 읽어줄 때, 이 작은 따스함만으로도 '나'는 다시 이 사랑의 미래에 기대를 걸어보게 되는 것이다. 비록 새해 일출을 보러 나가지는 못하더라도 서로의 품으로 파고들어 심장소리를 들으면서 '나'는 자신이 마치 '명멸하는 빛'이 되어 찰나의 '일출'을 본 것 같은 감각에 휩싸인다. 이들에게 어떤 새해가 찾아올까. 아직 알 수 없지만 박선우는 어떤 경우에라도 '햇빛 기다리기'를 멈추지 않는 삶에 대해 말하는 것 같다. 담담하고 조심스럽게. 그러나 강렬한 소망을 담아. 미래는 여전히 막막하고 불안하지만 지금 같이 함께 서로의 존재를 통해 찰나의 일출을 보는 일을 포기하지 말자고 말하는 것처럼 보인다.

6. 나를 살아 있게 만드는 것

"반퀴어 집단의 '퀴어 불행 예정설'에 맞서기 위해서는 퀴어 당사자의 다채로운 생애사가 보다 널리 알려져야 한다. 끝없는 불행과 고독한 죽음으로 점철된 반퀴어 서사는 퀴어 당사자의 복잡다단한 삶의 이야기를 왜곡한다. 퀴어 당사자는 이 세계에서 살아가는 수많은 이들과 마찬가지로, 때로는 실패로 인해 절망하기도 하고 때로는 원하던 바를 성취해서 기뻐하기도 한다. 소소하게 자신의 일상을 살아가는 모습, 사랑하는 이들과 즐거워하는 모습, 고통에 아파하고 상실에 슬퍼하는 모습, 사회를 조금 더 나은 곳으로 바꾸기 위해 노력하는 모습 등 소박하고 친근한 삶의 모습에 주목하는 일이야말로 퀴어 생애를 입체적으로 이해하는 시작이 될 것이다"*라는 구절을 오래 기억하고 싶다. 나는 박선우의 소설을 읽으면서 성소수자 커플들이 같이 장을 보고 음식을 해먹거나

* 시우, 『퀴어 아포칼립스』, 현실문화, 2018, 122~123쪽.

창밖 노을을 구경하고, 또 사랑을 나누다가 어떤 일을 계기로 헤어지고, 홀로 된 한 사람이 서글픈 마음으로 공원을 걷고, 분식집에서 떡볶이를 먹고, 피곤한 몸으로 출근을 하고, 점심시간에 망원동내커피에서 커피를 마시며 회사 동료와 이야기를 나누고, 상여금을 받아 엄마의 보청기를 해주고, 오래전 마음을 나눴던 이의 결혼식에 가고, 다시 새로운 사랑을 만나 광화문역 폴바셋에서 환한 얼굴로 대화를 나누고, 하늘에서 쏟아지는 함박눈을 맞으며 누군가에게 전화를 걸기도 하고, 때로는 자신을 사랑하지 않는 사람을 만나 서운해하기도 하고, 그에게 미운 마음을 먹고 그가 사랑하는 친구의 소식을 감추기도 하고, 그랬다가 세상을 떠난 친구가 마치 곁에 있는 것처럼 대화를 나누기도 하는 풍경들을 생생하게 그릴 수 있었다. 나는 그것이 좋았다. 그것이 오래오래 아늑하게 좋았다. 그리고 모서리를 접어둔 소설의 한 페이지를 마지막으로 다시 한번 읽었다. "그럼에도 뭔가 달라지리라는 희망을 놓아버릴 수 없다. 놓을 수 없어 희망에서는 종종 서글픈 감정이 배어난다. 왜 태어났을까. 그런 질문을 던지지 않은 하루가 기억나지 않는다. (……) 이제는 그렇게 살고 싶지가 않다. 살고 싶지가 않아. 그러한 마음으로 창문을 열어젖히니 어느새 캄캄한 밤이었다. 자욱한 어둠이 내려앉아 있었다. 그 사이로 불을 밝히고 서 있는 가로등이 보였다. 길모퉁이에서 가로등 빛을 머금고 활짝 피어난 백목련도 눈에 들어왔다. 흰 꽃잎이 바람을 따라 이리저리 나부끼는 모습은 마치 누군가를 향한 손짓처럼 보였다. 언제였던가. 엄마는 목련이 봄의 시작을 맞이하는 꽃이 아니라 겨울의 끝을 배웅하는 꽃이라 했다. 그간의 모질고 억센 시절을 한껏 여리고 아름다운 자태로 떠나보내는 꽃이라고. 그 모습이 심히 환하고 주책스러워 사랑스럽기 그지없다고 했다. 누가 누구한테 뭐라는지. 겨울이 떠나가는 풍경을 올려다보며 미소 짓는 엄마를 보고 있자니 비로소 봄이 오고 있다는 사실이 실감났다. 웃음이 나왔고, 뭔가를 실감하는 일이 나를 살아 있게 만드는 것 같았다."(「겨울의 끝」, 105~106쪽)

작가의 말

누군가 내 곁에 있을 때면 더이상 내 곁에 없는 사람을 떠올리게 된다. 그것은 누군가 내 곁에 있어서인 듯도 하고 없어서인 듯도 하다. 만나는 사람은 줄어들고 그리운 사람은 늘어간다는 노랫말처럼 삶은 지속될수록 비좁고 아득해지는 길 위를 걷는 일 같다. 비로소 무언가를 알게 되었는데 알았다고 말하는 순간 그 앎이 공중에 흩어져버리는 것처럼, 요즘의 나는 누군가를 사랑하게 되었는데 사랑한다고 말하는 순간 그 마음이 솔직히 무엇인지 모르겠다는 자각 속에서 살아간다. 그렇기에 산다는 사실 자체가 아리송해질 때면 나는 곁에 선 이의 손을 붙들고 그 온기를 느끼며 오늘 날씨 좋다, 뭐 먹을까, 같은 한담을 나누려 애쓴다. 시시하고 헐렁한 농담을 주고받다가 웃음이 터지면 삶이고 뭐고 그저 우리가 함께하는 순간에 주목하게 되니까. 이것이 전부임을 감각하게 되니까. 감격하게 되니까.

「남아 있는 마음」을 쓸 무렵에는 과거의 나와 지금의 내가 무엇이 다른지 어렴풋이 알 것도 같았는데 「이 세상의 것」을 쓸 무렵에는 다시금 모르겠다는 기분이 들었다. 그러다가 교정지를 거듭 살피며 시작과 끝에 놓인 두 이야기가 묘하게 닮았다고 생각했다. 작별을 통해 지속되는 관계에 내가 여전히 머물러 있음을 알게 되었다. 그 사소한 일관이 달가웠고, 과거의 나와 이렇게나마 조우할 수 있어 기뻤다.

그동안 소설을 쓰면 영수 형에게 가장 먼저 보여주곤 했다. 그런 이가 책 편집까지 맡아주어 과정 내내 든든하고 고마웠다. 기꺼이 추천사를 맡아주신 황인찬 시인과 지연 누나, 사려 깊은 해설을 써주신 박상수 평론가께도 머리 숙여 감사드린다. 끝으로 이번 책을 쓰는 내내 곁을 지켜준 남자친구 J에게 언제나 사랑하자 말하고 싶다.

2022년 가을 안에서

박선우

| 수록 작품 발표 지면 |

남아 있는 마음 …… 『현대문학』 2020년 1월호

사랑의 미래 …… 『비유』 2020년 11월호

겨울의 끝 …… 『현대문학』 2021년 1월호

우리 시대의 사랑 …… 『문학동네』 2021년 여름호

결혼식 가는 길 …… 『대산문화』 2021년 겨울호

햇빛 기다리기 …… 『창작과비평』 2022년 여름호

이 세상의 것 …… 『문장웹진』 2022년 9월호

문학동네 소설집
햇빛 기다리기
©박선우 2022

초판인쇄 2022년 10월 11일
초판발행 2022년 10월 20일

지은이 박선우
책임편집 김영수 | 편집 이민희 강윤정
디자인 백주영 이원경
마케팅 정민호 이숙재 박치우 한민아 이민경 안남영 왕지경 김수현 정경주
브랜딩 함유지 함근아 김희숙 고보미 박민재 박진희 정승민
제작 강신은 김동욱 임현식 | 제작처 영신사

펴낸곳 (주)문학동네 | 펴낸이 김소영
출판등록 1993년 10월 22일 제2003-000045호
주소 10881 경기도 파주시 회동길 210
전자우편 editor@munhak.com | 대표전화 031) 955-8888 | 팩스 031) 955-8855
문의전화 031) 955-8895(마케팅) 031) 955-2679(편집)
문학동네카페 http://cafe.naver.com/mhdn
인스타그램 @munhakdongne | 트위터 @munhakdongne
북클럽문학동네 http://bookclubmunhak.com

ISBN 978-89-546-8890-1 03810
* 이 책의 판권은 지은이와 문학동네에 있습니다.
이 책 내용의 전부 또는 일부를 재사용하려면 반드시 양측의 서면 동의를 받아야 합니다.

잘못된 책은 구입하신 서점에서 교환해드립니다.
기타 교환 문의 031) 955-2661, 3580

www.munhak.com